CARAMBAIA

ilimitada

Dubravka Ugrešić

O Museu da Rendição Incondicional

Tradução
ALEKSANDAR JOVANOVIĆ

Posfácio
MERCEDES MONMANY

Para minha mãe, Veta Ugrešić

○○○

No Jardim Zoológico de Berlim, ao lado da piscina com uma morsa viva, existe uma vitrine incomum. Sob o vidro, estão objetos encontrados no estômago da morsa Roland, cuja vida se encerrou em 21 de agosto de 1961, ou de modo mais exato:

> um isqueiro cor-de-rosa, quatro palitos de sorvete (de madeira), um broche metálico em formato de poodle, um abridor de garrafas de cerveja, uma pulseira feminina (provavelmente de prata), uma fivela para cabelo, um lápis de madeira, uma pistola infantil de plástico para atirar água, uma faca plástica, óculos de sol, uma correntinha, uma mola (menor), um carretel de borracha, um paraquedas (brinquedo infantil), uma corrente de ferro de uns 40 cm, quatro pregos (grandes), um automóvel verde de plástico, um pente de metal, um pin de plástico, uma boneca pequena, uma lata de cerveja (Pilsner de 0,33 l), uma caixa de fósforos, um chinelo infantil, uma bússola, uma chave de automóvel, quatro moedinhas, uma faca com cabo de madeira, uma chupeta, um molho de chaves (cinco unidades), um cadeado, um saquinho plástico para agulhas e linha.

Mais fascinado que atônito o visitante fica parado diante dos objetos incomuns expostos como diante de achados de uma escavação arqueológica. O visitante sabe que o valor museológico dos artigos expostos foi determinado pelo acaso (o apetite caprichoso de Roland), mas nem assim pode resistir à ideia poética de que com o tempo os objetos estabeleceram relações mais delicadas entre si. Apanhado por essa ideia, o visitante tenta estabelecer algumas coordenadas significativas, reconstruir aquelas coordenadas históricas (ocorre-lhe, por exemplo, que Roland morreu oito dias após a construção do Muro de Berlim, e coisas parecidas).

O leitor deveria ler de maneira semelhante o romance que tem diante de si. Se lhe parecer que entre os capítulos não há relações significativas e fortes, que seja paciente; as conexões irão se estabelecer de modo gradual. E mais uma coisa: a pergunta se este romance é autobiográfico poderia, num momento eventual e hipotético, ser de competência da polícia, e não do leitor.

○○○

Parte Um
Ich bin müde

1. “*Ich bin müde*”[1], digo para Fred. Seu rosto pálido e melancólico abre-se num sorriso. *Ich bin müde* é a única frase que sei em alemão por enquanto. Neste momento nem quero aprender mais. Aprender mais significa abrir-se. E eu quero continuar fechada por mais um tempo.

2. O rosto de Fred me lembra uma fotografia antiga. Fred parece um jovem oficial disposto a se arriscar na roleta-russa por causa de um amor infeliz. Passa as noites em claro pelas tavernas de Budapeste. O gemido tristonho dos violinos ciganos não provoca um tremor sequer em sua face pálida. Seu olhar só de vez em quando reluz com o brilho de um dos botões metálicos do seu uniforme.

3. A vista de meu quarto, de meu domicílio temporário de exilada, está fechada por altos pinheiros. De manhã abro as cortinas e descubro uma cenografia romântica. De início, os pinheiros estão feito fantasmas mergulhados na neblina; depois, ela se dissipa em fios, o sol brilha. De vez em quando cai uma chuva miúda. No fim do dia, os pinheiros enegrecem. No canto esquerdo da janela vê-se um pedacinho do lago. Ao anoitecer, fecho as cortinas. A cenografia é a mesma todos os dias,

1 “Estou cansada.” Em alemão no original. [TODAS AS NOTAS SÃO DO TRADUTOR, EXCETO MENÇÃO CONTRÁRIA.]

a imobilidade da paisagem é interrompida por algum pássaro, muda apenas a iluminação.

4. Meu quarto está repleto de silêncio parecido com algodão. Se abro a janela, o chilrear dos pássaros rompe o silêncio. Ao anoitecer, quando saio do quarto e vou ao vestíbulo, ouço o zumbido da televisão (do quarto da sra. Kira, no meu andar) e o ruído da máquina de escrever (do escritor russo no andar de baixo). Um pouco depois, é possível ouvir a batida irregular da bengala e o roçar dos diminutos passos do escritor alemão invisível. Os artistas, um casal romeno (um andar abaixo do meu), vejo amiúde, passam silentes feito sombras. Às vezes, Fred, nosso zelador, perturba o silêncio. Fred corta, com um barulhento aparador elétrico, a grama do jardim, afugenta seus tormentos de amor. Há pouco a mulher o abandonou. *My wife is crazy*, explicou-me Fred. É a única frase que sabe em inglês.

5. Na vizinha Murnau há um museu, a casa de Gabriele Münter e Vassíli Kandinski. Dos vestígios de vidas alheias sempre tenho náuseas, são tão pessoais e impessoais ao mesmo tempo. Comprei ali um postal no qual está reproduzida a imagem da casa, *Das Russen-Haus*[2]. Contemplo sempre esse postal. Parece-me às vezes que aquela figura humana miúda à janela, aquele pontinho rubro, sou eu.

6. Sobre minha escrivaninha há uma fotografia amarelada. Nela há três banhistas desconhecidas. A respeito da fotografia não sei muito, apenas que foi feita no começo deste século no rio Pakra. O riacho corre não muito longe do pequeno lugar em que nasci e passei a infância.

Notei que sempre levo comigo a fotografia, como um pequeno objeto de fetiche, cujo verdadeiro sentido desconheço. A superfície amarelo-fosca atrai de modo hipnótico minha atenção. Às vezes, fico contemplando-a muito tempo e não penso em nada. Às vezes, mergulho com cuidado nos reflexos espelhados das três banhistas na água, em seus rostos que

2 A casa russa. Em alemão no original.

olham diretamente o meu. Submerjo neles como se estivesse a ponto de decifrar um segredo, descobrir alguma fenda, uma passagem escondida.

De modo mais frequente, apoio a fotografia no ângulo esquerdo da janela, ali de onde se vê o pedacinho do lago. A fotografia tranquiliza-me como a água.

7. Com a sra. Kira, de Kyiv, professora aposentada de literatura, de vez em quando tomo café. "*Я каменщица*"[3], diz a sra. Kira. A sra. Kira tem paixão por toda espécie de pedras. Conta-me como veraneia todos os anos na Crimeia, onde o mar expele na praia pedras semipreciosas. A sra. Kira perambula durante horas pela praia e procura pedrinhas. Não está sozinha, afirma, ali vão também outros *каменщики*. Às vezes reúnem-se todos, acendem uma fogueira, cozinham um *борщ*[4] e mostram uns aos outros o seu "tesouro". Aqui, no casarão, a sra. Kira mata o tempo copiando diversos motivos. Fez uma cópia do anjo Miguel, embora, afirma, prefira fazer colares. Ela me pergunta se tenho algum colar estourado, poderia, diz, consertar, enfiar as pérolas de novo. Sabe, diz a sra. Kira, "*я люблю нанизывать*"[5]. Afirma isso como se estivesse se desculpando.

8. Na mesma Murnau, está o museu de Ödön von Horváth. Ödön von Horváth nasceu em 9 de dezembro de 1901 em Rijeka, às 16h45 (segundo algumas outras testemunhas, às 16h30). Quando chegou a pesar uns 16 quilos, mudou-se de Rijeka e viveu sempre com os pais, um pouco em Veneza, um pouco nos Bálcãs. Quando atingiu a altura de 1,20 metro, mudou-se para Budapeste e viveu naquela cidade até a altura de 1,21 metro. Eros despertou em Ödön von Horváth, segundo sua própria opinião, quando sua altura chegou a 1,52 metro. O interesse de Von Horváth pela arte, em especial pela literatura, apareceu com a altura de 1,70 metro. Quando começou a Primeira Guerra Mundial, Ödön von Horváth parou de crescer,

3 "Sou colecionadora de pedras". Em russo no original.

4 Borsch, sopa típica ucraniana. Em russo no original.

5 "Adoro fazer colares." Em russo no original.

chegando à altura de 1,84 metro. A biografia de Von Horváth medida em quilogramas, centímetros e pontos geográficos é largamente atestada nas fotografias do museu.

9. Sobre o criminoso de guerra, general Ratko Mladić, que, das montanhas próximas, durante meses dizimou Sarajevo, circula a história de que, certa vez, teve como alvo a casa de um conhecido. A história prossegue e diz que o general telefonou ao conhecido e informou-o de que lhe concedia cinco minutos para recolher os "álbuns", porque, dizia, tinha a intenção de fazer a casa voar pelos ares. Ao dizer álbuns, o general pensava nos álbuns de fotografias familiares. O criminoso, que por meses destruía a cidade, as bibliotecas, os monumentos, as igrejas, as ruas e as pontes, sabia que estava destruindo a memória. Por isso, "magnânimo", deu de presente ao conhecido a vida com direito à memória. A vida nua e algumas fotografias de família.

10. "Os refugiados dividem-se em duas categorias: aqueles com fotografias e aqueles sem fotografias", disse um refugiado bosníaco.

11. "O que uma mulher mais precisa *é de ar*", diz minha amiga Hannelore enquanto caminhamos na direção do mosteiro próximo de Andechs.

"O que uma mulher mais precisa *é de um mordomo*", respondo a Hannelore enquanto na loja de suvenirs em Andechs compro uma bola de plástico com um anjo da guarda. Hannelore ri. Quando se agita um pouco a bola, cai neve sobre o anjo da guarda. A risada de Hannelore farfalha como a neve de isopor.

12. Antes de viajar para cá, passei alguns dias no Adriático, numa casa à beira-mar. À pequena praia vinham raros banhistas. Podiam ser vistos e ouvidos do terraço. Um dia me chamou atenção uma risada feminina intensa. No mar, avistei três banhistas de certa idade. Nadavam com os seios nus, bem próximo à praia, num pequeno círculo, como se estivessem sentadas a uma mesinha redonda e tomassem café. Eram bosníacas (pelo sotaque), provavelmente refugiadas e enfermeiras.

Como sei? Recordavam longínquos dias de aula e fofocavam a respeito de uma quarta que no exame final havia confundido as palavras "anamnese" e "amnésia". A palavra "amnésia" e a história do exame repetiram-se várias vezes e sempre provocavam uma explosão de risadas. Ao mesmo tempo, as três agitavam as mãos como se estivessem limpando migalhas de uma mesa inexistente. De repente desabou uma chuva pesada, daquelas de verão, súbitas e breves. As banhistas continuaram na água. Do terraço, fiquei observando as brilhantes gotas graúdas da chuva e as três mulheres. A risada tornava-se cada vez mais alta, com pausas cada vez mais curtas, e já gargalhavam. Nos intervalos, eu podia ouvir a barulhenta palavra "cai" que repetiam persistentes, pensando talvez na chuva. Abriam os braços, batiam na água com as mãos, agora suas vozes pareciam grasnidos de pássaros, como se competissem para saber quem teria voz mais gutural e potente, e a chuva, como se tivesse enlouquecido, estava mais forte e quente. Entre o terraço e o mar ergueu-se uma cortina nebulosa, salgada. A cortina de repente absorveu todos os ruídos e num silêncio cintilante podia-se ver o grandioso bater de três pares de asas.

Fiz um "clique" interno e gravei aquela cena para sempre, embora não saiba por quê.

13. "O que uma mulher mais precisa é de água", diz Hannelore, enquanto descansamos depois de nadar no luxuoso ambiente secessionista da Müllersches Volksbad.

14. Para uma conhecida minha, S., a vida desde o princípio não ia bem. Apesar disso, conseguiu terminar a escola de enfermagem e empregar-se num hospital suburbano para crianças com doenças mentais. "Isso não vai acabar bem. Estou absorvendo as desgraças alheias feito mata-borrão", disse. No hospital, encontrou sua felicidade, um enfermeiro, mais jovem que ela, um homenzinho (quando o conheci não pude desviar o olhar de seus sapatinhos de verniz) que tinha até o sobrenome no diminutivo. Engravidou já madura, decidiu dar à luz apesar do diabete de ambos, levou adiante a gravidez (gêmeos!) até o parto, e então, um dia antes de nascerem, os bebês sufocaram-se.

Minha conhecida desfez-se como um mata-borrão ensopado. Passou certo tempo na divisão psiquiátrica, depois recuperou-se e mudou-se com seu pequeno marido.

Um dia apareceu de repente em minha casa. Tudo estava "normal", ficamos conversando sobre o trabalho, o marido, isso e aquilo, e então minha conhecida tirou da bolsa um saquinho plástico e espalhou diante de mim seu "tesouro". Eram duas ou três coisinhas reluzentes e insignificantes, tão insignificantes que não me lembro delas. Durante muito tempo ficou movendo, reorganizando e examinando suas bugigangas. Depois, tendo notado uma miniatura de raminho de flores secas sobre minha estante, disse que lhe agradava muito, que era "maravilhoso, simplesmente maravilhoso", e me pediu que a presenteasse com a coisinha. Enfiou o raminho no saquinho e então foi-se embora com o seu miserável tesouro de pega.

15. Enquanto tomamos o café da sra. Kira, descubro algumas coisas sobre os outros moradores do casarão. "Sabe, aqui todos somos de certo modo parecidos, todos procuramos algo, como se tivéssemos perdido algo...", me diz.

16. Ao exilado parece que o estado de exílio é uma sensibilidade permanente e particular ao som, a uma melodia qualquer; por vezes, tem a impressão de que o exílio nada mais é que um estado de recordação musical inconsciente.

Em Munique, aonde fui para me encontrar com Igor, parei perto da Marienplatz atraída pela música. Um cigano idoso tocava no violino músicas ciganas húngaras. Caçou meu olhar em voo, sorriu gentil e insolente ao mesmo tempo, me reconheceu como "uma das suas". Algo me apertou a garganta, por um instante fiquei sem alento, e então rapidamente baixei o olhar e saí apressada, percebendo em um segundo que tomara a direção errada. Numa distância de dois passos avistei uma cabine telefônica salvadora, entrei na fila fingindo que, óbvio, precisava telefonar.

Diante de mim estava um jovem. Jaqueta apertada de couro preto, calças jeans apertadas, botas de salto, uma espécie de insegurança e insolência na face, tudo ao mesmo tempo, como se uma suprimisse a outra no mesmo instante. Já no momento seguinte eu sabia que era "dos meus", um "compatriota". A maneira com que por muito tempo e de modo insistente – sem olhar nem para a esquerda nem para a direita, feito garçom num restaurante ruim – discava os números me encheu de raiva e pena. Então o jovem finalmente conseguiu fazer a ligação (era um dos "meus", claro!). Aquele jeito dos meus compatriotas de falarem por muito tempo, a respeito de nada, como se mimassem a si mesmos com palavras excessivas, se afagassem com palmas mútuas e se agradassem, aquilo me fartou de novo com uma mistura de raiva e pena. O violino continuava a gemer triste, o jovem estava chamando uma tal de Milica, e na minha cabeça, como numa mesa de montagem, eu acoplava o triste gemido com o tartamudear do jovem. O violonista de olhos negros olhava persistente em minha direção como se estivesse me apontando. Desejei num momento sair da fila, mas não saí, isso apenas teria me delatado, pensei. Por isso, quando o jovem terminou o telefonema, recolocou o fone e alisou o cabelo com as mãos (gesto que por ser previsível me invadiu de novo com aquela mistura de raiva e pena), liguei para Hannelore, a única para quem poderia de fato telefonar, inventando num átimo uma pergunta inadiável e prática.

Atrasei-me para o encontro com Igor. Sentamos num restaurante chinês, tagarelamos animados à espera da comida, e foi então que percebi que estava inquieta o tempo todo, estava ausente de certo modo, que o meu olhar perambulava, e tive a impressão de, como os óculos num dia de inverno, estar coberta de uma suave neblina. E então tomei consciência do alto-falante, que no primeiro momento eu não havia registrado. Ouvia-se uma música popular chinesa ou coreana, quem sabe qual, mas em todo caso daquela parte do mundo. Ouvia-se uma silente, elegíaca, nasalização adocicada, amorosa talvez, que poderia ser também minha ou de Igor, russo, tanto faz. Naquele momento desabou uma chuva quente que escorria pelo vidro atrás de Igor e, por fim, cedi, reagi de modo correto, segundo um antigo e bastante ensaiado reflexo condicionado. Numa palavra, eu salivei por causa do som, aquele adocicado lamento geral, sempre idêntico, de onde quer que proviesse. Rebelava-me por dentro, guerreava, resmungava, meio alegre por estar enfim em seu poder, quase fisicamente satisfeita. Debilitada, acalmada, mergulhei num atoleiro interno quente de lágrimas.

— O que é isso, Igor? – perguntei como se me desculpasse.

— Seu olhar reluz com o brilho do botão de sua blusa – disse o meu amigo, judeu russo de Tchernóvits, exilado.

Estupidamente, baixei o olhar até o botão. O botão tinha uma turva cor dourado-plástico.

17. "Não tenho o desejo de ser inteligente. Não desejo construir uma fábula. Escreverei sobre coisas e pensamentos. Como uma coleção de citações", anotou há muito tempo um exilado temporário. Chamava-se Viktor Chklóvski.

18. "*Ich bin müde*", digo para Fred. Seu rosto pálido e melancólico abre-se num sorriso. *Ich bin müde* é a única frase que sei em alemão por enquanto. Neste momento não quero aprender mais. Aprender mais significa abrir-se. E eu quero continuar fechada por mais tempo.

No silêncio do meu quarto, com a cenografia romântica nas janelas, espalho as coisinhas, aquelas que carreguei comigo, e nem sei direito por quê, aquelas que encontrei aqui, todas casuais e sem sentido. Diante de mim brilha uma pequena pena que recolhi passeando no parque, em minha cabeça ressoa a frase de alguém, amarelece diante de mim a fotografia antiga, enrubesce a miúda figura humana no postal barato, persegue-me o contorno do gesto de alguém e não sei seu significado, nem a quem pertence, com brilho plástico reluz diante de mim a bola com o anjo da guarda. Quando a agito, sobre o anjo cai a neve. Não entendo o sentido disso tudo, estou em desarrumação, sou um exemplar humano cansado, sou uma *каменщица*[6]. O acaso, vejam só, atirou-me na outra margem, mais segura.

19. "O que uma mulher mais precisa é de ar e água", diz Hannelore, didática, enquanto estamos sentadas na cervejaria e sopramos a espuma da cerveja da caneca.

6 Pelo contexto, provavelmente pedrinha, seixo. Em russo no original.

20. O exilado tem a impressão de que o exílio tem a estrutura do sonho. De repente, como no sonho, aparecem alguns rostos que havia esquecido, que talvez nunca tenha encontrado, alguns espaços que com certeza está vendo pela primeira vez, mas parece que os conhece de algum lugar. O sonho é um campo magnético que atrai imagens do passado, do presente e do futuro. Ao exilado aparecem de repente faces, acontecimentos e imagens atraídos pelo campo magnético do sonho; de repente tem a impressão de que sua biografia foi escrita há muito tempo, antes mesmo que se cumpra, que o exílio, portanto, não é o resultado de circunstâncias externas nem escolha sua, mas coordenadas confusas que o destino lhe traçou há tempos. Apanhado nesse pensamento doce e apaixonante, o exilado começa a decifrar aqueles sinais desconexos, cruzinhas e nozinhos, e de repente tem a impressão de estar lendo em tudo uma harmonia secreta, a lógica circular dos símbolos.

21. "*Нанизывать, я люблю нанизывать*"[7], diz a sra. Kira como se estivesse se desculpando e ao mesmo tempo sorri com o sorriso pálido de um convalescente.

22. Em um estúdio de vidro no fundo de nosso parque, o casal romeno prepara uma exposição. A mulher jovem, com um machadinho, corta pedaços de madeira que durante dias recolhe no parque. Enquanto isso, o homem fixa num enorme painel branco folhinhas de papel finas, quase transparentes. Em todas, com suaves aquarelas cinza-claro, está desenhada a cabeça de um pássaro. A mulher jovem golpeia de maneira ritmada a madeira com a machadinha. Os papeizinhos a princípio estão inertes, e então uma corrente invisível passa a movê-los devagar. As cabeças de pássaro tremulam como se fossem cair.

7 "Fazer colares, adoro fazer colares." Em russo no original.

Parte Dois
Museu doméstico

1. A poética do álbum de família

> *A época atual é de nostalgia e os fotógrafos fomentam, ativamente, a nostalgia. A fotografia é uma arte elegíaca, uma arte crepuscular* [...]. *Todas as fotos são* memento mori. *Tirar uma foto é participar da mortalidade, da vulnerabilidade e da mutabilidade de outra pessoa (ou coisa). Justamente por cortar uma fatia desse momento e congelá-la, toda foto testemunha a dissolução implacável do tempo.*
>
> SUSAN SONTAG, *Sobre fotografia*

— O que fazem aqui Slavica e Branko?! – diz surpresa, tira o álbum das minhas mãos e contempla a fotografia do jovem casal sorridente.

— Quem são Slavica e Branko?

— Você não os conhece... Você era pequena... – Faz um gesto com a mão. — Se soubesse por que coloquei *eles* no álbum... – murmura para si, acentuando "eles" e observando atenta a fotografia, como se fosse um exemplar raro de um herbário.

De repente, com um movimento da mão como se arrancasse um esparadrapo, descola a cobertura de celofane, tira a fotografia e a rasga em pedacinhos. Os sons secos da execução cortam o ar.

— Pronto – diz. — De qualquer modo, já faz tempo que estão mortos – acrescenta num tom comemorativo-conciliador e me devolve o álbum.

O começo da história se esconde numa bolsa de senhora de couro de porco, que ela trouxe consigo no longínquo ano de 1946, junto com um baú de conteúdo modesto. Assim que surgiu a oportunidade de comprar uma nova bolsa de senhora, a antiga mudou-se para o canto do armário e a partir daquele momento serviu como um armazém domiciliar de recordações.

Mais tarde, apareceram novas bolsas de senhora, mas aquela, a primeira, continuou no canto do armário. Apareceriam depois também móveis novos, armários novos, cômodas, baús, apareceriam ainda malas e malinhas mais adequadas, mas aquela bolsa marrom de couro de porco ocuparia o lugar permanente no canto do armário e serviria como despensa de lembranças.

Na infância pobre do pós-guerra, desprovida de objetos, aquela bolsa de couro de porco serviria como substituta para o porão e o sótão inexistentes, para a casa de bonecas, para os brinquedos. Eu reviraria encantada seu conteúdo modesto e me sentiria participante de algum Segredo. Não sabia que eu era isso também. Participante do segredo simples da vida.

No começo a bolsa escondia fotografias (principalmente de mamãe), algumas cartas (de papai), um dobrão de ouro, uma tabaqueira de prata, um xale de seda "pura" e uma mecha de cabelo.

As fotografias de mamãe eram fascinantes: numas usava chapéus raros, noutras, roupas de marinheiro e bonés de estudante, noutras, trajes de banho (mamãe no barco, no fundo resplandecia um mar desconhecido, aquele que eu ainda iria conhecer). Mamãe em todas as fotografias estava extraordinariamente bonita. Havia fotografias de um casal idoso, deviam ser minha avó e meu avô; uma mulher jovem, devia ser minha tia, e suas filhas, minhas primas. Aquelas fotografias não significavam muito para mim, porque não conhecia nenhum deles.

Além das de mamãe, bem atadas com fita, havia também algumas fotos de meu pai; algumas minhas (recém-nascida), e de todos nós juntos: mamãe, papai e eu em cenas idílicas brincando na neve.

As cartas haviam sido escritas no ano de 1948, com a letra de meu pai, do sanatório para tuberculosos ("Você ainda estava em minha barriga, não tinha nascido", diz mamãe). Logo que aprendi a ler, li as cartas às escondidas. Falavam de coisas completamente incompreensíveis: sobre pontinhos ("Você tem pontinhos suficientes?"), estreptomicina (alguém havia arrumado a salvadora estreptomicina), toucinho (alguém havia arrumado um pedaço de toucinho e a "comida está muito melhor") e amor ("sua figura flutua constantemente diante de meus olhos").

O dobrão pertencia à família de mamãe e ela o guardaria durante a vida inteira. Mais tarde, ao tesouro de casa seriam acrescentados um anel de ouro em forma de amêndoa (presente de papai) e uma plaqueta de ouro dentário. Eram essas as únicas preciosidades que ela possuía.

A tabaqueira era de prata e pertencia ao meu avô, ao pai de mamãe. Na tampa estava gravada a cabeça de um cavalo trotando ("Isso é um cavalo trotando", falava mamãe). Eu passava os dedos sobre a superfície de prata acompanhando os contornos do cavalo trotando, abria a tabaqueira e inspirava o cheiro de tabaco do avô desconhecido.

O pequeno xale de seda "*pura*" (mamãe sempre sublinhava a palavra "pura"), a avó havia enviado numa carta. Esse pequeno sopro de seda contrabandeado numa carta comum entreabriu a porta sedutora do desconhecido. A expressão "seda pura" atraía feito ímã outras palavras de significado vago: pele, pérolas, objetos preciosos e – esmeralda. Mesmo mais tarde eu gostava de contorcer a língua com a palavra incomum "esmeralda", como se na boca em vez de uma palavra estivesse remexendo uma bala de menta verde e dura.

Havia ali também uma pequena mecha enclausurada em celofane feito uma mosquinha, uma mecha do meu cabelo. Eu virava o celofane na direção da luz, caçando os raios solares.

A bolsa envelheceu com o tempo, desbotou, estourou nos vincos. Não se podia mais fechar, as fotografias caíam, escorriam da bolsa, passeavam pelo armário. Nós as organizávamos, atávamos com fitas e colocávamos na bolsa tentando manter a ordem.

Ao lado da bolsa, no canto do armário, apareceram também caixas de sapatos de papelão. Atirávamos as fotografias naquelas caixas ou as enfiávamos em livros e gavetas. A bolsa continuou sendo o armazém central das lembranças.

Ela amiúde grunhia que se devia fazer ordem, que um dia atiraria todas as fotografias no lixo, que todas as pessoas civilizadas tinham álbuns de fotografias. Que era uma vergonha que esse lixo todo estivesse no armário, que o armário, de qualquer modo, era lugar para roupas e não para fotografias de qualquer espécie, mas a despeito de seus grunhidos não mudou o canto do armário, nem a bolsa no canto, nem mesmo o seu propósito.

Em 1973, morreu meu pai. Eu o amava, mas aceitei a morte em si de um jeito calmo, me culpando pela minha frieza.

Um mês depois de sua morte, de algum lugar rastejou e caiu silenciosa aos meus pés a fotografia dele, pequena, daquelas para documentos de identidade. O olhar na fotografia, naquele pequeno fato silencioso, puxou alguns fios dentro de mim, me sacudiu de repente um soluço forte que me tirou o fôlego. Me tranquei no quarto e chorei por muito tempo, tinha a impressão de que nunca iria parar.

Quando finalmente me acalmei, no quarto entrou mamãe e pronunciou uma frase cujo significado verdadeiro eu compreenderia bem mais tarde.

— Deveríamos comprar álbuns – disse ela.

Compramos. A bolsa marrom de couro de porco, aquela que ela trouxera junto com o baú de conteúdo modesto no longínquo ano de 1946, acabou sendo tirada do armário. Da bolsa saiu para a luz diurna um acervo de vida desordenado, desmazelado. Observei os rostos, os sorrisos, os corpos, aquelas cenas marrom-amarelecidas, em preto e branco e multicoloridas, aquelas manchas de luz nos quadrados do papel, e senti um desconforto como se estivesse vendo uma cena imprópria.

Um dia a flagrei olhando uma pilha de fotografias com uma expressão de impotência trágica no rosto.

— Você quer que eu ajude? – perguntei.

— Não – disse ela. — Esses são *meus* álbuns.

A bolsa desapareceu em silêncio. Sumiram as caixas de papelão, as fotografias não brotavam mais das gavetas e não desabavam dos livros, estavam agora guardadas em segurança nas páginas de tecido dos álbuns. Uma dezena de álbuns organizados estava na estante ao lado da cama de mamãe, sugerindo pela quantidade e aspecto um sério arquivo de vida.

— E onde está a bolsa? – perguntei.

— Não existe mais. Joguei no lixo – disse.

Folheei os álbuns. Lembravam a bolsa: as fotografias, no entanto, estavam organizadas, mas não se percebia nenhum rastro de qualquer princípio de "organização do material". Até as fotografias dela, que sempre estiveram separadas com uma fita ciumenta, estavam agora misturadas às outras.

Ou havia poucos álbuns ou havia fotografia demais. Não conseguia ou não sabia decidir. Da batalha com o gênero, ela já tinha desistido no início.

Um dia reorganizou os álbuns, tratando de estabelecer a cronologia dos acontecimentos, mas aqui também o princípio se desfez por motivos desconhecidos. Como resultado, minha fotografia do tempo de estudante se encontrava ao lado de Slavica e Branko, o jovem casal desconhecido.

Ela procurou estabelecer certa hierarquia no interior daquela cronologia frouxa, mas, ainda que decidisse apagar de seu arquivo de vida os irrelevantes Slavica e Branko, restariam, por motivos desconhecidos, os rostos sorridentes dos igualmente irrelevantes Slavica e Branko.

O princípio da cronologia dos acontecimentos e a importância deles em sua vida pareciam destruir sua vivência interna das coisas. Assim, por exemplo, atribuiu um espaço incomumente exorbitante às fotografias do casamento de seus sobrinhos distantes, embora mal tenha estado em contato com eles. Talvez ela apenas gostasse de imagens de casamentos.

Uma vez notei no álbum um pequeno tríptico: três fotografias dela enfileiradas lado a lado. Na primeira ela devia ter uns 20 anos, na segunda, uns 30, na terceira, uns 40. Fora do tríptico, separada por alguma razão, estava a fotografia mais recente dela.

— Envelheci terrivelmente, não é mesmo?

— Não – disse eu, examinando as fotografias com cuidado.

Pulando sempre a distância de dez anos, sua face mudou de fato. O redondo transformou-se em ovalado; os grandes olhos castanhos diminuíram e por algum motivo tornaram-se puxados, a boca carnuda perdeu a protuberância graciosa e ficou mais aplainada, duas rugas ao redor da boca começaram a descer aos 30, aos 40 já eram visíveis duas papadas quase imperceptíveis em cada lado do rosto. Na fotografia mais recente se viam claramente as mandíbulas tristes.

— Não envelheceu – repeti e fechei o álbum.

Quando outra vez pus as mãos no álbum, o tríptico havia sido removido, as fotografias reordenadas, e a mais recente, a das mandíbulas, desapareceu para sempre.

Em 1976 viajei para a Armênia com um grupo de estudantes. Viajamos pelos espaços armênios de cor terracota sobre os quais pairava a sombra espectral do Ararat nevado, desaparecendo e reaparecendo como o Gato de Cheshire de Carroll. No mosteiro de Geghard, escavado na rocha, com mais de mil anos, conhecemos um monge. Distribuindo com profissionalismo desnecessário os seus igualmente desnecessários cartões de visita, o monge nos convidou para a sua cela. Além da cama, mesa e cômoda, na cela não havia mais nada. Sobre a cômoda, simetricamente espaçadas umas das outras, havia três fotografias emolduradas.

— Esta é uma fotografia minha de quando tinha 20 anos; esta, de quando tinha 30; e esta, de quando tinha 40 – disse o monge com voz de guia de museu.

Debaixo da estante em que estavam as fotografias havia um pequeno ramo de flores secas amarradas com uma fita.

Mamãe, entretanto, conseguiu "pôr ordem" nos álbuns com o tempo. O que mais me agradava era o álbum de fotografias que ela havia trazido no longínquo ano de 1946. Tendo se livrado da fita, o maço de fotografias sépia agora estendia-se pelo álbum em sua beleza pátina. Os jovens avó e avô com amigos de faces marcantes ("Amigos de família, armênios", diz mamãe) reunidos em torno de um gramofone com um alto-falante que parecia um nenúfar gigantesco; ei-los no piquenique sentados no gramado, diante deles uma toalha branca, sobre pequenos cestos com uvas; aqui estão as fotografias adoráveis de mamãe jovem na praia, num barco, passeando com as amigas, sob a sombra do arvoredo, em uniforme escolar, em excursão. Meninas em vestidos de seda, entre elas Eli, minha mãe, e rapazes com calças brancas e paletós escuros.

— Está vendo – diz apontando com o dedo para o rosto de um jovem sorridente parecido com o focinho de um galgo –, este foi o meu primeiro amor...

Conheço o rosto, ela com frequência apontava o dedo para a fotografia, pronunciando sempre a mesma frase: "meu primeiro amor...".

— Quem sabe se ainda continua vivo... – diz e acaricia o celofane com a ponta dos dedos como uma vidente com uma bola de cristal.

Viajando pela América visitei minha conhecida de Zagreb, que partira uns quinze anos antes para lá com o marido, médico. Moravam numa casa bonita, tinham dois filhos, ela tinha cartões de crédito e talões de cheque, ia uma vez por semana praticar ioga, uma vez por semana à academia de ginástica, frequentava um curso de japonês ("Lembre-se, no século XXI aqui será Japão!"), fuçava os antiquários locais em busca de peças de móveis para sua casa mobiliada à europeia, assava peru no Dia de Ação de Graças, tinha raiva dos negros porque são "bichos que não fazem nada", conduzia os filhos à escola, às aulas de tênis, espetava bandeirinhas americanas nos bolos de aniversário e uma vez por semana reunia as amigas numa "noitada" só para mulheres.

Bebíamos martíni gelado à beira da piscina e falávamos a respeito de qualquer coisa. Num momento minha conhecida me fitou com um olhar brilhante de martíni, ou de regozijo momentâneo, e disse:

— Vamos lá, conte como era o Miroslav!

Fiquei confusa. De modo algum consegui lembrar quem era Miroslav.

— Você sabe – encorajava minha conhecida –, eu já contei mesmo para elas milhares de vezes, elas já sabem de tudo...

— Ah! – eu disse de um jeito impreciso. Ainda não fazia ideia de quem se tratava. E então me lembrei vagamente, antes de se casar e morar na América, ela de fato "andava" com certo Mirek...

— Ah! – comecei a dizer, mas minha conhecida me interrompeu.

— Meu Deus, quando eu penso como ele era alto! Batia 1,90 metro.

Naquele instante me lembrei claramente desse Mirek, que mal chegava a 1,70 metro.

— Meu Deus, e aqueles divinos olhos azuis! Conte para elas, vamos...

A imagem de Mirek, da qual eu nunca na minha vida haveria lembrado, brilhou de repente com toda a sua intensidade. Mirek tinha olhos castanhos miúdos e um rosto com marcas de varíola.

— Gostava demais de mim. E quando me lembro que escapei dele e me casei sem motivo, sem motivo mesmo. Ele nunca se casou, não é?

— Não, nunca – respondi piedosa.

No álbum verbal composto para as amigas a imagem de Mirek, tendo viajado de Zagreb à província americana, sofreu retoque significativo. O Mirek de não mais que 1,70 metro cresceu para ser um Miroslav de 1,90, a cor dos olhos mudou de castanho para azul, e de um mero fulano de Zagreb transformou-se em amante inesquecível e propriedade imaginária das participantes da noitada feminina. Feito cometa há muito apagado, aqui, do outro lado do céu, Mirek ainda continua brilhando com todo o seu esplendor.

Mais tarde, quando lavávamos a louça na cozinha, pisquei amistosa e ia falar algo como “que bom que foi assim com o Mirek”, mas minha conhecida me interrompeu.

— Sempre gostei e sempre gostarei do meu Miroslav...

Compreendi que a história sobre Miroslav não era uma diversão imaginada para as amigas, o que talvez possa ter sido no começo. Com o tempo, minha conhecida embelezou a fotografia de Mirek, e ela própria acreditava naquilo, o retoque tornou-se realidade.

Mordisquei um pedacinho de bolo e, desejando mudar de tema, disse:

— Esses bolos são muito bons...

— Comuns, americanos. Chamam-se *brownies* – disse minha conhecida no mesmo tom em que pouco antes falava de Miroslav.

Depois de deixar o hospital, em julho de 1986, torturada pelas dúvidas sobre sua sobrevivência, me pediu que a fotografasse. Através do pequeno olho da câmera automática Canon vi em seu rosto assustado a tentativa de criar a expressão que deixaria para nós, seus filhos, como a última. Acredito que naquele momento ela estivesse certa disso. Observei o terrível esforço interno com o qual erguia a face triste e descuidada e vestia nela o sorriso, mas o esforço (o que ela não podia nem ver nem saber) terminava numa única expressão inequívoca, na face do puro medo.

Com a garganta apertada, oculta atrás da máquina fotográfica, eu lutava entre o desejo de satisfazê-la e o temor de que, se o fizesse, o retrato realmente seria o último.

— Pronto! – disse apertando o botão.

O acaso decidiu. Algo deu errado com o filme. E mamãe se recuperou.

Na metade de fevereiro de 1988 fui por três dias a Munique. Esperou por mim no vestíbulo do hotel Opera (um pequeno hotel na St. Anna Strasse) sentado num cadeirão trançado, entre ramalhetes de orquídeas brancas e roxas que transbordavam dos enormes vasos dispostos ao redor. Levantou-se quando me avistou à porta, fomos um ao encontro do outro, como num cenário, transpondo a distância daqueles poucos passos.

Passamos dois dias trancados no quarto do hotel, não nos tocamos, não falamos nada além do mais necessário. Como num filme mudo, ele ficou grudado diante do televisor, eu saía periodicamente à varanda e esfregava os dedos nervosos na pequena placa de metal na mureta que, por alguma razão, trazia gravado o número treze (o cenógrafo secreto da vida havia criado essa coincidência kitsch também). Eu tomava duchas longas e frequentes, para que ele não ouvisse meu choro. Sob o chuveiro quente experimentei um agradável abatimento misturado ao sentimento forte de perda. Algumas vezes decidi com firmeza me levantar, chamar um táxi, pegar minha mala de viagem, bater a porta e o deixar para sempre, mas permaneci pregada com a insuperável sensação doce-amarga de infelicidade. Tive a impressão de que estávamos aprisionados numa bola de cristal kitsch, como os decrépitos Adão e Eva devolvidos sob a árvore do paraíso; parecia que alguém sacudia a bola, sobre nós caía a neve, e era de todo indiferente se estávamos vivos ou mortos. De noite acordei com o gemido dele, tão feminino, tão semelhante ao meu. A mesma paralisia estranha não me deixava esticar os braços e abraçá-lo.

No terceiro dia nós, atores do filme mudo, levantamos e saímos. O sol brilhava como um refletor. O ar cheirava a vinho quente, cravo e canela, era *Fasching*[8], metade de fevereiro, e nós, como numa opereta ruim, estávamos de novo rodeados por nossa cenografia real. O sol claro, como debaixo de uma lupa, descobria cada pequena ruga no rosto; instintivamente procuramos o abrigo das sombras geladas.

No aeroporto tomamos uma bebida aguardando a chamada para o meu voo, e depois rumamos devagar em direção à saída.

8 Carnaval na região da Bavária, na Alemanha.

No caminho, notamos a cabine automática de fotografias do aeroporto e... entramos nela. Ali ficamos sentados espremidos na cadeira redonda, fechados pela cortina suja e aguardando que a pequena luz vermelha se acendesse. Quando se acendeu a última, a quarta, ele me beijou de surpresa. A duração do beijo foi determinada pelo zumbido da câmera invisível.

Pelo alto-falante anunciavam meu voo pela segunda vez, e eu estava parada diante da pequena abertura metálica da cabine esperando aparecerem as fotos. Observava tensa a abertura como se dali fosse escorregar a explicação definitiva. A pequena foto Polaroid apareceu na abertura, a peguei, rasguei na metade (duas para ele, duas para mim). Me deu um beijo leve enquanto apertava na mão a sua metade da Polaroid, e eu segui em direção à fila de controle de passaportes. Enquanto me movia, repetia para mim mesma que não me viraria, mas ainda assim me virei. Estava parado com as mãos enfiadas nos bolsos, o rosto, pela primeira vez de certo modo perdido e assustado, brilhou como um flash e desapareceu. Amassei as fotografias, joguei fora e parti.

Me perguntei depois por que o cenógrafo secreto da vida imaginou para uma dor tão real uma cenografia de despedida tão irreal. O verdadeiro fim de nossa história foi determinado pelo clique do aparelho fotográfico e por nosso beijo de Polaroid que, expressando aquele amor inquestionável, trazia o conteúdo de sua morte inquestionável.

Os álbuns de mamãe, a maneira pela qual ela organizava os "acontecimentos da vida", reviveriam diante de meus olhos o cotidiano que eu havia esquecido. Aquele cotidiano era "arranjado" (até pelo próprio ato de posar) de antemão, e seria depois rearranjado (pela seleção das fotografias), mas – talvez justamente por causa do entusiasmo artístico amador para que os fatos da vida (montados por antecipação) estejam *bem montados* – ainda assim brotará (muito mais nas fendas, nos erros, no próprio método) autêntico de modo comovente e vivo.

Uma das fotografias revelaria de forma desleal meus sapatinhos com os bicos recortados e abriria o mundo da privação do pós-guerra (quando os dedos cresciam mais depressa do que a possibilidade de comprar sapatos novos), a época das excursões de trabalhadores e sindicatos à praia, discursos e bandeiras, admissão nos Pioneiros, espetáculos socialistas em miniatura, reduzidos na medida e nas possibilidades do lugar provincial em que eu vivia, a comemoração do Primeiro de Maio, as procissões infantis mascaradas que eram chamadas de "passeio floral" (a fotografia comprova que eu era a papoula!), as encantadoras pirâmides da amizade, corridas de revezamento, maratonas, primeiros vestidos, sapatos, primeiras viagens ao exterior. Renascerá uma história não escrita da vida cotidiana que, a julgar pelas fotografias tão inofensivas e comuns em termos de gênero, poderia acontecer em qualquer lugar, mas de todo modo aconteceu *aqui*.

Em 1991 – depois da queda definitiva da ideia que meu pai (não tendo aguardado a fragmentação, porque disso a morte se encarregou suavemente) tinha da realidade, depois da desintegração do país que a mesma ideia mantinha unido –, mamãe juntou as condecorações de meu pai (pela "coragem", pelo "trabalho", pela "fraternidade e unidade", pelo "trabalho persistente para a construção do socialismo"), colocou tudo num saquinho plástico transparente como se fossem os restos mortais de alguém, e disse triste:

— Não sei o que fazer com isso...

— Ora, deixe lá onde estava...

— E se alguém descobrir?!

Fiquei calada.

— Pegue-os você – sugeriu implorando.

Ainda assim, no mesmo ano – quando mudaram o nome das ruas, quando mudaram a língua, o país, a bandeira e os símbolos, quando mudaram o nome das instituições, escolas, trens e aviões; quando o lado *culpado* transformou-se no lado *certo*, e o certo de repente em culpado; quando uns tinham medo dos próprios nomes, quando outros pela primeira vez não tinham medo; quando uns massacravam os outros; quando irromperam exércitos com diferentes distintivos; quando irrompeu o mais forte para aniquilar tudo da face de *seu* país; quando ondas de calor horríveis desolaram o país; quando a mentira se converteu em lei e a lei em mentira; quando os jornais escreviam coisas diferentes a respeito da mesma coisa; quando as pessoas falavam coisas diferentes sobre o mesmo; quando as bocas enunciavam apenas palavras dissilábicas: *sangue, guerra, faca, medo*; quando os pequenos países balcânicos sacudiram a Europa afirmando com razão que eram seus filhos legítimos; quando de algum lugar surgiram formigas para devorar e arrastar os farrapos até do último descendente das tribos malditas; quando se destroçavam mitos antigos e no desatino criavam-se novos; quando se decompunha o país que havia aceitado como seu e havia muito tinha perdido e esquecido o velho; quando em seu apartamento em Nova Zagreb, emanando do concreto abrasado e do céu de betume, o calor queimava-a; quando dia e noite luzia o brilho pavoroso do televisor; quando a sacudia a febre gélida do medo – minha mãe, apesar de tudo, persistiu insistente com o ritual inútil de ir ao túmulo de meu pai. Acredito que foi então pela primeira vez que contemplei a lápide úmida e de repente notei a estrela de cinco pontas (ainda que desde o início tenha estado ali e por solicitação dela) e talvez pela primeira vez tenha tido a ideia, debilitada e imprudente, como ela própria, de que era possível apagar a estrela de cinco pontas gravada na pedra, e depois envergonhada afastou o pensamento e conservou no álbum a fotografia de papai em uniforme de *partisan* ali onde havia estado, bem como conservou o saquinho de condecorações supérfluas como se fossem suas. Como se então, de repente, confrontada com a pequena estrela de cinco pontas acima do nome do marido, pela primeira vez aceitasse também a própria biografia.

Ao voltar para casa, ficou sentada sozinha em seu apartamento abrasado, como num trem, assentada assim sem protetor e sem bandeira, sem pátria, quase sem nome, sem *seu* passaporte e cédula de identidade, de vez em quando se levantava e espiava pela janela esperando ver as cenas de um país destruído pela guerra, porque já as havia visto uma vez. Estava sentada no próprio apartamento como num trem, sem viajar para lugar algum, porque nem tinha para onde ir, e segurava nos joelhos sua única propriedade, seus álbuns, seu modesto arquivo da vida.

Um amigo meu nasceu sem ter conhecido o pai. O pai, como dizia sua mãe, havia "desaparecido no redemoinho da guerra". O que havia "sobrevivido ao redemoinho da guerra" era uma pequena fotografia amarelecida do pai. Assim a palavra "pai" para o meu amigo permaneceu enclausurada para sempre na frase: "desaparecido no redemoinho da guerra".

Mais tarde, a mãe morreu também, depois ele próprio formou uma família. Um dia, completamente por acaso, soube que o pai havia sido morto depois do fim da guerra; fazia parte do "lado culpado". Procurou a pequena fotografia paterna e pela primeira vez observou que a fotografia não era apenas antiga, mas também havia sido retocada com cuidado (parecia que o retoque tinha sido feito pelas mãos da mãe). Aqui uma pequena agulha, ali uma manchinha, e o uniforme militar do pai devagar se diluiu num traje indefinido.

Passados 45 anos da guerra, quando o "lado culpado" conseguiu o seu retoque histórico e quando a luz fotográfica dos tempos novos o deslocou para o "lado certo", meu amigo, à pergunta do filho a respeito do avô sorridente, respondeu:

— Desapareceu no redemoinho da guerra.

E mostrou ao filho a pequena fotografia amarelecida.

Nunca gostei de fotografar. Os turistas, armados de máquinas fotográficas, para mim eram repulsivos; o exame de álbuns alheios, tedioso; ver os slides alheios, repugnante. ("Sempre pensei na fotografia como algo grosseiro, e quando bati a primeira foto me senti muito estranha", escreveu a fotógrafa americana Diane Arbus.)

Durante uma estada no exterior, comprei uma câmera automática barata e gastei alguns rolos fotográficos. Depois de algum tempo examinei as fotografias e constatei que daquela viagem eu tinha memorizado apenas as cenas que fotografei. Tentei me lembrar de outra coisa, mas a memória persistente continuava presa ao conteúdo das fotografias.

Me perguntei o que e quanto eu teria lembrado se não tivesse fotografado.

Quando viajou para o funeral de minha avó, mamãe retornou com uma pilha de nossas fotografias de família que tinha enviado durante anos para vovó. Entre elas, havia também uma de mim, feita na praia. Eu devia ter uns 13 anos. No verso da fotografia descobri um texto em búlgaro redigido pelas mãos desajeitadas de minha prima distante: "Esta sou eu, fotografada na praia, com o novo traje de banho". Sob o texto havia a também desajeitada assinatura dela.

Agora a fotografia está em meu poder. Por que aquela prima distante fizera aquilo, nunca saberei. Esse pormenor me confunde, às vezes penso que eu posso ter feito aquilo e que, de resto, é difícil demonstrar que não fui eu, porque é óbvio, a fotografia é minha. Depois me vêm repentinos tremores como num pesadelo ao pensar que pode ter sido eu quem assinou na própria fotografia o nome dela, na língua, no alfabeto e com a caligrafia dela.

As fotografias no álbum de mamãe – após o caos, a ordem introduzida com base no princípio da cronologia e importância dos acontecimentos, o retoque (a expulsão das fotografias feias), livrar-se dos desnecessários Slavica e Branko – já há algum tempo mantêm, parece, uma ordem permanente.

Apesar disso, percebo que nos álbuns austeros se infiltram silentes novas correntes de vida: um papelzinho arrancado com o nome de um creme facial, o número de telefone de alguém, um recorte de jornal a respeito do local em que é possível adquirir fechaduras especiais e sistemas de alarme, ou um pequeno artigo a respeito da nocividade do tomate, o postal de alguém em férias.

De tempos em tempos, ela organiza, joga fora o "lixo" que ao escapar de seu controle rasteja para os álbuns *dela* e arruína a harmonia.

De vez em quando a encontro folheando seus álbuns. Ela os fecha, tira os óculos, os põe de lado e diz:

— Às vezes tenho a impressão de que nem vivi...

"A vida não é mais que um álbum de fotografias. Só existe aquilo que está no álbum. O que não está no álbum nunca existiu", afirma meu amigo.

Certa vez, conheci em Moscou um tal de Ivan Dorogávtsev da aldeia de Friázin, tradutor de Shakespeare, um maluco local. Dorogávtsev usava na cabeça uma peruca feminina esfarrapada, com o propósito evidente de se aproximar pela aparência física daquele que admirava, seu deus inacessível William. O trajezinho gasto de Dorogávtsev trazia como ornamento um grande broche no qual estava escrito (em cirílico): William Shakespeare.

Dorogávtsev produzia pilhas de materiais em papel. Eram postais espalhafatosos (sobretudo tchecos, búlgaros, poloneses, aos quais tinha acesso mais fácil, e, claro, nacionais, soviéticos), em cujo verso colava suas traduções. Assim o verso *My mistress' eyes are nothing like the sun* podia estar justaposto à *Igreja de Belém*, fragmentos de *Otelo* com os cumprimentos "*с днем рождения і*"[9] impressos no verso do postal. Sozinho, ele produzia também livretos que encapava com postais, e as capas com a fotografia do conhecido monumento *Работник и колхозница*[10] podiam vir acompanhadas das traduções do monólogo de Hamlet de Dorogávtsev, digitadas numa máquina de escrever ruim. Dorogávtsev por vezes incluía nas traduções seus próprios poemas, pensamentos e comentários, e a gloriosa musa morena de Shakespeare tinha sua rival na loira Oliétchka, moradora da aldeia de Friázin.

Dorogávtsev escrevia cartas insistentes ao presidente Brejniêv pedindo ajuda ao Estado soviético. Nas cartas explicava a importância de sua missão cultural, assegurando ter a "chave secreta" para desvendar "os fatos da vida, reflexões pessoais e a tecnologia admirável da obra de Shakespeare". Tudo o que a "Humanidade" (Dorogávtsev gostava de grafar algumas palavras com maiúsculas) sabe a respeito de Shakespeare pode ser jogado

9 "Feliz aniversário." Em russo no original.
10 Operário e mulher kolkosiana. Em russo no original.

tranquilamente e de imediato (!) "no lixo da História" porque, quando ele, Ivan Dorogávtsev da aldeia de Friázin, publicar suas "Descobertas", a Rússia vai se tornar para todos os países cultos do mundo "a primeira e única Autoridade sobre o homem mais genial do Universo" (isso, claro, refere-se a Shakespeare).

Em seus livretos Dorogávtsev denunciava de modo implacável seus antecessores, os tradutores, revelando dados relativos à fidelidade de suas traduções calculados em porcentagens precisas. Assim, o mais conhecido de todos, Boris Pasternak, pela fidelidade de sua tradução de *Hamlet*, de acordo com as pesquisas de Dorogávtsev tirou zero! Depois do zero atribuído a Pasternak, Dorogávtsev inseriu um decidido ponto de exclamação.

Se em todas as loucuras, assim como na mentira, existe uma camada suave de verdade, então no caso de Dorogávtsev aquela verdade brilhava na fotografia. Dorogávtsev me mostrou solene aquela fotografia, como se fosse o maior segredo. Era uma fotomontagem, obra de um amador qualquer, que, graças à má técnica e ao vírus da loucura de Dorogávtsev (Ah!, abençoado amadorismo!), cobria o que devia ser coberto e descobria o que devia ser descoberto.

Numa palavra: na fotografia, ombro a ombro, olhares fixos na eternidade, como dois bons amigos estavam Wiliam Shakespeare e Ivan Dorogávtsev em pessoa. Estavam ali como se fosse a coisa mais natural do mundo, como se tivessem estado ali sempre, Will e Vánia. A fotografia apenas confirmava aquilo que a loucura refutava: que Ivan Dorogávtsev da aldeia de Friázin realmente tinha a "chave" dos segredos de Shakespeare.

Na primeira infância, eu cobria os olhos com a palma das mãos e dizia: "Eu não estou aqui!". Em seguida, retirava as mãos e falava: "Estou". A segunda frase provocava uma aprovação sonora dos presentes. "Você estáááá!"

Esse jogo infantil mais elementar, que inculcava noções na consciência – estou, existo (logo, vejo) e não estou, não existo (logo, não vejo) –, tinha a sua versão mais adulta. Lembro-me de que quando crianças sabíamos fechar as mãos em forma de "binóculo", encostá-las nos olhos e, com entonação de travessura ameaçadora, comunicar ao companheiro de brincadeira: "Estou vendo você!". Depois, substituíamos as mãos por um pequeno canudo de papel. O pequeno canudo reduzia o mundo infinito e insuperável a um pedacinho limitado e superável do mundo, um pequeno círculo, um quadro. O pequeno canudo subentendia uma escolha (posso observar isto ou aquilo). Fragmentado em pequenos círculos, o mundo através do canudo branco de papel chegava aos olhos numa nítida beleza incomum. Aquele grito ameaçador e travesso – "Estou vendo você!" – tinha significado completo. Através do pequeno canudo realmente era possível ver; sem o pequeno canudo, apenas olhar. Com a ajuda de um simples canudinho de papel, colhia-se a medida desejada do mundo, a "fotografia".

Quando visitei Nova York pela primeira vez (excitada de antemão por poder vê-la finalmente), fiquei confusa com a ausência de qualquer sensação ligada ao fato de que caminhava por suas ruas. Em pensamento, eu beliscava a mim mesma no rosto, massageava o próprio coração, mas, além da insistente indiferença embotada, não conseguia causar nenhuma sensação, nenhuma mesmo.

E então, ao entrar num táxi (no qual o rádio tocava alto), através dos vidros do automóvel reconheci diante de mim uma tela e perdi o fôlego ao ser encharcada por uma onda de imagens voláteis. Graças, portanto, ao cinema invocado por uma simples corrida de táxi (o movimento, a música, os vidros do automóvel que pareciam tela), reconheci por fim a cidade e a mim mesma nela. Eu tinha um canudo de papel ("Estou vendo vocêêêê"). Através do canudo mágico Nova York fluía na direção de meu olho com toda a sua beleza.

A fotografia é a redução do mundo infinito e insuperável num pequeno quadrado. A fotografia é a nossa medida do mundo. A fotografia também é lembrança. A memória é a redução do mundo a pequenos quadrados. A inclusão dos pequenos quadrados no álbum é autobiografia.

Entre esses dois gêneros, o álbum de família e a autobiografia, o vínculo é indubitável: o álbum é a autobiografia material, "a autobiografia, o álbum verbal".

A organização de um álbum de família é uma atividade muito *amadora*, *amadora* porque não está isenta de pretensões *artísticas*. E a redação de uma autobiografia, não importam as dimensões artísticas, encaixa-se, na verdade, na mesma atividade amadora.

A vantagem do "amadorismo" em oposição ao "profissionalismo" (denominemos assim na ausência de palavra melhor), ou, melhor dizendo, a diferença entre esses dois, está contida num ponto qualquer impreciso de uma dor igualmente imprecisa, dor que a obra amadora, como um sentido extra, pode atingir e suscitar em cadeia no observador ou no leitor. As estratégias suntuosas da assim chamada obra de arte raras vezes atingem aquele ponto. O ponto da dor é o alvo conservado apenas para abençoados amadores, alvo que eles, apesar de não saberem do que se trata, são os únicos que conseguem atingir.

Recordo a imagem matinal que meu olhar por acaso registrou de dentro do bonde. De um átrio qualquer saiu um pequeno casal, ele num desleixado uniforme de carteiro, boné típico na cabeça, ela, miúda, mulherzinha feiosa. O átrio urbano expeliu na rua o casal miserável iluminado pela cinzenta luz matinal.

Aquilo, ela que se ergueu sobre os dedos dentro dos velhos sapatos surrados de salto alto, curvou o pescoço e atirou a cabeça para trás; ele que a cingiu carinhoso pela cintura, inclinando-a um pouco para trás como uma boneca; aquilo, ele que a beijou com paixão, deslocando o boné de carteiro; ela que, ao se entregar ao beijo, ergueu uma perna; aquilo tudo, estou convencida, profissionais de cinema terão dificuldade de representar (o casal se beijou "amadoristicamente" em uma clara imitação deles, dos atores de cinema). Aquela fotografia matinal, que sorrindo registrei com o olhar e, pronto, memorizei, gerou em mim uma dor profunda, infalível, vaga, a dor da diferença.

Tanto o álbum quanto a fotografia, já pela própria natureza da atividade amadora, estão condenados desde o início ao insucesso e à segunda classe. Sobretudo o próprio ato de ordenar fotografias em álbuns dirige a nossa vontade inconsciente de mostrar a vida em toda a sua diversidade, mas a vida é no resultado (portanto, no álbum) reduzida a uma série de fragmentos mortos. A autobiografia também tem um problema semelhante na tecnologia da memória: ela se ocupa daquilo que foi uma vez, e aquilo que houve outrora é escrito por alguém que existe agora.

A única coisa com a qual ambos os gêneros podem contar (embora nunca contem com nada, porque o cálculo não está na natureza de seu "gênero") é o acaso cego que poderá tocar o ponto da dor. Quando isso acontece, acontece raras vezes, e então amiúde a criação artística amadora, num outro nível, extraestético, vence e transforma em poeira a obra artística brilhante.

Na literatura uma obra similar é objeto de inveja, decorrente do sentimento de derrota, apenas dos escritores verdadeiros. Semelhante obra, na verdade, com facilidade divina alcançou aquilo que eles, a despeito de todos os esforços, não alcançarão jamais.

Conheci um homem que nos tempos iniciais do comunismo estava empregado numa instituição importante como "editor", mais exatamente como organizador de breves autobiografias. Eram autobiografias de pessoas a quem suas instituições ou organizações de trabalho propunham condecorações. O "editor" tinha um superior, o "redator-chefe", que enviava as autobiografias a outros acima dele. Esses decidiam a quem conceder as condecorações.

Embora os próprios autores das autobiografias conhecessem mais ou menos o gênero, o "redator" tinha a obrigação de ajustá-las. Havia não somente um chavão de gênero e de linguagem obrigatório, mas também os dados pessoais precisavam ser condensados nele.

— Mas este não nasceu numa "família pobre de trabalhadores"! Além disso, aqui está bem escrito... – rebelava-se o "editor".

— Escreva apenas isso – dizia o superior.

— Mas assim todas as autobiografias são iguais. Como é que sabem a quem devem dar a condecoração?!

— Isso é o que estão pedindo. O permitido são duas linhas singulares. Só duas linhas singulares! – dizia severo o superior.

O álbum e a fotografia respeitam o objeto do qual se ocupam. O álbum e a fotografia são atividades guiadas pelo anjo invisível da nostalgia. Com sua asa pesada, melancólica, sopra os demônios da ironia para o lado. Por isso quase não há álbuns "cômicos", fotografias "feias", autobiografias "engraçadas". Nesses gêneros, os mais sinceros e pessoais entre todos – o álbum e a fotografia –, as pequenas tesouras da censura são mais perseverantes. Se "cômico", "feio" e "engraçado" impregnarem o texto autobiográfico, o leitor então colocará semelhante composição na categoria do "inverídico" (profissional, literário), em outra ordem e outro gênero.

A autobiografia é um gênero sério e triste. Como se em algum lugar profundo em nós estivesse inscrita a representação antecipada sobre o gênero. O autor e o leitor submetem-se a essa representação: ajustam o ritmo do pulso, os batimentos cardíacos, pausam a respiração, baixam juntos a pressão sanguínea.

Quer dizer, a autobiografia e o álbum são os primeiros gêneros que acabamos aprendendo juntos, os únicos que acabamos reiterando juntos. O álbum é apenas uma variante dos álbuns pré-escolares com as mais diversas fotografiazinhas, variante das técnicas escolares: herbário, colagem, mapa.

A autobiografia afinal traz de modo infalível à memória a escola e o gênero da "tarefa escolar para tirar a nota máxima".

Na minha época de aulas de língua e literatura maternas havia redações com um tema "dado" e as de tema "livre". As redações com tema livre avaliavam a habilidade de expressar-se bem, e as de tema dado, sobretudo o conhecimento. A redação com tema livre era, claro, a opção mais fácil para conquistar a almejada nota máxima.

Aquela tarefa *livre* obrigava a chavões *rígidos*: narração na primeira pessoa do singular e começo padronizado. Portanto, a tarefa escolar para tirar a nota máxima, por motivo desconhecido, devia começar com chuva ("Estou sentada à janela sobre cujos vidros batem as primeiras gotas da chuva de outono...") e terminava com o mesmo tipo de precipitação. A chuva de outono tinha valor especial. Tinham alto efeito artístico os verbos "verter" e "chuviscar" ("A chuva está vertendo", "chuvisca"...), e as frases elípticas deviam sugerir o ritmo cardíaco e, claro, o respingo das gotas de chuva no vidro da janela. Tudo isso reunido garantia o efeito desejado e o resultado expresso na nota dez. Nessas tarefas, como uma dor de dente tediosa, soava obstinado o tom nostálgico-contemplativo, provocado por uma reflexão envelhecida sobre a queda das folhas da árvore próxima, em suma, sobre a transitoriedade da vida.

Isso tudo, essas tarefas molhadas feito carimbo d'água, timbrava princípios estéticos na maioria do público leitor. Certa vez o primeiro timbre foi feito por uma professora romântica, da escola saíram alunos de gosto literário edificado, sabendo ao certo o que é belo, e isso "a nota dez" também confirmava. Alguns desses alunos se tornaram professores, timbravam eles próprios seus alunos com os carimbos d'água, alguns dos alunos deles também se tornaram professores...

Quando uma crítica conhecida, ardente promotora, tradutora e estudiosa de Marguerite Duras, começou seu texto referente à visita que fizera à escritora famosa com a frase que naquele dia chovia e que, portanto, naquele dia em que a crítica estava parada diante da porta de Marguerite Duras tocando a campainha da casa emocionada, a chuva despencava, soou em mim o tom da "tarefa escolar para tirar a nota máxima" aprendido havia muito tempo. E as páginas da escritora famosa daquele instante em diante soam com um tom familiar e persistente de cheiro de chuva.

Tanto o álbum quanto a autobiografia como atividade amadora, como alguma espécie de manufatura caseira, se esforçam para serem *belos*. O álbum e a fotografia são como as tarefas escolares que se apressam em direção à sua nota dez (mostraremos o álbum para alguém e um dia alguém lerá a autobiografia). O gênero e seu consumidor possuem uma representação comum a respeito do belo. "Você leu o livro de fulano?" "Sim, li, o tempo inteiro realiza acrobacias estilísticas, nada especial." "E você leu o livro de beltrano?" "Sim, bonito e verídico."

Bonito e verídico, eis dois critérios estéticos instituídos em definitivo na consciência de nossos leitores. Tanto o escritor quanto o leitor submetem-se com docilidade ao ritmo do gênero, harmonizam o ritmo do pulso, dos batimentos cardíacos, baixam a pressão sanguínea de modo ajustado, respiram juntos.

Minha amiga inglesa me escreveu uma carta. Sabia croata bastante bem. Redigiu a carta num momento atormentado e nervoso. O conteúdo da carta sinceramente me comoveu, mas ao ler suas poucas linhas não pude conter o riso. Minha amiga escreveu a carta numa máquina de escrever inglesa. Diante de meus olhos rastejavam frases comoventes que se acotovelavam impacientes para descrever a sua dor o quanto antes: "Estou em situação terrível, você nem pode imaginar todo o horror pelo qual estou passando, estou muito infeliz...". Toda a seriedade da mensagem foi destruída pela ausência dos acentos diacríticos necessários. (*With those little guys above?*, me perguntou certa vez uma funcionária americana tentando escrever meu nome e sobrenome.) A imagem da dor, como uma luva virada do avesso, converteu-se em sua antítese.

Durante meus estudos, outra colega se mudou para a casa em que eu morava. Veio de um lugar de província, se matriculou em língua inglesa e passou a estudar com perseverança. Compartilhávamos a cozinha, o banheiro e conversávamos pouco. Era quieta e reservada.

Ao voltar para casa um dia, me deparei com um médico no quarto dela. Ela estava deitada mortalmente pálida na cama. Havia tomado uma grande quantidade de comprimidos sedativos. A noite inteira procuramos mantê-la acordada.

Ela se recuperou, não comentamos o acontecimento. E então numa noite entrou silenciosa em meu quarto, esticando muito a camisola nos joelhos, sentou-se e em inglês, gaguejando, procurando as palavras, contou por que tentara o suicídio. A história era banal: caso com um homem casado. Quando terminou, retornou silenciosa para o seu quarto, e não falamos mais nisso.

Aquela moça me deixou arrasada: sua dolorosa história pessoal ela só poderia ter contado exatamente como fez, em uma língua estrangeira. A língua estrangeira ajudou-a a expelir o carocinho de dor que havia permanecido na garganta. Sua percepção interna de bom gosto não permitiu que narrasse a história na língua materna. Era banal (para o outro, o ouvinte), além do mais, ao recontar, acabaria com o motivo de sua dor. Assim, realizando uma complicada inversão linguística e psicológica, contou a dor em língua estrangeira (tinha se decidido) e ao mesmo tempo conservou a dor sem ter aniquilado o seu núcleo.

Parece que a dor, assim como os palavrões, nós somos capazes de expressar apenas numa língua que não é a nossa. A mesma razão da minha silenciosa conhecida tinha também, suponho, o poeta russo Joseph Brodsky ao redigir páginas autobiográficas de seus pais em língua inglesa. A razão em parte está no bom gosto: a nostalgia invencível do gênero ao passar pelo filtro da língua estrangeira ganhou uma qualidade refinada e seca, em vez de molhada.

Há algum tempo, eu mesma também comprei um álbum. Elegante, com capa marrom jeitosa de couro de porco, que havia muito procurava.

Há pouco o tive nas minhas mãos. Ao folhear as páginas, me detive diante de uma fotografia minha. Observei com cuidado e percebi duas pequenas rugas em torno da boca. Desceram e formaram de cada lado do rosto duas bolsas bem pequenas mal perceptíveis. Com um movimento decidido, como se estivesse arrancando um esparadrapo, descolei a cobertura de celofane, retirei a fotografia, rasguei-a em pedacinhos e a abandonei à eterna escuridão do esquecimento.

Na gaveta inferior, mais funda, de minha escrivaninha as fotografias se inquietam. Quando abro a gaveta, rostos, sorrisos, corpos, aquelas manchas de luz nos pequenos quadrados de papel saltam fora. Coloquei uma pilha de fotografias num envelope, colei, amarrei com uma fita e atirei no fundo da gaveta. De vez em quando, retiro o envelope, toco-o, sob a ponta dos dedos sinto uma dor e sei que ainda não é tempo de abri-lo. Mas um dia, quando a dor desaparecer, abrirei, examinarei as fotografias e as distribuirei no álbum. Procurarei organizá-las com atenção, distribuí-las com cuidado, para que não haja nenhum erro. Ao mesmo tempo, me sentarei junto à janela em cujo vidro as primeiras gotas da chuva de outono estarão batendo...

2. Caderno de notas de capa florida

I

> *Corta, recolhe as sementes em um papel especial e começa a comer. Depois, manda Gapka trazer o tinteiro e ele mesmo, de próprio punho, faz uma inscrição no papel cheio de sementes: "Esse melão foi comido em tal data". Se algum convidado estivesse presente, então escreveria: "Também participou fulano de tal".*
>
> NIKOLAI GÓGOL, *A briga dos dois Ivans*

Quando, em 1986, ao passar pelas tábuas escuras e poeirentas do sótão, me encontrei no espaço iluminado do estúdio do pintor moscovita Iliá Kabakóv, fiz uma "vênia" interna. Eu estava nos aposentos do não reconhecido rei do lixo, herdeiro da linhagem de Kurt Schwitters, que desenvolveu sua própria tribo secreta, a dos "arqueólogos do presente", Robert Rauschenberg, Fernandez Arman, John Chamberlain, Andy Warhol, Leonid Šejka (o grande "filósofo dos lixões") e muitos outros.

A linhagem russa dessa tribo vai de Gógol aos artistas de vanguarda. A figura literária mais bizarra dessa tribo secreta é o esquecido escritor de vanguarda Konstantin Váguinov. Por seus romances passeiam heróis que sonham com a fundação do Museu da Cotidianidade, do *быть*[11], organizadores

11 Ser, existir. Em russo no original.

da Associação para a Coleta de Imundícies do Antigo e Novo *быть*, colecionadores de bugigangas, unhas, fósforos e embalagens de bombons, "grandes sistematizadores" da trivialidade, classificadores de guimbas, como o insuperável Julómbin, do romance *Harpagoníada*:

> A classificação é uma das atividades mais criativas – disse ele quando todas as guimbas que havia na mesa foram inscritas no livro do inventário –, a classificação é, na essência, a formatação do mundo. Sem classificação não haveria nem memória. Sem classificação seria impossível conceber a realidade.

Percebendo que a época soviética agonizava, uns trinta anos depois os artistas alternativos russos, herdeiros da vanguarda russa, empreenderam a mesma tarefa. O artista moscovita Iliá Kabakóv começou seu projeto de "dar sentido à realidade" pintando primeiro cenas da vida cotidiana, da mesma forma como tinham sido registradas muito antes nas fotografias de jornais, fotomonografias a respeito da União Soviética, em noticiários de cinemas; portanto, cenas que já estavam articuladas iconograficamente como "típicas" na consciência do consumidor.

O hiper-realismo e o realismo socialista nas imagens de Kabakóv são colocados numa relação confusa e irônica. O cotidiano soviético naquelas gravuras parece "realista", mas ao mesmo tempo é a metadescrição do cotidiano soviético assim como surgiu na arte do realismo socialista. É como se a cotidianidade nas imagens de Kabakóv tivesse se adaptado e se fundido à sua face de realismo socialista "formulada" anteriormente. Assim, Kabakóv copiaria num quadro uma reprodução do realismo socialista de um álbum dedicado a uma exposição de pintura social-realista de 1937. O "arqueólogo" Kabakóv serviu-se do material (real) do cotidiano soviético, o álbum soviético é parte legítima desse material.

O textual nos quadros de Kabakóv elimina por completo o pictórico, assim, nos painéis enormes, Kabakóv copia com cuidado e aumenta os documentos da cotidianidade soviética: horários de trens, normas de edifícios, publicações em quadros de anúncios, diversos documentos e formulários. Ao mesmo tempo a intervenção artística de Kabakóv é mínima. Do cotidiano soviético ele assumirá tudo: tanto as formas de comunicação (painéis, quadros de anúncios) como o conteúdo da mensagem (por exemplo, normas de edifícios). Uma mensagem aumentada dessa maneira pode ser interpretada de modo polissêmico: como discurso burocrático, que, despojado de sentido, adquire função decorativa; como desafio à arte oficial (até a norma de edifícios pode ser conteúdo artístico). O próprio Kabakóv não sugere nenhuma das leituras propostas. O material do cotidiano burocratizado transferido para painéis ampliados deixa que o leitor/espectador lhe atribua sentido.

Kabakóv traslada para as telas de pintura temas sobre os quais a literatura reivindicava direito exclusivo. Com sua "série de cozinha", Kabakóv atualiza o cotidiano da cozinha num "apartamento comunitário" (*коммунальная квартира*). Nessas telas "de cozinha" costuma estar fixado um objeto (autêntico) de cozinha, uma faca, um ralador, um bulezinho de café, além do diálogo dos inquilinos escrito ("De quem é este ralador?" "De Anna Mikháilovna." "Vejam: alguém esqueceu uma faca!" "É a faca de Pietróvitch").

No projeto intitulado *Olga Gueorguiêvna, algo está fervendo!* (*Ольга Георгиевна, у вас кипит*!), Kabakóv se dedica à língua do cotidiano e produz uma bizarra prosa transmidiática de arte social. O projeto consiste num mapa enorme feito com papel de parede preso a um biombo de 45 metros de comprimento, e de cada lado brotam textos escritos com peculiar caligrafia burocrática. O texto é composto de réplicas de inquilinos anônimos de um edifício residencial, participantes de uma maratona de conversas. Os inquilinos fofocam uns sobre os outros, criticam, conversam sobre uma mudança futura, mas ao mesmo tempo é como se não se comunicassem, como se a maratona de conversas acontecesse entre surdos. Com precisão de documentarista, Kabakóv transmite a cotidianidade dos diálogos, que põe o leitor/espectador numa armadilha de sentimentos ambivalentes, da compaixão à angústia, sobre a estética brutal da vida cotidiana.

Lidar com a vida cotidiana soviética levou legitimamente Kabakóv ao projeto multimídia *O coletor de lixo* (*Мусорый человек*). O projeto inteiro de Kabakóv é um diário transmidiático, uma espécie de "autobiografia total". De fato, o "autor" do projeto e da máscara artística de Kabakóv é anônimo, é o pequeno cidadão soviético que tem sua própria visão de mundo, seu conceito de belo e sua língua. Eram álbuns que começavam com um conto narrado pelo "autor", o pequeno cidadão soviético; depois havia painéis nos quais o lixo mais diversificado estava sistematizado de maneira ordenada, um grupo de objetos ligados em pequenas pilhas dependuradas ou acondicionados em caixas, cada um dos objetos com a sua etiqueta de catalogação; por fim, numerosos volumes, mapas, *Livros da vida*.

Nos painéis onde estão colados pequenos resíduos, a data, a hora do dia e uma breve descrição da situação em que o lixo foi encontrado estão indicadas normalmente na parte superior do painel ("No canto ao lado da cama, quando me levantei, não havia uma vassoura, então pedi uma emprestada a Olga Nikoláievna"; "Em abril, na mesa, quando decidi arrumá-la. Caía uma forte chuva de primavera"). Debaixo do objeto exposto (casca de ovo, linha, migalhas, unhas, pelos, giletes) havia uma observação catalográfica ("Comido à noite"; "De Nikolai"; "Palitei os dentes"; "Não sei"; "Do chinelo"; "Estava costurando alguma coisa"; "Não me lembro"; "Comendo um ovo"; "Apontei o lápis"; "Me barbeei quinze vezes").

Em seu procedimento narrativo, Kabakóv não apenas imita a opinião, a visão do mundo e o gosto estético de seu cidadão soviético, mas retoma as técnicas disponíveis para ele, cidadão, de álbuns de família, colagens, coleções de educação popular de cartões-postais, selos, caixas de fósforos e coisas do gênero. Em painéis com objetos um pouco maiores há também notas de catalogação mais pormenorizadas. Assim, por exemplo, sob a embalagem de um comprimido está escrito: "Volódia tinha dor de cabeça, me perguntou se eu tinha alguma coisa, não tinha dipirona, só paracetamol, ajudou"; e embaixo da bandeja vazia: "Nessa bandeja, Vika trouxe patê de ovo e maionese".

Ancorado no caos cotidiano, Kabakóv escreve uma imponente (auto)biografia transmidiática de trivialidades. Em álbuns, sob o título de *My Life*, é revelado o kitsch de uma vida pessoal que se mede por postais das férias de verão, recortes de jornais, mensagens, notas, desenhos, fotografias, cartas, certidões, documentos pessoais. Kabakóv molda uma biografia medida pelo "lixo" cuja tragicidade reforça a ausência de personalidade. O destino pessoal do cidadão anônimo é apenas resultado e imagem do *Sistema*, de Seu gosto, de Suas opiniões, de Sua linguagem. Vestindo a máscara de homem comum e assumindo suas técnicas de coleta de bugigangas do dia a dia, Kabakóv revela o complexo entrelaçamento entre sistema, ideologia, mídia, cultura e vida pessoal.

Quando, em 1986, ao passar pelas tábuas escuras e poeirentas do sótão, me encontrei no espaço iluminado do estúdio de Kabakóv, fiz uma "vênia" interna. Nunca havia me deparado com cena mais terrível, dolorosa e tocante.

A lembrança de Kabakóv, desse rei do lixo não coroado, guia do próprio museu da época soviética extinta, curador que não tinha a esperança de que em qualquer momento alguém entrasse ali além dos amigos ou visitantes casuais, como era meu caso, deixo no luminoso ateliê moscovita, porque pertence a ele.

Aliás, apenas três anos mais tarde, passeando pelo Soho nova-iorquino, avistei um quadro de Kabakóv numa galeria. Era um quadro pequeno: a base era uma ilustração arrancada de um livro infantil, e nela estavam colados pequenos papéis irreconhecíveis e amarrotados. A ilustração por si só era neutra, papéis miúdos de uma adição morta; o preço do quadro era exorbitante. Um sentimento indeterminado de decepção me disse que os afrescos escuros de Kabakóv em breve percorreriam o mundo. Pensei naquele momento que a exposição ao ar, ao mundo e à admiração dos espectadores arruinaria sua natureza, e a beleza dolorida seria transformada em lixo comum.

No entanto, em fevereiro de 1994, no "Podewil" de Berlim, Iliá Kabakóv deu um concerto incomum. No cenário, iluminado por uma pequena luz para leitura, ele repetia as frases de participantes de maratonas de diálogos transcorridos numa cozinha comunitária. A outra voz masculina lia réplicas anônimas num atril. Era uma espécie de cânone desordenado a duas vozes. De algum lugar chegava a música de um rádio, com repertório soviético típico: edulcoradas canções populares, patrióticas, militares, música erudita, *O lago dos cisnes*. A leitura de vez em quando era acompanhada de ruído de louça, garfos, colheres. Era o réquiem de uma época desaparecida, seu resumo triste, o próprio coração do sistema. O extenuante flagelo verbal de Kabakóv me provocou um mal-estar físico. Era uma alucinação sonora, ruído doloroso de uma cultura extinta.

Assistindo à apresentação de Kabakóv no cenário berlinense depois desses anos todos, fiquei profundamente abalada. E não posso afirmar com certeza o que teria causado a perturbação. A *коммунальная кухня*[12] não fazia parte do meu cotidiano. Apesar disso, chorei. Ao mesmo tempo, tive a impressão de que tinha direito exclusivo às lágrimas. A apresentação de Kabakóv desencavou em mim o fio de um infortúnio impreciso, um certo trauma da Europa Oriental. "Os traumas adquiridos nos anos de formação nunca são esquecidos", disse uma conhecida minha, e acrescentou: "Alguns chamam isso de nostalgia".

II

Nesse momento, tive a impressão de que
tinham posto em mim o cubo de gelo da angústia.

MILAN KUNDERA, *O livro do riso e do esquecimento*

9 DE JANEIRO

Hoje veio Miriana. Fez o almoço para mim e foi embora, boa e querida Miriana. Assim consegui passar a roupa de meu filho. Ele deveria vir buscá-la. Tenho de dizer a ele que precisa guardar direito no armário. Telefonou. Disse que Bubi deu notícias e chegou bem de viagem. Estou preocupada por ela não me dar notícias.

Já é quase meia-noite e não tenho sono, não tenho febre, mas tusso muito. Dizem que há uma epidemia de gripe asiática, justo eu tinha que pegar! Tentarei ler um pouco, talvez adormeça.

12 Cozinha comunitária. Em russo no original.

10 DE JANEIRO
Estou sozinha e doente, por sorte Boža sarou da gripe e pode nos dar assistência, a mim e a Verica. Verica me pediu um cigarro para desinfetar a garganta. Mais uma "pérola" sua de medicina. Nossa Verica entende de tudo. O que faríamos sem ela? Por vezes nos cansa com seu "conhecimento".

Os vizinhos Boža e Zvonko foram fazer compras. Zvonko sacou da conta os juros, Boža adora gastar e Zvonko não permite. E em janeiro sempre começa um verdadeiro "teatro em casa". Lamento não ser uma escritora para poder descrever tudo. Mas ainda assim, se não fosse por eles, eu estaria bem pior do que estou.

Preciso fazer um chá para mim, quando é que essa gripe vai passar afinal? Lá fora está um dia esplêndido.

12 DE JANEIRO
Levantei por volta das dez horas, alguém bateu à porta, com certeza era a vizinha me chamando para um café. Fui ao banco, estava interessada em saber quanto pagariam de juros. Recebi 50 milhões, o suficiente para pagar a luz e o aluguel. Vou ficar apertada, mas acho que a aposentadoria vai durar até o começo do mês que vem.

Ao voltar do banco peguei a correspondência na caixa do correio. Recebi uma carta de Dmitrina com felicitações de ano-novo e com a notícia da morte de Sokle. Escreveu uma carta tão triste que caí no choro. Desabafou, contou tudo o que passou e o que sofreu. Mandar um homem com o ventre aberto do hospital para casa nunca vi nem num filme de terror, quem dirá na vida. Tudo isso Dmitrina viveu com Sokle até o fim, e ela própria mal ficou viva.

Me entristeceu tanto essa carta que não consigo voltar a dormir. Na minha cabeça passam lembranças de toda a nossa família, de todos que não estão mais aqui. Me lembro da mãe de Sokle, tia Tsvetanka, minha tia. Que mulher alegre! A família de mamãe era alegre, além do avô, que era um beberrão contumaz, aliás morreu disso.

Quando era pequeno, Sokle estava sempre com o nariz escorrendo e de fato eu não gostava dele, talvez por causa disso.

Mais tarde, tornou-se um homem bonito, educado e simpático, todos gostavam dele, ao contrário do irmão, que me é antipático até hoje, não gosto muito dele mesmo. Pessoas boas não enxergam as coisas boas, foi assim com Sokle também. Com a primeira mulher, Mima, não foi feliz, mas com Dmitrina sim, mas infelizmente por pouco tempo, vejam só como é o destino humano!

Agora na aldeia de uma família tão grande restaram apenas tia Pavla e tio Tochko.

Eu gostava de tia Pavla mais do que das outras tias, e eu tinha quatro. Só duas das cinco irmãs ainda vivem: tia Pavla e tia Nátsa. Tia Pavla, a menor e mais bonita, se casou sem amor com o atraente mas bobo Slávtcha, por sorte tem filhos bonitos. Nunca esquecerei o casamento dela. Como não gostava desse Slávtcha, ela me convidou para dormir com ela. Quando voltei de manhã e contei tudo para mamãe, elas se agarraram pelos cabelos, e quase apanhei. Que vergonha para o noivo! Quantos anos eu tinha então, 12, imagino…

Meus olhos ardem, não consigo ler, e como vou dormir, não sei.

15 DE JANEIRO

Me levantei cedo, arrumei a casa, preparei o almoço e estou à espera do meu filho.

Veio, almoçamos, conversamos até um pouco mais que de hábito. Ficou sentado mais um pouco por educação, mas eu sabia que mal via a hora de ir embora. Eu o leio como a um livro aberto, só faço de conta que não percebo que ele se sente desconfortável.

Não posso recriminá-lo. Eu também mal via a hora de poder sair de casa, e meus pais eram mil vezes mais rígidos que eu. No meio do verão já tinha de estar em casa às nove horas, enquanto estava claro, e nem poderia pensar em algum "encontro"!

16 DE JANEIRO

Hoje me levantei cedo de novo, tirei as cortinas, lavei-as, sequei-as e logo as pendurei nas janelas. Fiz uma limpeza geral minuciosa. Ainda não chegou a carta de Bubi.

19 DE JANEIRO
Ontem à noite tive febre de novo, não sei se é da gripe ou de alguma outra coisa. A névoa e o frio pesam muito no meu reumatismo. A carta de Bubi não chegou ainda.

Hoje, por alguma razão, penso na minha Pétia. Minha amiga mais querida. Com ela eu compartilhava todos os meus pequenos segredos, íamos juntas à escola, na mesma classe, morávamos juntas na antiga estação ferroviária, chamávamos a estação de *спиркама*[13]. Deus, quanta coisa acontecia naquela *спирка*[14], toda a minha juventude!

O melhor era no verão, quando passavam todos os trens, e nós nos reuníamos na estação. Ivan, meu primeiro amor, tocava violão, nós dançávamos, cantávamos... Hoje não sei mais se gostava dele porque tocava violão ou porque realmente gostava dele. Bem, isso agora não tem mais importância. Éramos vizinhos, ele cursava o terceiro ano do ensino médio, eu, o oitavo do fundamental, agora chamam isso de oitavanista. Tenho a impressão de que tinha 15 anos, hoje as meninas de 15 anos já fazem sexo, para mim bastava apenas vê-lo. Ele praticava montanhismo, lembro que certa vez me trouxe uma *edelweiss*. Conservei a flor durante muito tempo nos livros como lembrança.

Pétia era magra, menina não desenvolvida, de tranças loiras. Os rapazes não se interessavam muito por ela, mas no fim conquistou o mais bonito. Fiquei até com um pouco de inveja. Mais tarde se casou com ele e eu viajei. Nunca esquecerei quando parti de Varna. Pétia com Gocha chegaram correndo na última hora com um ramo de flores para mim. Mais tarde, quando vínhamos com meus pais, Pétia sempre ia à estação para nos acompanhar no último momento. Depois vínhamos de automóvel, e então não era mais preciso que ela corresse. É isso, disso me lembro bem. Hoje somos ambas viúvas.

Esta noite poderia ficar escrevendo até amanhã, mas os olhos me doem.

13 A parada. Em búlgaro no original.
14 Parada. Em búlgaro no original.

24 DE JANEIRO

Estes dias andei tão preguiçosa, só fiquei deitada, só comi, vi televisão, tomei café com os vizinhos, escutei histórias a respeito das doenças deles, sobre intestinos presos e diarreias, sobre chás laxantes ou antidiarreicos. Às vezes não sei se os malucos são eles ou eu, como não percebem que falam sempre a mesma coisa, repetem até umas cinco vezes, e eu fico ouvindo por educação como se fosse a primeira vez.

Não vejo a hora da chegada de Ankica ou Miriana. Espero rir um pouco com Ankica, Miriana nem gosta muito de rir, mas de alguma maneira me acalma e é agradável estar com ela. Ankica aqui é para mim o que Pétia era em Varna.

Lembro que eram seis filhos, nascidos um na sequência do outro. O pai, bêbado, a mãe com eterna dor de cabeça, nunca a vi sorrir. Não sabia cozinhar, nunca arrumava a casa, ou não conseguia por ter tantos filhos, de tal modo que Pétia comia em casa quase todos os dias, mamãe cozinhava admiravelmente.

À minha Pétia tudo isso agradava, e não éramos sovinas e para minha alegria ela era a nossa *terceira* na casa! Tenho a impressão de que gostava mais dela do que de minha irmã, que era menor, mas mais forte do que eu e me batia com frequência. Eu gostava mais de Pétia. E ainda assim duas vezes tive inveja dela. A primeira vez quando ganhou um vestido maravilhoso de crepe azul com pequenas margaridas brancas, embora eu estivesse mais bem-vestida e tivesse muito mais coisas, daquele vestido dela tive inveja. A segunda vez invejei o Gocha. Era a única coisa bonita e boa que ela possuía.

Tudo isso aconteceu há tanto tempo e me pergunto como pude ter inveja dela. Mas gostei tanto daquele vestido que até hoje o tenho diante dos olhos. Estranho.

A carta de Bubi não chegou ainda. Já passa da uma da madrugada, tentarei ler e dormir. Estou lendo os contos de Tchekhov.

28 DE JANEIRO

Hoje finalmente recebi a carta de Bubi. Está bem e logo fiquei mais calma.

Assisto à televisão, os políticos dizem que a situação no país é muito ruim. Há cada vez menos dinheiro, tudo está terrivelmente caro. Como é que se vai viver não sei. Me acostumei com o bom e com o mau. Nunca tive demais, e penso que agora também conseguirei me arranjar, na minha idade não é preciso muito.

Quando me lembro de como se vivia antes da guerra, e cinquenta anos depois, ainda estamos bem. Só espero que não estoure uma guerra civil, assunto sobre o qual se fala muito. Deus me livre!

Amanhã meu filho vem almoçar. Estou contente.

4 DE FEVEREIRO

Já faz dois meses que a névoa não se dissipa, nem há sol. O ar é mortal. Não tenho vontade de fazer nada. Esta manhã acordei às cinco horas, liguei o rádio baixinho, fiquei ouvindo, ouvindo, e adormeci de novo. Acabei acordando às nove, fui ao mercado, comprei o que precisava, gastei 5 milhões, daqueles 5 milhões o que vale é só o quilo de carne, o restante é ninharia. Não devo fazer compras todos os dias, só a cada três. Tenho medo de como viveremos.

Tenho vontade de mudar pelo menos algumas coisas em casa, só para não ficar vendo constantemente a mesma coisa dia após dia, mas não há o que fazer, penso que não poderei mudar nada. Gosto muito de ficar em casa, gosto de coisas bonitas, gosto de trocar os móveis, aprecio quando minha casa está brilhante, mas vamos esquecer isso...

Os vizinhos Boža e Verica estão com gripe, estou surpresa que eu não tenha adoecido com eles. Todos os dias ouço as mesmas histórias, fico entediada, tanto que de vez em quando me dá uma agonia, mas continuo ouvindo paciente e tomando café com eles. E com quem mais tomaria?

Se pudesse aceitar algum trabalho, tecer, fazer crochê, qualquer coisa, mas nada me atrai, prefiro ler, e se não fizesse nem isso não sei como viveria.

10 DE FEVEREIRO

Ankica esteve aqui por três dias, foi bom, fomos fazer compras, comprei uma gabardina bonita, além de ser barata, o que é tão importante nestes dias quando há tão pouco dinheiro e tudo é tão caro.

11 DE FEVEREIRO
O tempo está seco, haverá cortes de luz e de água. Era só o que nos faltava!

12 DE FEVEREIRO
Meu filho está viajando, é domingo. A semana passa de algum modo, mas fico terrivelmente triste quando como sozinha aos domingos, preferia nem comer. Viajaria para algum lugar, mas não sei para onde, além disso não poderia viajar sozinha. Já basta estar sozinha o dia todo quando estou em casa.

De novo Boža e Verica. Estou farta delas, mas mal posso esperar que de manhã me chamem para um café, ou eu a elas. E de novo as mesmas histórias cansativas, e assim todos os dias. Mas, se elas não existissem, eu estaria pior ainda...

15 DE FEVEREIRO
Hoje medi a pressão, 17 por 10, pela primeira vez tenho a pressão tão alta, estou preocupada.

Esta noite assisti ao filme *As abadessas da Filadélfia*. Mais ou menos. Vou dormir. Não consigo mais assistir à televisão durante muito tempo.

21 DE FEVEREIRO
A gripe de novo, mais perigosa que a anterior, por sorte Miriana está aqui e cuida de mim. Ontem estivemos na cidade, comprei xícaras de café e sandálias, bem baratas e bonitas. E Miriana comprou botas, baratas e bonitas.

Me deu de presente uma toalha de mesa de crochê. Boa e velha Miriana! E eu, o que darei a ela? Tanto trabalho não se pode retribuir com nada!

23 DE FEVEREIRO
Estou deitada e ouço as notícias. A situação política está se agravando. Em Kóssovo a tensão é máxima. Que Deus nos livre que aconteça aquilo que se sussurra. A gripe não cede, gripe perversa. Mal vejo a hora de Miriana voltar da cidade para eu não ficar sozinha. Saiu de manhã e não voltou ainda.

24 DE FEVEREIRO
Hoje é aniversário de meu filho, 32 anos, mas ainda é uma criança crescida. Quando vai amadurecer não sei. Comprei-lhe um presente modesto, para um caro não tenho dinheiro. Mas eu fiz um bolo, ele virá domingo.

O filho tem 32, a filha, 40, é evidente que envelheci. Não se pode continuar jovem com filhos tão velhos.

25 DE FEVEREIRO
Hoje estou melhor. Finalmente está caindo a chuva esperada há muito tempo, mas é um tanto fraca. Deveria chover a cântaros para que se formassem rios.

As notícias são ruins. Os mineiros em Kóssovo já faz seis dias que não saem, recusam alimentos, não desistem de suas reivindicações. A situação política continua tensa.

11 DE MARÇO
Estou ansiosa, não sei como me ajudar. Às vezes me lembro de alguns pormenores e penso neles só para afastar os maus pensamentos. Assim lembrei que aos domingos no almoço tínhamos carne de vaca cozida, sopa e molho de tomate. A comida preferida de meu marido. Domingo cedo íamos ao mercado, eu gostava de que fôssemos juntos e de que ele, tão alto como era, carregasse o cesto. E eu, pequena, caminhava ao lado dele.

12 DE MARÇO
Assisti a dois bons filmes. Ainda há primavera. Bubi está bem, me escreveu uma carta.

13 DE MARÇO
Mais um dia bonito e ensolarado. Parece que pulamos o inverno. Ninguém mais me envia *marténitse*[15] e isso me entristece. Essas *marténitse* me lembram a infância, a primavera, uma coisa que

15 Enfeite de lã branca e vermelha presenteado em homenagem à chegada da primavera. É um costume pagão que sobreviveu entre búlgaros, macedônios do norte, romenos e moldavos.

só os búlgaros usam como símbolo da primavera, do sol e do amor. Tenho uma coleção inteira delas.

15 DE MARÇO
Tenho dor de garganta, deveria ir ao médico, mas estou sem vontade. Ultimamente estou indiferente a tudo, sempre tenho sono, quero dormir, estou com medo de cair de novo em depressão, me parece que todos os sintomas são os mesmos de oito anos atrás, mas então havia um motivo, e agora? Qual é a razão agora? Ócio, vazio existencial? Mas é melhor eu não "filosofar", porque será pior. Mas em que devo pensar além de no passado? Não tenho futuro.

20 DE MARÇO
Enfim alguém se lembrou de me mandar *marténitse*, foi a Sachka, de quem eu menos esperava. Alegraram-me muito como sempre. Começou o noticiário, continuarei amanhã.

27 DE MARÇO
É o aniversário de Bubi, mandei um telegrama para ela. Não posso acreditar! Quarenta anos e para mim ela ainda tem vinte. Isso significa apenas que tenho 63, e não os sinto. Tenho vontade de vê-la. Estes dias o tempo está primoroso, verdadeira primavera, e em minha alma há calor.

30 DE MARÇO
Assim que voltei do médico, Zlata me chamou e disse que Víkica morreu. Essa família é como se fosse maldita. Morrem um após o outro.

1º DE ABRIL
Meu filho não me liga, e de novo nada a respeito do cemitério. Não entendo como não há, se nada mais, pelo menos um sentimento de obrigação. Precisarei ir sozinha e deixar o túmulo em ordem. Irão se esquecer de mim também assim como ambos se esqueceram do pai, nem Bubi é melhor. Triste.

Amanhã vou almoçar sozinha de novo, não suporto comer sozinha aos domingos.

Bubi deveria me escrever, mal posso esperar que volte. E não preenchi nem a metade do caderno! Quando tudo está tão vazio e sem sentido.

Não está acontecendo nada de interessante. Só ouço quem morreu onde, nada de claro e alegre, minhas vizinhas estão doentes, eu mesma não estou exatamente saudável. Escrever a respeito de quê?

A situação política está mais do que tensa, na constante espera de que algo aconteça, mas o quê nem nós sabemos.

Apesar disso, aconteceu algo engraçado. Comprei um chapéu que não usarei nunca. Eu e um chapéu! Bem engraçado.

4 DE ABRIL

Os resultados das análises laboratoriais não são um mar de rosas. Linfócitos altos, açúcar no limite e outras coisas mais. Veremos o que dirá o médico.

Estou nervosa. Faz dois dias que espero o técnico da televisão, e ele não vem.

Estou distraída, brigaria com alguém, mas não tenho com quem.

Viajaria para algum lugar, mas sozinha não gosto de viajar. Antes, quando era jovem, gostava de viajar sozinha, mas hoje não, não sei por quê. Me pergunto por que sempre me sinto sozinha, mesmo quando estou no meio de uma multidão. Sempre fui um pouco ausente.

As únicas coisas que me interessavam eram os livros e os filmes. Quantas vezes mamãe me repreendeu por causa daqueles filmes! Apanhar nunca apanhei por coisa nenhuma, nisso minha irmã "ganhava".

Nós, duas irmãs, éramos completamente diferentes. Quando mamãe se aborrecia comigo, eu me fechava em mim mais ainda. Era excelente aluna, criança obediente, e minha irmã fazia tudo ao contrário. Mas sempre senti que papai gostava mais de minha irmã, de mim só se orgulhava. Ele a chamava de Márucha, Martche, Mitche, mas a mim sempre apenas de Vete, enquanto mamãe com frequência me chamava de Eli.

Às vezes me parece que tive uma infância bonita, às vezes não. Me lembro da minha primeira viagem de Varna a Sófia. Aquilo foi um acontecimento, eu tinha 14 anos. Livre, sem aqueles incessantes: Vete, a postura, Vete, como você está sentada, Vete, cubra os joelhos... Cuidado com quem você fala, tome cuidado com os ladrões, tome cuidado com os homens, tome cuidado, tome cuidado. E por fim me guardei para um calhorda, mas sobre isso não quero pensar agora, fico com nojo quando me lembro.

Bem, e prestei o primeiro exame. E depois era mais fácil viajar. Mas agora não iria sozinha nem até a loja.

Me lembro também da primeira viagem, era 1946.

Eu tinha medo, mas nunca desejei demonstrar diante de meus pais. Quando chegou aquele momento terrível, quando os funcionários da alfândega vistoriavam as malas, por causa do medo caiu uma de minhas malas, as maçãs e os livros se esparramaram pelo chão, claro, nem poderia haver nada para declarar, especialmente em 1946, mas o medo me deixou aflita, e esse medo sinto até hoje. Quantas vezes atravessei a fronteira búlgara, e todas as vezes pareciam a primeira.

Daquela viagem tenho uma lembrança vaga. A chuva não cessava, pelas janelas do trem só se podiam ver ruínas, de tal modo que a certa altura desejei voltar. Daquela viagem sombria ainda assim ficou na lembrança um pormenor bonito. Um velhinho me descascou uma maçã, fez da casca uma rosa e me deu aquela rosa de presente.

Me lembro de mais uma viagem, mas essa foi de avião, até Leningrado, ida e volta. Tinha tanto medo que durante o percurso me inundou um suor frio, minha maior felicidade foi quando o avião aterrissou, de modo que não desfrutei nada daquele voo, porém depois as impressões foram fascinantes.

Também me sinto bem agora, enquanto escrevo e recordo tudo. Não tenho outras viagens significativas na vida, além daquelas anuais Zagreb-Varna, que eram as prediletas. Agora, infelizmente, mesmo que quisesse não teria a quem visitar, além da Pétia. Minha querida Pétia.

15 DE ABRIL

Hoje já é 15 de abril e nada de significativo aconteceu. Na política estão brigando desde a cúpula até embaixo, e não se enxerga uma saída para essa situação toda.

Finalmente começaram a cair as chuvas e esfriou um pouco, Ankica e Miriana foram embora, foi bom estar com elas. E de novo as vizinhas, Boža e Verica, de novo os cafezinhos, o bom-dia, tédio.

Me divirto um pouco com o controle remoto, mas isso também acaba cansando quando não há nada de inteligente na televisão.

Dois dias trabalhei feito louca, arrumei a casa e agora de novo estou de papo para o ar.

Só me senti bem quando Bubi telefonou, o dia inteiro meu coração ficou aquecido. Bem, mas isso é apenas um dia, e necessito de pelo menos trezentos dias parecidos no ano.

Amanhã espero meu filho para o almoço, se ele não sair numa excursão. Me acostumei tanto a ficar sozinha que nem percebo que ele não está presente. Mas, se não me liga num único dia, já fico preocupada.

Vejam só, na televisão de novo reprises, reprises e reprises.

Continuarei amanhã.

25 DE ABRIL

Ontem à noite estive com Tina no cine Balkan, assistimos a *Rain Man* com Dustin Hoffman, um filme extraordinário. Tina foi comigo até o bonde, mal cheguei em casa, tinha dor na coluna, estava com tontura, isso tudo estragou o prazer do filme.

Estou tomando injeções, mas parece que em vão. De novo tenho medo de sair sozinha na rua, não sei o que estou fazendo. Fui fazer exames. Tudo igual, tudo está nos limites da normalidade, mas me sinto mal. Calar e aguentar, o que mais?

Anteontem falei com Dina, estão bem, na Páscoa vão para Varna. Se pudesse pular a parte da viagem, eu também iria. Nem me lembraria que é Páscoa se ela não tivesse dito. Eram bonitos os costumes na Páscoa. Mamãe assava um *kozunak*[16], isso era um bolo especial, pintávamos ovos, a porta da casa tinha galhos de salgueiro.

16 Espécie de pão doce feito com levedura, com uvas-passas, e servido na Bulgária na Páscoa, no Natal e no Ano-Novo.

Quando minha irmã e eu éramos pequenas, na Páscoa sempre ganhávamos sapatinhos de verniz, por que exatamente de verniz, não sei, e vestidinhos novos. E desses sapatinhos de verniz me lembro bem, porque sempre me apertavam, mamãe nunca comprava um número maior, ou pelo menos meio. Assim eu suportava a dor, mas estava bonita, no entanto minha irmã os tirava e caminhava descalça até em casa, e por isso sempre apanhava.

O que eu mais gostava era do dia de São Jorge. Nesse dia sempre fazíamos excursões com a escola, fazíamos balanços, colocávamos na cabeça pequenas coroas de flores, e os adultos assavam cordeiros, era magnífico. Era e passou.

Não sei onde está meu filho, não me ligou o dia todo. Não fala nada sobre aonde irá no Primeiro de Maio. Estarei em casa, como de hábito, com minhas vizinhas, Boža e Verica. O que faria sem elas!

2 DE MAIO

Hoje é o segundo dia do feriado, a chuva não para no país inteiro. Para muitos estragou o feriado. O meu, não, não vou a lugar nenhum mesmo, mas lamento não poder ter ido ao cemitério.

Amanhã espero Miriana, vem pela aposentadoria, e eu também vou buscar a minha. Gosto quando ela vem.

Determinada, assisto às notícias na televisão. Os albaneses começaram a subversão, supostamente destruíram a tubulação principal em Priština. Não sossegarão enquanto não ganharem uma república. Não compreendo por que não lhes dão, já que a querem tanto!

Não tenho nada novo para ler, e estou relendo a *Enciclopédia dos mortos*, de Danilo Kiš, gosto dele.

A chuva cai incansável, e isso me deprime, e a calefação não funciona muito bem, além disso também estou com frio. Não vejo a hora de Bubi retornar.

Estes dias estou pensando muito nela.

20 DE MAIO

Finalmente aconteceu algo, e o pior, e justo comigo.

31 DE MAIO
Novos exames e internação no hospital. Estou morrendo de medo; se não morrer de câncer, então com certeza morrerei de medo.

2 DE JUNHO
Estão baixando o meu açúcar, já não tenho tanto medo, vou para casa no final de semana, mas se aproxima a segunda-feira, quando irão me operar. Gostaria que Bubi estivesse comigo.

III

> *Hoje não necessito de um livro nem de movimento adiante,*
> *necessito de um destino, tristeza grande,*
> *feito corais vermelhos.*
>
> VIKTOR CHKLÓVSKI, *Zoo ou cartas não de amor*

No começo de 1989, antes de viajar ao exterior, onde permaneceria por alguns meses, dei de presente para ela um pequeno caderno de notas com capa florida.

— E o que farei com isso? – perguntou precavida.

— Você pode escrever um diário – eu disse.

— Nunca escrevi um diário. Nem no início da juventude.

— Então outra coisa. Anotações...

— Não sou escritora. E a respeito de quê escreveria?

— Samuel Pepys escreveu que em 1º de janeiro de 1660 ele se levantou "e vestiu o traje com calças compridas largas, o único que usava ultimamente", e que "em 1º de janeiro de 1669 o capitão Beckford lhe ofereceu um aquecedor de cama magnífico"...

— E daí?

— Esse Pepys escreveu em seu diário que precisava levar sua peruca ao peruqueiro para que a limpasse das pulgas. Veja, são coisas comuns, e como são interessantes hoje! – afirmei.

— Não vejo nisso nada de interessante – disse ela. — Não há o que escrever! – disse e interrompeu a conversa sobre o caderno de notas.

Quando retornei, a encontrei no hospital. Ela se recuperou, teve alta e um dia me entregou o caderno de notas.

— Tome – disse simplesmente, como se estivesse me entregando uma lição de casa concluída.

Durante muito tempo não ousei tocar na capa florida. Doía-me até a ideia de fazê-lo. E então um dia o abri assim mesmo e as páginas derramaram sal na ferida aberta.

Limpei as frases, retirei os rococós e a lama, cuspi no lenço e as lavei com a minha saliva.

Agora se inquietam na palma de minha mão palavras mal-empregadas (escreveu "edema" em vez de "esquema", assim como num protesto aborrecido disse: prenderam-me no "furo" pensando em "muro"), revolvem-se flexões mal-empregadas, erros ortográficos...

Sosseguei o ritmo com pontos e vírgulas, tirei os sinais de exclamação mal colocados (aquelas exclamações doces e pequenas!), retirei a escrita cirílica (insiste em escrever Varna em cirílico), apaguei as aspas frequentes e desnecessárias, substituí as letras maiúsculas por minúsculas (mamãe, papai, pais, ela escreve com maiúsculas). Deixei a muito repetida palavra "bonito", os chavões como "A situação política está se agravando", que aprendeu vendo televisão, os comentários poéticos repentinos como "Bom dia, tédio" e a frase pouco coerente que suponho se referir ao seu comentário da previsão do tempo (Deveria chover a cântaros para que se formassem rios).

Me pergunto o que restou. Porque aqui na palma de minha mão se agitam as pequenas cascas de sua língua, os *tt* e *vv* postos de modo comovente e errado, as entonações que apenas eu escuto, as palavras e sentidos que somente eu conheço, a caligrafia que varia segundo o seu humor, a autocensura que apenas eu percebo.

Fiquei remoendo no começo a ideia franzina de gênero, tendo a esperança de haver efeitos literários em algum pequeno canto astuto do cérebro, e agora me encontro em seu centro doloroso, como em areia movediça, e não consigo sair...

— Às vezes tenho a impressão de que esqueci tudo. Para que a gente precisa viver se em geral acaba esquecendo tudo? – pergunta minha mãe.

— A memória sempre trai, e em especial quando está ligada àqueles que conhecemos melhor. A memória é aliada do esquecimento, da morte. Não é capaz de descrever ninguém, nem mesmo no papel. O que fazem esses milhões de células em nosso cérebro? O que foi feito com o "grande deus do amor, grande deus dos pormenores" de Pasternak? Quantos pormenores são necessários para criar a representação de algo? – diz Joseph Brodsky.

— *Até mesmo o que era meu, só meu, até disso me lembro tão pouco* – diz minha mãe.

— Quase sempre a gente não se lembra do que comeu no café da manhã. As coisas rotineiras, que se repetem, estão condenadas a ser esquecidas. Uma dessas coisas é o café da manhã, a outra é o amor pelos seus – afirma Joseph Brodsky.

— *Qual é o sentido então se não tenho futuro, e não posso encontrar um ponto de apoio no passado, porque sou incapaz de evocá-lo?* – pergunta minha mãe.

— A julgar por tudo, o esforço de evocar o passado se parece com a tentativa de atingir o sentido da existência. Em ambos os casos a gente se sente feito um bebê que apanha uma bola de basquete: os dedos escorregam incontroláveis – afirma Brodsky.

— *A vida afinal se resume a um acúmulo de pormenores casuais, desconexos. Poderia ter sido assim ou de outra maneira, tanto faz. Se é assim, onde está então minha vida, onde está aquele ponto a que ainda posso me agarrar antes que eu mesma resvale para o lugar sem retorno?* – pergunta minha mãe.

— Aquilo que é compartilhado pela memória e pela arte é a capacidade de escolher, o sentido para os pormenores. Isso pode ser louvável para a arte, em especial para a prosa, mas sem dúvida deplorável para a memória. No entanto, essa crítica é completamente merecida. A memória contém detalhes, não imagens completas, uma sinopse, e não a representação inteira. A convicção de que de algum modo nos lembramos das coisas na íntegra, essa convicção que nos ajuda a sobreviver, é infundada. A memória é como uma biblioteca na qual os livros não estão organizados em ordem alfabética, é uma biblioteca em que inexistem obras completas – assegura Brodsky.

— *Li muito, pensei que isso ajudaria. Tudo o que li é apenas um monte confuso de palavras. Frequentemente tento evocar meus pais na memória. Me envergonho por saber tão pouco a respeito deles. Então me consolo com o pensamento de que pelo menos conheço meus filhos. E logo meu coração se enregela quando de repente compreendo que também a respeito deles sei tão pouco...*

— Às vezes conseguiam me confundir, no entanto na maioria das vezes eu os fitava com ar obtuso, me esquecia dos sinais emitidos, nossos pequenos rituais empalideciam e eles, ao visualizar minha surpresa, faziam cada vez mais tentativas desencorajadoras de me devolver ao mundo de nossas recordações em comum. Mais fundo ficaram marcados seus movimentos, o modo como minha filha jogava a cabeça para trás, como meu filho mordiscava a haste dos óculos, como minha mulher endireitava a coluna cansada. Esses movimentos me atingem direto no coração. Mas logo depois cedem seus lugares aos novos, ou talvez aos antigos, que eu nunca havia percebido. Esse passado desapossado me dá vertigens, como pudemos viver juntos e não sei nem tanto a respeito deles – diz György Konrád.

— *Do que por vezes me lembro são os fortes desejos de minha juventude. Hoje parecem sem sentido. Durante a infância, por exemplo, eu adorava cavalos, sonhava que pelo menos uma vez montaria num cavalo. Mas isso, como se vê, não se realizou* – diz minha mãe.

— Na infância tinha fervorosa adoração pelo tigre: não pelo tigre coberto pelos multicoloridos nenúfares do Paraná e pela confusão amazônica, mas pelo tigre rajado, asiático, real, que apenas guerreiros ousam enfrentar de um castelo pousado no dorso dos elefantes. Eu tinha o hábito de me demorar por tempo indefinido diante das jaulas do jardim zoológico, apreciava as enciclopédias volumosas e os livros de história natural devido à suntuosidade de seus tigres. (Ainda me lembro daquelas imagens, eu que não consigo me lembrar de modo confiável da testa ou do sorriso de uma mulher.) Passou a infância, envelheceram os tigres e a paixão, mas ainda estão em meus sonhos. Naquele mundo submerso e caótico eles ainda governam e assim: adormecido, me desconcerta um sonho qualquer, obra pura de minha vontade, e, agora que meu poder é ilimitado, evoco um tigre. Oh! Incompetência! Nunca meus sonhos darão vida ao animal cobiçado. Um tigre aparece, mas recheado, ou frágil, ou de formas impuras, ou de tamanho inadmissível, ou exageradamente instável, ou parecido com um cão ou pássaro – diz Borges.

— *Eu ansiava por algo, nunca soube exatamente o que era. Tudo está tão enevoado...* – diz minha mãe.

— O anseio é tendência intensa e permanente em que os impulsos instintivos recebem sobretudo uma forma sensorial e imaginativa, de tal modo que suas marcas contemplativas estão em conflito com a necessidade indefinida que não leva à ação – assegura o *Dicionário filosófico*.

— *Na verdade, com clareza me lembro só do medo. Na infância o que me dava mais medo era uma luva virada do avesso. Aquela coisa inocente virada do avesso provocava em mim terror* – diz minha mãe.

— Os momentos de terror sempre são breves; são mais a sensação de algo irreal que de terror mesmo – diz Peter Handke.

— *Isso não me diz absolutamente nada. Tenho a sensação de que tudo seria diferente se eu tivesse nascido homem...* – diz minha mãe.

— Nascer mulher nessas condições era mortal de antemão. No entanto, pode-se dizer que é tranquilizador, sem necessidade de temer o futuro. As cartomantes durante as festas religiosas liam o futuro na palma das mãos com seriedade apenas para os rapazes, com as mulheres, não passava de uma farsa – afirma Handke.

— *Ninguém se conforma com o fato de que a própria vida é uma farsa* – diz minha mãe.

— A vida está bem organizada como uma nécessaire, mas nela ainda assim não podemos encontrar o nosso lugar – diz Viktor Chklóvski.

— *Talvez o caso seja mesmo eu ter nascido mulher...* – diz minha mãe.

— As fêmeas humanas são imperscrutáveis. A vida humana, terrível, sem sentido, apática, inflexível... – diz Chklóvski.

— *De um modo ou outro, eu saio perdendo...* – diz minha mãe.

— Convoco como testemunha o tinteiro e a pena e aquilo que se escreve com ela; convoco como testemunha a escuridão flácida do crepúsculo e a noite e tudo o que ela desperta; convoco como testemunha o dia do juízo final e a alma que repreende a si própria; convoco como testemunha o tempo, o princípio e o fim de tudo, para que todo homem seja sempre um perdedor – diz Meša Selimović.

— *Às vezes a banalidade de minha própria vida me causa repulsa. Algumas pessoas, porém, têm vidas que se parecem com uma história bem-inventada. Sempre tive inveja delas...* – diz minha mãe.

— Uma história bem inventada não tem motivo para se assemelhar à vida real, a vida se esforça com todo o empenho em parecer uma história bem inventada – diz Bábel.

— *Bem que vocês contaram de tudo! No que me diz respeito, tanto faz. Já não sei mais nem quem sou, nem onde estou, nem a quem pertenço...*

A frase "Já não sei mais nem quem sou, nem onde estou, nem a quem pertenço...", a incluí no texto já escrito depois, no dia em que mamãe a pronunciou, 20 de setembro de 1991, consciente de que poderia ser a última frase que escreveria. A ideia sobre o gênero que me girava na cabeça no início, eu a apertei agora num nó duplo. A frase foi incluída entre duas sirenes de ataque aéreo. Os dias de setembro de 1991 passamos no apartamento escurecido ou no abrigo, atormentadas com os sons da sirene, com as imagens televisivas de um país destroçado e com medo. No abrigo levamos os documentos de identidade, para que no caso de bombardeio não fôssemos anônimas, mas cadáveres devidamente identificados. A frase escrita em seu diário dois anos antes – "que Deus nos livre que aconteça aquilo que sussurram" – aconteceu.

No ano de 1946 viajou através de um país destroçado pela guerra. Chegou no fim tendo perdido o começo. Agora, em seu fim, ela o via abandonado. Durante a infância, do que tinha mais medo era de uma luva virada do avesso. O tempo virou do avesso feito uma luva.

Ao abrigo levava consigo o canário. Todo o seu amor restante ela dirigia ao canário, com o qual eu a havia presenteado, um mês antes, contra a sua vontade. Como se não tivesse se preocupado conosco, seus filhos, nem com ela mesma. Toda ela, "que não sabia mais quem era, nem onde estava, nem a quem pertencia", se curvou com suas últimas forças em torno daquela minúscula caricatura bastarda de anjo. Defrontada com uma morte possível, levava consigo ao abrigo somente duas coisas: a carteira de identidade e o canário, ínfima réplica angelical, o coração que bate tum-tum, tum-tum, tum-tum...

3. Kinder Ovo

> *Você se lembra das coisas que perdeu no dia seguinte?*
> *Elas pedem encarecidamente pela última vez*
> *(em vão)*
> *que permaneçam com você.*
> *Mas o anjo da perda as tocou com sua asa descuidada;*
> *não são mais nossas, as mantemos pela força.*
>
> RAINER MARIA RILKE

PEQUENOS SINAIS DE FUMAÇA

Ligo a secretária eletrônica, ouço a fita. "Ora, Bubi, por onde você anda? Você nunca está..."

Liga todos os dias. As mensagens que deixa mal se entendem. Primeiro se ouve o silêncio, do outro lado do telefone percebo uma inspiração (está inalando a fumaça do cigarro), depois a escuto claramente expirar (está soltando a fumaça). Assim ganha tempo e, corajosa, supera a derrota momentânea. A entonação é sempre a mesma: uma falsa serenidade, uma indiferença dissimulada. Me chama de Bubi. Pronuncia um "Bubi" prolongado, com uma espécie de afetação não muito convicta, um tanto travessa. "Bubi" é um convite ao carinho, quase que dirigido a si mesma, um assobio no escuro que dispersa a ansiedade. "Bubi", diz para si mesma no silêncio surdo do telefone.

A frase "Você nunca está" vem depois de uma longa pausa. A frase não contém nem a repreensão de fato nem o que a aflige (além do mais, estou sempre aqui). Com a frase prolonga a surdez, ouve a própria voz, existe uma sutil esperança de que a minha voz emerja do silêncio do outro lado da linha de modo inesperado. Interrompe depressa, sinto que coloca o fone rápido, como se tivesse cometido algum pecado infantil. Como se, na verdade, estivesse contente por eu não estar ali. A conversa comigo poderia ser dolorosa, e assim houve "uma conversa" e nada está doendo! Não percebe que os recados são sempre os mesmos. Solta a fumaça, inspiração-expiração, emite seus pequenos sinais de SOS. De fumaça. Eu apenas escuto. E não faço nada.

O BEIJO

Pergunto-me muitas vezes como posso saber tão pouco a respeito dela. A vida dela parece um paninho barato, atribuído a ela uma vez e para sempre, que não se deixa esticar, nem alongar, nem encurtar. Por fora, ela trata a si mesma assim, como se fosse um paninho: lava, passa, conserta e o mantém ordenado no armário.

Pergunto-me como posso saber tão pouco a respeito dela e aquilo que sei parece tão irrelevante. Ela a meu respeito sabe muito mais. Ela é a única, como um dono ou um ladrão, a conhecer meu código secreto, o código da dor. Nem sobre essa dor sei qualquer coisa, não sei de onde vem, não sei por que não sou capaz de dominá-la, por que me tira o fôlego infalivelmente.

Conheço apenas seus gestos, movimentos, expressões da face, tons da voz. Reconheço-os em mim. No espelho, num segundo qualquer, num brilho qualquer, como numa imagem duplicada, em vez de meu próprio reflexo, fico caçando o dela. Vejo duas rugas em torno da boca que, irrefreáveis, rastejam para baixo terminando seu trajeto em pequenas bolsas mal perceptíveis.

Cada vez com mais frequência acordo com dificuldade de respirar, estalo os lábios do jeito que ela faz. Observo-a em segredo durante o sono da tarde. No buço, minúsculas gotas de suor. Pergunto-me se no meu rosto, enquanto durmo, também é tão evidente a imersão no próprio desespero.

Às vezes me surpreendo balançando os pés, esfarelo o ar com os dedos dos pés, do jeito que ela faz.

Às vezes sou tomada por uma onda repentina de aflição, como um golpe inesperado. Pergunto-me se tenho nesse instante a mesma expressão desamparada e vulnerável que ela. Ou se ao mesmo tempo começo a tossir devagar fazendo de conta que não houve nada, assim como ela?

Às vezes caço na minha voz sua voz rouca, às vezes debaixo de minha voz aflora a sua, falo a duas vozes, me detenho, prolongo como ela, espero que passe.

Lembro-me de como certa vez – ao chegar correndo em casa de um encontro romântico em que o garoto empolgado e eu perpetuamos o beijo de despedida –, ao chegar em casa envolta numa pequena névoa de adrenalina, repeti ausente o que reiterava um pouco antes e, ao sobrepor as imagens no cérebro, em vez do beijo ritual na face, a beijei com um selinho na boca. Esse erro desajeitado provocou em mim uma aflição desconhecida. Dizer agora que lá, como num espelho, beijei na boca uma futura eu seria simples demais.

Quando a reconheço em mim, quando as imagens se sobrepõem, ressoa em mim aquela primeira cena, aquele início, aquele beijo na boca, seus olhos bem abertos, um pouco assustados, em que se espelha minha expressão igualmente confusa.

NOME E SOBRENOME

— Nome?

— Elisaveta...

— Sobrenome?

— Simeónova...

— Nome do pai?

— Simeón...

— Nascida em?

— Dois de agosto de 1926.

— Lugar de nascimento?

— Varna.

— Onde é isso?

— No mar Negro. Na Bulgária...

— E todas as búlgaras são tão bonitas?

Creio que naqueles anos tive várias vezes conversas parecidas. Aconteciam na alfândega e em postos policiais, escritórios, prefeituras, com funcionários acinzentados, emissores anônimos de certificados. Creio que todos aqueles que registravam seus dados modestos formulavam curiosos a pergunta: Por que veio para cá? A frase "E todas as búlgaras são tão bonitas?", na verdade, pertence a meu pai e foi pronunciada um pouco mais tarde, acredito que com admiração sincera. "Não sabia o que lhe responder", diz. À surpresa dela, à insolência instantânea dele e àquela frase banal devo, afinal de contas, meu próprio nascimento.

Com 20 anos, um passado que não merece menção, com esse pequeno número redondo, 20, até o cerne repleta de sonhos sobre o futuro, partiu no verão de 1946 da distante Varna, no mar Negro, rumo à Iugoslávia.

MALA CHEIA DE MAÇÃZINHAS

Viajou de trem. De Varna a Sófia, de Sófia a Dragoman, passagem de fronteira e último ponto conhecido. Na passagem da fronteira iugoslava se assustou de repente, por causa do funcionário da alfândega de bigodes escuros ou pela decisão definitiva. E enquanto abria a mala, pensando, em pânico, que ainda tinha tempo de mudar a decisão e retornar, escorregou de suas mãos e se esparramou pelo chão o conteúdo modesto. Lembra-se do rolar das maçãzinhas ("Havia muitas, muitas maçãzinhas", diz. "Nem sei por que trouxe tantas"). A memória permaneceu aprisionada à imagem das maçãzinhas que rolavam pelo chão. E como se fossem as maçãzinhas, e não ela, que tivessem tomado a decisão, era preciso recolher todas, e então o trem começou a andar...

Lembra-se de poucas coisas. Balançava no trem semivazio naquele distante ano de 1946 através do país destruído ("Tudo estava destruído, tudo..."). Ordenadamente recolocou o conteúdo na mala: os vestidinhos de verão de crepe georgete de seda preta, os sapatos elegantes de veludo, os livros, as sandálias com salto de cortiça feitas de acordo com a mais recente revista parisiense de moda. (O mar naquele inverno expeliu no porto de Varna, no mar Negro, grande quantidade de cortiça de um navio afundado. As jovens de Varna caminhavam suaves sobre as pedras lavradas quentes das ruas em sandálias leves de cortiça, deixando atrás de si o cheiro do mar.) Em cima distribuiu suas maçãzinhas de novo.

Espiava pelo vidro engordurado da janela, esperando alguma cena nova, "tudo, no entanto, estava destruído, destruído e sem esperança", e então começou a cair uma chuva miúda, pegajosa, demorada, que encobria as janelas, e ela se aconchegou no vagão vazio e pensou em seu noivo, jovem iugoslavo de sorriso adorável, que conhecera em Varna, na calçada à beira-mar. Imaginava o seu futuro lar comum, repetia em seu íntimo centenas de vezes o nome da estação em que deveria descer, imaginava como a esperaria naquela estação o sorriso dele, e então na calidez daquele futuro incerto adormeceu, ficou balançando assim durante horas, cochilava, de vez em quando acordava e comia suas maçãzinhas.

A única coisa de que se lembra de modo claro ("Não sei por que me lembro exatamente disso", afirma sublinhando "exatamente disso") é do velhinho de face nobre ("Tinha uma face nobre") que numa das estações entrou em sua cabine. Ela lhe ofereceu maçãs, ele tirou o canivete, hábil, descascou a maçã e fez da casca uma rosa.

— Tenha a bondade, senhorita – disse.

("Era maravilhosa, nunca havia visto uma rosa igual!")

Desceu na estação cujo nome tantas vezes repetira em seu íntimo, segurando nas mãos a mala e a rosa. Ninguém a esperava, caía uma chuva pegajosa, miúda e estava escuro. Ali, naquele lugar, cobriu seu passado com retalho negro de escuridão. Daquele pequeno retalho extrairei de tempos em tempos apenas um ou outro fio.

AS PRIMEIRAS FOTOGRAFIAS

"Tinha um sorriso adorável, mas era um canalha", seria a única coisa que diria a respeito do marinheiro.

Acabaria encontrando-o, logo perceberia que era um canalha, iria deixá-lo, aprenderia a língua e datilografia ("Era fácil, ao meu redor todos eram analfabetos"), começaria a trabalhar como funcionária num escritório local, alugaria um pequeno quarto, limparia tudo, esqueceria tudo...

E debaixo daquele retalho de escuridão, do qual conseguirei puxar apenas um ou outro fio, agitam-se imagens embaçadas. Todas essas imagens se solidificaram com o tempo numa ofensa grave como um tumor. Por causa dessa ofensa, daquele tumor invisível, decidiu num instante que não retornaria, que ficaria, que ficaria mesmo...

— E todas as búlgaras são tão bonitas?

Aqui começa o seu arquivo modesto, sua história verdadeira e luminosa, com um herói tão jovem quanto ela, homem da nova era que saiu da guerra tendo lutado do lado certo. E ali está também a primeira foto. O casamento com o vestidinho de crepe georgete de seda e sandálias de cortiça. E, para o banquete de casamento, um frango, um frango de verdade!

PALAVRAS

Foram anos de fome. Faziam compras com "cadernetinhas". De tecidos, era possível comprar tão somente percal. Não havia nada. Na-da! Estavam semifamintos. Cozinhavam "comida de pobre"...

— O que é comida de pobre?

— Sopa de farinha torrada...

— Só farinha?

— Repolho, batata, ervilha, verduras cozidas, massinhas cozidas com repolho... pedacinhos de massa torrada, panquecas mal preparadas, gema de ovos com açúcar, isso para as crianças...

"Você também foi concebida na fome", diz. Estava grávida. O marido no hospital. As cavernas abertas, tossia sangue. Era difícil conseguir estreptomicina. Conseguir comida. Lembra como havia conseguido arranjar um vidrinho de mel. De manhã encontrou no vidrinho um camundongo morto. Chorou, não sabia se era por causa de si mesma ou pelo camundongo. Comia o que tinha. Todos eram pobres. "Precisávamos nos adaptar às circunstâncias."

No quarto alugado lavava o piso de madeira todos os dias com mistura de cinzas e água. Virava o colchão de palha por causa dos percevejos, lavava a roupa, fervendo-a, a secava no sol, passava, limpava o quarto até brilhar. "A limpeza é metade da saúde." A limpeza é substituta da abundância. As janelas têm brilho de diamante, a roupa de cama reluz feito cetim, o piso de madeira cintila como ouro velho, até o cadáver do camundongo tem cor de âmbar. O cheiro de limpeza expulsa todos os outros cheiros. Eram anos sem cheiros.

Palavras cujo sentido, na verdade, desconheço: "mistura de cinzas e água" (algo com que se lava), "cadernetinha" (substituto do dinheiro), "percevejos" (insetos então existentes).

Palavras de cujo significado tenho lembrança nebulosa: "percal" (tecido barato), "pão-manteiga-açúcar" (substituto de bolo).

Palavras do vocabulário de mamãe de então: "pedacinhos de massa torrada", "panquecas mal preparadas", "percal", "massinhas cozidas com repolho", "pão-manteiga-açúcar", "cadernetinhas", "percevejos".

O ANO DE 1949

No ano em que nasci, no dicionário do mundo existia... o mundo. Harry Truman torna-se o 33º presidente dos Estados Unidos, o que em Washington é festejado com uma parada de 7 milhas de comprimento; o terremoto de Seattle é chamado de "catástrofe com o peso de 10 milhões de dólares"; em Paris organiza-se o Conselho da Europa, comunidade de dez países europeus, germe da ideia da futura União Europeia; na Grã-Bretanha suprimem-se os cupons de racionamento, cessam as restrições aos doces, e depois de dez anos de escuridão Londres brilha a luzes plenas de neon; na China a guerra civil continua e depois termina com a proclamação da República Popular da China; na cidade americana de Miami inaugura-se o novo milagre econômico, "a universidade futurista"; Israel é aceito nas Nações Unidas, que se transferem no mesmo ano para um edifício novo, "o edifício mais importante do mundo", como afirmou por ocasião da inauguração o presidente Truman; na Grã-Bretanha a relação entre a libra e o dólar melhora de modo drástico a favor da libra; o pequeno Estado de Mônaco coroa um novo governante, o príncipe Rainier; em Londres reconstrói-se a danificada St. Paul; o verão daquele ano é de calor tropical; o príncipe Charles é um bebê de cachinhos adoráveis; o Plano Marshall de ajuda econômica à Europa funciona; Berlim é dividida, a zona soviética torna-se Berlim Oriental, capital da República Democrática Alemã, e as três zonas restantes, Berlim Ocidental; o novo avião *double decker* voa de Londres a Nova York em menos de nove horas; os Estados Unidos e a União Soviética ingressam no período da "Guerra Fria"; na festa da rainha da Inglaterra são convidados Errol Flynn, Gregory Peck, Douglas Fairbanks e Rosalind Russell; descobre-se um novo anestésico que possibilita às mulheres parto sem dor. No dicionário do mundo, existe o mundo.

No dicionário do mundo, nós mal existimos. Em nosso dicionário, o mundo quase inexiste. No dia em que nasci, em 27 de março, na propriedade agrícola "Belje" transcorria com êxito a "atividade de educação física", era registrado o "progresso da cooperativa em Velimirovac", o país estava pronto para "a execução completa do plano de semeadura de primavera", e "às Brigadas da Frente incorporam-se 10 mil mulheres de Split"; naquele dia "realiza-se a distribuição de leite pasteurizado para consumidores D-1, sendo duas latinhas por cupom número 1 da carteirinha republicana de racionamento". Naquele dia, no cinema Balkan de Zagreb exibem o filme soviético *A guarda jovem*, no cinema Zagreb o filme soviético *O trem vai para o Oriente*; no cine Iadran o filme soviético *As aventuras de Nasredin Hodja*, e no cinema Romanija *O encouraçado Variag*. Também filme soviético.

No dicionário de minha mãe, os mundos não existem. Em seu dicionário, existimos eu, o marido que não morrerá e a sopa de farinha torrada.

SOPA *AINPREN* (TOSTADA)

3 colheres grandes de gordura ou manteiga
4 colheres grandes de farinha
1 colher pequena de cominho

1,5 litro de água
Sal a gosto
Pão cortado em cubinhos e tostados em gordura
Em gordura aquecida tostar a farinha até adquirir cor castanho-clara. Adicionar o cominho, tostar um pouco, adicionando água e mexendo sem interrupção. Acrescentar sal à sopa e cozinhar por 15 minutos. À mesa colocar em cada prato cubinhos de pão tostado e acrescentar a sopa.

CASA DE BONECA

Ao mudar para a casinha (eu devia ter 3 ou 4 anos) com dois quartos, cozinha ampla, banheiro, despensa, varanda e jardim, eu começaria a conhecer o mundo (ele é redondo feito um ovo), e mamãe teria o que sempre desejou, uma casa de boneca grande. Com a mudança, teria início uma época alegre na qual todas as coisas seriam "as primeiras".

O primeiro dormitório de meus pais, comprado a crédito, de nogueira verdadeira, com uma grande cama de casal, mesinhas de cabeceira, robustos armários amplos cintilantes e uma cômoda baixa com enorme espelho vertical, um pedaço de mobília com o nome secreto de "penteadeira"! Ao dormitório logo se juntaria a cozinha com um armário, o primeiro fogão a gás, no banheiro estaria o primeiro aquecedor a lenha, que parecia um foguete que seria visto depois, e a coroação de tudo seria o primeiro rádio, chamado Nikola Tesla. Com a mudança para a casa, eu provaria pela primeira vez o sabor fabuloso de uma fruta do sul chamada laranja, ganharia a primeira boneca de borracha vestida com saia de pregas, que evocaria de modo confuso alguns outros países em que viveriam meninas vestidas de maneira diferente.

Depois todas essas coisas mudariam, mudaríamos para um apartamento novo, mas a época alegre das "primeiras coisas" não acabaria, viriam algumas "segundas primeiras coisas": o primeiro patê industrial Gavrilović, o primeiro televisor chamado Einich, o primeiro toca-discos, a primeira máquina de lavar roupa, o primeiro automóvel *volksvaguenmiletrezentos*. Mamãe acenderia o seu primeiro cigarro e começaria a fumar. Teria início uma nova "segunda primeira época". A vida coletiva da rua em que estavam a nossa primeira casa pequena e aquela coletividade urbano-sindical seria substituída com a aparição do primeiro televisor por outra, a coletividade midiática. A ideia do mundo redondo e inteiro feito um ovo seria apoiada pelas mesmas canções (*Marina* e *Mustafa*), mas a ideia se desfaria bem depressa. Dos fragmentos brotariam os contornos de outros mundos existentes: de início, por alguma razão haveria apenas o México, os mexicanos e *Mamajuanita*, e a seguir os indianos. A existência desses outros seria confirmada pelas lágrimas coletivas de 20 milhões de iugoslavos provocadas pelos tristes filmes indianos. Depois surgiriam alguns outros países, sobretudo africanos. A existência deles acabava sendo confirmada por seus representantes. Agitaríamos bandeirinhas e gaguejaríamos seus nomes enigmáticos quase impronunciáveis: *nkrumakh*, *sirimavobandaranaike*, *nasser*, *khailêsselassiê*, *indiragandi*... Mamãe assegurava que antes de eu nascer existia também a Rússia, mas no começo eu não encontraria vestígios que confirmassem algo assim.

FULIGEM

"Fuligem" foi uma das primeiras palavras que aprendi, natural como as palavras "mamãe", "papai", "pão", "água". Vivíamos numa pequena localidade industrial na qual havia uma fábrica de fuligem. Na fábrica trabalhava meu pai. "Petróleo" também era uma palavra natural. Não longe de nosso lugarejo havia poços de petróleo, a fuligem, afinal, era "obtida" do petróleo.

A rua em que morávamos chamava-se *kolona* (abreviatura de colônia de trabalhadores), e as casinhas naquela *kolona* eram um protótipo dos futuros bairros operários "modernos".

Mamãe me levava com frequência para tomar banho no banheiro da fábrica (o que era muito mais fácil do que aquecer a lenha do aquecedor "moderno" em nosso banheiro). Os trabalhadores tinham densas pálpebras empapadas de fuligem, pareciam maquiados, piscavam como bonecas. Nas cabines de pedra frias com chuveiros quentes, me lembro dos riachos de água negra que jorravam de todas as partes e afloravam através da espuma acumulada de sabão cinza.

Mamãe travava uma luta diária contra a fuligem. De manhã, com um pano úmido limpava as madeiras da janela.

— De novo choveu fuligem – dizia e passava o indicador pelos vidros das janelas, aquele instrumento preciso de medição.

Solene, ela movia o indicador em minha direção e, com um tom de Marie Curie após descobrir o rádio, dizia:

— Está vendo?

— Estou – eu respondia e observava atenta o dedo de mamãe untado com o pólen negro gorduroso.

Todos os dias ela abria as janelas, espiava fora, apontava o olhar para o céu, bufava insatisfeita e fechava as janelas.

— Tem fuligem no ar de novo!

Fuligem era o quinto elemento.

Nos dias cinzentos os grãozinhos de fuligem caíam vagarosos do céu como chuva miúda de aranhas. Em dias ensolarados o ar reluzia com minúsculas aranhas douradas. Sem fôlego, eu observava a silenciosa invasão irrefreável. Quando uma aranhinha dessas pousava em minha mão, eu a esmagava e o ouro transformava-se em pequena mancha negra e gordurosa.

No inverno, ao nevar, a fuligem descia à noite sobre o manto de neve. Pela manhã rompíamos a crosta cinzenta enregelada, emocionados fitávamos a neve branca, deitávamos de braços abertos e deixávamos a marca de nossos corpos infantis sobre a neve.

À palavra "petróleo" o fluxo da memória associa sempre o mesmo sintagma: *viva Tito*. Na inauguração do poço de petróleo viria num ano o próprio presidente, viva Tito. O petróleo jorraria do poço num jato aterrador em direção ao céu e os convidados seriam regados por uma chuva de petróleo. O terno novo de meu pai, feito para a ocasião, ficaria para sempre imprestável.

— Não se consegue sequer virar do avesso – diria mamãe decepcionada.

GLOBO DE VIDRO

O primeiro objeto inútil na casa, naquela "*época das primeiras coisas*", foi um globo de vidro. Dentro do globo havia uma cidadezinha, sobre a cidade se estendia um céu azul-escuro. Ao girar o globo, caía neve sobre a cidade. O globo era um objeto mágico, eu o examinava de todos os lados, girava, virava de um lado para outro na esperança de que dos pequenos bastidores surgisse algo mais do que a neve esperada.

Algum tempo depois muitos globos mágicos foram declarados kitsch e jogados fora das casas.

Imagino sob os dedos o frio acetinado, fico observando compenetrada os bastidores da cidadezinha, me parece minúscula e distante como se fosse outro planeta. Enfeitiçada com a mágica, giro o globo. Da terra desabam sobre o céu flocos de neve miúdos feito grãozinhos de fuligem.

A CONDESSA SINGER

— Tia, tem paninhos?

A mulher enorme está sentada e nos observa com olhar brilhante e penetrante. Estávamos enfileiradas uma ao lado da outra como maçãs, nossa altura chega ao peitoril da janela, espiamos dentro. Com um movimento amplo da mão, a mulher apanha no saco um punhado de paninhos como folhas murchas e pela janela entrega uma mancheia a cada uma.

Nos afastamos com o tesouro e, enrubescidas de emoção, examinamos impacientes o conteúdo. O tesouro reluz diante de nossos olhos: paninhos listrados, com bolinhas, axadrezados, com estampas e florzinhas, monocromáticos e multicoloridos.

A condessa era a pessoa mais importante em nossa rua. Conde era seu sobrenome e todos a chamavam, com muito respeito, de condessa. Os paninhos eram para as bonecas. As bonecas eram de trapo, a cabeça e o tronco recheados com palha (ou trapinhos), de tecido branco e costuradas à mão. Na cabeça, com *tintoblajk* (palavra desaparecida: maravilhoso lápis de núcleo gorducho, macio e roxo) desenhávamos olhos, nariz e boca (ponto, traço, tracinho, a menininha está pronta). Vestíamos aquelas bonecas de trapo carecas com vestidos feitos com os paninhos da condessa.

Nós de seus paninhos costurávamos roupas para nossas bonecas, e a condessa costurava roupas para nossas mamães e para nós, menininhas. A condessa era costureira e, nessa época histórica anterior à confecção industrializada, era uma pessoa muito importante, quase tanto quanto o médico.

— Vamos até a condessa! – diria mamãe, e eu, pronta, já lhe estendia a mão.

Nunca vi aquela mulher enorme na rua. Como se tivesse criado raízes em seu quartinho, naquela floresta em que a cada passo se espreitava uma fauna heterogênea e perigosa. Dava a impressão de que naquele quarto tudo estivesse em posse transitória da condessa, parecia que bastava um instante de desatenção para que as feras perigosas passassem a viver suas próprias vidas. A fita métrica com aspecto de uma cobra serpenteava mansa em volta de seus dedos, mas escapava com frequência e fugia rápido para um canto. Havia ali inocentes, velozes e desdentados carretéis que empurravam e apertavam uns aos outros, e perigosos porcos-espinhos almofadados sempre com os espinhos eriçados. Os trapinhos indomáveis de cores de papagaio agitavam-se no saco e a cada hora saltavam para fora contorcendo-se pelo chão. Fitas e rendas, como cipós luxuriantes, criavam uma sombra na qual cochilavam pequenos insetos: colchetes, ganchinhos, botões de metal. Em caixas de plástico multiplicavam-se alfinetes; dedais metálicos bocejavam com bocejo cinza ameaçador; botões feito baratas entorpecidas pela luz toda hora corriam pelo piso; dos cabides pendiam vestidos inacabados cercados por um exército de formigas brancas, as costuras; e de todos os lugares, de todos os ângulos, do chão e do teto avançavam fios intermináveis.

Aquela mulher enorme parecia amalgamada a sua máquina de costura Singer. Ambas eram uma só. A condessa Singer movia seu grande corpo Singer com um dos pés (o outro pé, enquanto isso, punha para trás), com uma das mãos girava a roda metálica negra, com a outra domesticava o tecido vivo, espetando-o com agulhas. Feito uma fera enorme, a condessa Singer zumbia, cuspia, esticava linhas à sua volta, espetava com agulhinhas. A condessa Singer era a soberana da floresta e seu zunido potente sobrepunha-se aos demais ruídos: ao sacolejar, aos estrépitos e rangidos, aos sons surdos e suaves da queda dos insetos e serpentes no chão.

No canto da floresta havia um ídolo em forma de tronco humano sem braços e sem cabeça, divinamente cego, surdo e indiferente à vida da floresta, um manequim de madeira.

Naquela longínqua era anterior à confecção industrializada, a condessa Singer costurava tudo: calcinhas, sutiãs, trajes de banho, vestidos, blusinhas, saias, calças, casacos e capas. A partir do terno puído de papai, virando o tecido do avesso, a condessa Singer sabia costurar um traje elegante para mamãe, e ainda conseguia que sobrasse para mim uma saia. A condessa Singer sabia costurar uma blusa como a que Katharine Hepburn (com quem mamãe se parecia) usava no filme *A rainha da África* e um vestido igual ao usado por Ava Gardner (com quem mamãe desejava se parecer) no filme *As neves do Kilimanjaro*.

Só que às vezes, por motivos desconhecidos, a condessa Singer manifestava arbitrariedade caprichosa.

— Condessa, aqui gostaríamos de musselina...

— Um peitoril comum – dizia lacônica a condessa.

E as mulheres obedeciam.

Ela costurava liso e franzido, em pranchas e viés, domesticava linho, algodão, crepe, poliéster, georgete, renda e seda.

— Condessa, aqui gostaríamos de uma gola xale...

— Babados – cortava a condessa Singer.

E as mulheres obedeciam.

Graças à condessa Singer, à vida anterior em Varna, cidade grande e real em comparação ao nosso pequeno lugarejo, bem como ao conhecimento de arte cinematográfica, minha mãe era a mulher mais elegantemente vestida ali, naquela era anterior à confecção industrializada.

Fios incansáveis surgiam de todos os lugares, de todos os ângulos, do chão e do teto, pendurados, formigavam, rastejavam e grudavam nos clientes da condessa Singer como sanguessugas.

Ao se despedir de uma cliente, a condessa Singer primeiro a limpava dos fios, no final levantava o último como se fosse um inseto recém-morto, e dizia reveladora:

— Alguém moreno está pensando na senhora.

Dizia isso se o fio fosse branco. Mas, se o exemplar da fauna da costureira fosse preto, a condessa Singer dizia:

— Alguém loiro está pensando na senhora.

A condessa Singer tinha uma filha a quem chamavam de Gina, por causa da atriz italiana Gina Lollobrigida. Gina era muito parecida com Lollobrigida, uma a cara da outra, e era mesmo linda como a atriz. Tinha rosto branco e redondo, olhos negros vívidos, lábios carnudos, dentes brancos e cintura extraordinariamente fina.

— Gina tem uma cintura assim... – diziam as mulheres, e em seguida juntavam polegar e dedo indicador num círculo.

Gina tinha cabelos brilhantes, pretos, curtos, que nas bochechas e na testa se dobravam em pequenos caracóis. Levava à boca polegar e indicador, como se fosse contar uma pilha de notas, lambia-os e, em seguida, com o indicador e o polegar umedecia a mecha e, hábil, a dobrava para formar uma figura similar ao número seis. Em cada lado do rosto, Gina tinha pelo menos seis desses cachinhos, e dois na testa, torcidos como dois grandes caracóis pretos.

Embora fosse tão bela quanto uma atriz, e vestida como uma boneca, embora abundantes linhas pretas e brancas grudassem nela, embora muitos homens morenos e loiros devam ter pensado nela, Gina nunca se casou.

— Não teve sorte com os homens – diziam as mulheres.

Quem sabe, talvez a infeliz Gina estivesse em poder invisível da fauna embruxada da condessa Singer.

Seja como for, tenho uma foto com Gina, da excursão sindical de trabalhadores, aonde os pais também nos levavam, os filhos. Na fotografia o vento sopra o vestido branco pregueado de Gina, o que destaca ainda mais sua cintura fina. Atrás daquele afrouxamento de paraquedas do vestido de Gina, também posso ser vista com um laço branco no cabelo. Atrás de nós arde a chama eterna. A labareda é do Monumento ao Herói Desconhecido, no monte Avala, onde a fotografia foi feita.

TIA PUPA

Estou na ponta dos pés no assoalho encerado e encharcado de luz dourada. Fico ereta, estômago contraído, pescoço esticado, na cabeça tenho um livro. Cautelosa, dou um passo. O assoalho amarelo lança feixes de luz em direção ao teto, engulo o ar, prendo a respiração como se estivesse mergulhando, dou um passo com o outro pé, e o livro fragoroso cai no chão.

— Vá para o inferno! – diz tia Pupa, e ri estridente como se tossicasse.

Tante Puppe.[17] Era alta, seca, ossuda, nariz encurvado em bico afilado, olhos azulados apertados que olhavam o mundo como se soubessem tudo de antemão. Capengava um pouco, mas ao mesmo tempo caminhava com retitude incomum, cabeça erguida, retesava o pescoço feito animal de pescoço comprido e com as narinas delgadas farejava cautelosa o ar.

Morava numa casa pequena com varanda e jardim grande. Os quartos eram grandes, ensolarados, com portas que se abriam de sala em sala. Ao se entrar na casa, calçavam-se folgados chinelos rústicos. Em sua casa deslizava-se em silêncio como nos museus russos. Por alguma razão, só cultivava no jardim arbustos exuberantes de flores "protuberantes". Cresciam lá moitas brancas que chamávamos de "bolinhos", grandes hortênsias que mudavam de cor feito camaleão e peônias de róseo delicado e brancas. Eu adorava cachos de flores, assim como ela: passava horas estudando a vida das formigas neles.

Tia Pupa era uma professora de antes da guerra ("ela é uma professora de antes da guerra!"), o que significava que sabia alemão, tocava piano e era, muito naturalmente, o árbitro absoluto em questões de elegância e beleza.

Sem sucesso tentou me ensinar a arte de caminhar bem. Ela estava muito convencida de que andar de modo correto era uma das coisas mais importantes na vida.

— Observe os animais – dizia. — Que elegância de movimentos eles têm!

Eu estudava atenta os animais disponíveis.

— E a galinha?

— Nem a galinha está destituída de certa elegância – dizia séria.

Lembro-me do quarto ensolarado, ela está sentada ereta na poltrona, bate no chão com o bastão como uma professora de balé, me levanto na ponta dos pés ("contraia a barriga!"), contraio a barriga ("prenda a respiração!"), prendo a respiração ("agora respire devagar...").

17 Tia Boneca. Em alemão no original.

A arte de andar bem não aprendi. Não entendi como se consegue respirar com o estômago contraído, mas fiz tudo para poder ficar com ela o maior tempo possível. Eu morria de felicidade quando, às vezes, com um gesto digno da realeza, ela me convidava para dormir ou quando meus pais pediam que ela cuidasse de mim.

Estou deitada na cama dela coberta até o queixo, me escondo, a porta que dá para o outro quarto está totalmente aberta. Do banheiro sai seu filho, de 16 anos, pele dourada como o próprio rei Midas, tem a toalha em volta do pescoço. Do rádio chega uma canção popular. Ele esfrega a tolha ao ritmo da música, sacode as pequenas gotas douradas, move-se com passos de dança. *Istambul. Constantinopla-Istambul* – à esquerda, *Constantinopla* – à direita, *Istambul* – para cima, *Constantinopla* – para baixo...

Na porta aparece tia Pupa, fareja devagar o ar dourado ao seu redor, anda ligeira, ereta, corta o espaço como um peixe a água, então desvia o bico fino e vê um par de olhos de criança admirados espiando por baixo das cobertas...

— Vá para o inferno!

Às vezes me sento assim na poltrona e leio, e de repente me levanto, coloco o livro na cabeça, fico na ponta dos pés, contraio o estômago. Sinto o peso do livro no cocuruto e um inexato conforto físico. E então volto para a poltrona, apanho o livro e penso que na arte de andar bem de fato existem alguns segredos, algumas verdades superiores, que não estão ao alcance de todos. Essa verdade tia Pupa conhecia.

TIAS

Muitas vezes ficava pedindo a mamãe que me contasse a respeito de sua família búlgara, ramificada feito sementes de dente-de-leão.

— Primeiro havia o avô Milan e a avó Liúba – começava a história a partir da avó e do avô.

— E depois?

— Depois o avô Milan e a avó Liúba tiveram sete filhos: Bogumil e Todor, Eksena, Pavlena, Anastássia, Vássilka e Tsvetanka.

Grosseira, eu riscava os irrelevantes Bogumil e Todor e pedia que contasse sobre a avó e as tias.

— A Eksena chamavam de Assenka, a Pavlena, Pavla, a Anastássia, Natsa, a Vássilka, Vássilka, e a Tsvetanka… hmmm… Tsvetanka – prosseguia desfrutando de meu prazer.

— E depois?

— Eksena se casou com Simeon, Pavlena, com Slávtcho, Anastássia, com Vantcho, Vássilka, com Tsvetan, e Tsvetanka, com Levtcho.

— E então? Depois?

Enumerava os ramos e os pequenos ramos da árvore familiar (Pavlena e Slavtcho tiveram quatro filhos: Rumena, Dunka, Iltcho e Milanka…). Eu escutava a enumeração dos nomes com atenção, como se se tratasse do conto de fadas mais interessante do mundo. Vássilka era a mais bonita, mas morreu jovem, Pavlena casou-se com o mais estúpido, que mais tarde se tornou o mais rico, Eksena casou-se com o mais bonito, Tsvetanka, com o mais inteligente e Anastássia, do bom destino que não privou nenhuma de ter felicidade, recebeu o maior peidorreiro!

— Era o maior peidorreiro da família – diz mamãe desfrutando ao pronunciar a palavra proibida. — Soltava umas bombas de levantar poeira em tudo – afirma substituindo o verbo proibido pela expressão "soltar bombas".

Eksena, Pavlena, Anastássia, Vássilka e Tsvetanka eram minhas bonecas imaginárias, minhas fórmulas mágicas e canções infantis (Eksena corta a lenha, Pavlena acende o fogo, Anastássia pega o ovo, Vássilka assa um bolo, e Tsvetanka, Tsvetanka descansa um pouco!), nomes encantados, cartas infantis, cinco damas, heroínas de um conto de fadas. Bastava que mamãe contasse apenas um ou outro pormenor: Anastássia se maquiava com carvão de fósforos; Eksena, vovó, com 16 anos incompletos, foi roubada e sequestrada por um jovem bonitão, vovô, que a levou até o outro lado do mundo, às margens do mar Negro; Pavlena traía o marido estúpido, por isso Deus a premiou com filhos bonitos; e eu vestia minhas bonecas com os contos imaginados e moldava seus destinos.

Eksena, Pavlena, Vássilka, Tsvetanka e Anasstásia ficariam ao lado de Pandora e de sua caixa, do rei Midas, das histórias de *partisans*, dos Argonautas e sua busca pelo velocino de ouro, ao lado das histórias infantis a respeito de Tito, da infeliz Medeia, dos contos de fadas russos, com o miserável Pale que ficou sozinho no mundo, com o menino Németchek de *Os meninos da rua Paulo* e com Audie Murphy, ator americano, herói de faroeste, armazenados no fundo permanente de meus mitos infantis.

Hoje, dessa família ramificada de dentes-de-leão, são poucos de quem me lembro, apesar de ter conhecido alguns. Eksena, Pavlena e Anastássia perderam sua aura de conto de fadas e se transformaram com o tempo em sua antítese cinzenta. Permaneceu por alguma razão viva apenas a imagem do completamente irrelevante Vantcho (Ah! Memória caprichosa!), o maior peidorreiro da família. Embora a imagem na infância tenha sido recortada por minha fantasia, hoje ela é uma das raras restantes no álbum e tem toda a "realidade" de uma fotografia.

Eu "me lembro" dele, portanto, com sua gorda barriga protuberante, o nariz arrebitado sobre o rosto que a mão de Deus também amassou para cima, calças brancas largas, camisa branca, boina branca de marinheiro com aba, óculos escuros, redondos, de cego, no nariz e a bengala obrigatória na mão desfilando pelo passeio ensolarado à beira-mar. Atrás dele revoa um bando de sombras de pombos. Ele se vira, os afugenta enraivecido, mas o teimoso bando continua revoando atrás dele. Então desiste, caminha imponente, o sol brilha, a sombra do bando de pombos se arrasta atrás dele feito um vibrante manto real. E lá vai o rei dos peidorreiros.

BINA

— Tome – diria mamãe pondo o pequeno embrulho nas minhas mãos. — Leve para a sra. Bina e peça para ela cerzir a fieira na meia.

Em meu álbum interno conservei, por motivos que apenas a memória caprichosa sabe, a imagem da sra. Bina, italiana ("Eles são italianos", afirmava mamãe, embora não fosse claro para mim o que aquilo significava).

Bina cerzia as fieiras nas meias. Depois que essa necessidade caiu em desuso (as meias rasgadas em breve seriam simplesmente jogadas fora), caíram em desuso também as palavras ("correu-me o fio nas meias"; "é preciso cerzir a fieira"), e junto com elas aquela habilidade miúda.

Pálida, calada, sorriso cansado e olhos puxados de raposa, a sra. Bina "cerzia as fieiras". Ela tinha uma agulha mágica com um ganchinho e as mulheres traziam as meias de náilon rasgadas ("*najlonke*"), mais raro as de seda, primeiro "com costura", depois "sem costura". Com seu ganchinho cirúrgico mágico, Bina cerzia paciente fio por fio, fieira por fieira, e habilmente cosia as vergonhosas listras esbranquiçadas como se nunca tivessem existido.

Era como se ela encontrasse satisfação naquele trabalho modesto. O pequeno marido de pernas tortas batia nela, a sogra bebia o dia inteiro e pescava no córrego próximo (onde um dia teria os pés puxados pelo Homem das Águas, que a arrastaria até o fundo para sempre), e os filhos não eram grande consolo.

Ao me aproximar da casinha deles, eu diminuía os passos. Ela estava sempre sentada à janela. Eu gostava de observar como afugentava as moscas com uma sacudidela da cabeça, como com os olhos cansados caçava a luz do dia, enfiava a meia transparente na mão, com o olhar seguia as estrias traiçoeiras, tirava a meia da mão feito luva preciosa, enfiava a meia na "bolota" de madeira, consertava a listra no meio e com o ganchinho reluzente juntava, um a um, os fios corridos.

Quando me avistava, sorria emoldurada pela janela como uma fotografia viva, sacudindo a cabeça espantava as moscas e alongava um pouco seu olhar amarelo de raposa.

Certo dia, tendo cerzido antes todas as meias, lá por volta da meia-noite, quando todos dormiam imersos em sono pesado, apertando contra o peito sua agulha com ganchinho, saiu de chinelos no quintal. Parou um pouco, olhou para o céu estrelado e em seguida, como se estivesse deslumbrada, foi devagar para o jardim e parou diante do poço. Ali tirou os chinelos, observou o reflexo do luar na água, talvez tenha tido a impressão de que na superfície brilhante amarelo-pálida da água havia uma fieira que deveria ser cerzida. E assim, com aquela agulha luzente nas mãos, atirou-se no poço.

De manhã, ao lado do poço encontraram o par de chinelos colocados ordenadamente. No enterro, o pequeno marido de pernas tortas, a mãe e os quatro filhos, todos de preto, choravam e se amontoavam em torno do cadáver feito moscas.

Com frequência me vinha a imagem dos chinelos ao lado do poço. Naquela imagem, os chinelos flutuam erguidos do chão. Depois desse acontecimento, quando falavam que alguém havia morrido, a primeira coisa em que eu pensava era no par de chinelos largados, vazios.

ÁRVORE DO PARAÍSO

No jardim de Tina, amiga de mamãe, crescia uma árvore única, uma macieira-japonesa.

— Venha – dizia com voz de comando o filho de Tina, Tomica, de minha idade.

Eu me lançava obediente atrás dele. Estávamos diante da árvore. Acima de nós, erguia-se uma cúpula de flores rosa-escuro.

— Agora vamos subir – dizia Tomica. Subimos no tronco curto e sentamos nos confortáveis galhos bifurcados.

— Está vendo? – dizia importante, delineando com a mão o espaço de seu território.

Estávamos sentados na árvore do paraíso completamente cobertos pela fronde florida. Os raios de sol penetravam através da abóbada, derramando em nós volumosas sardas trêmulas. Sentávamos assim naquele banho quente de maçãs inebriados pelo zunido dos insetos, pelo perfume das flores rosa-escuro e pelo jogo de luz e sombra. Tudo era tão doce e denso, tão intoleravelmente perfumoso e tão próximo, como se estivesse sob uma lupa. Num instante tive a impressão de que cairia do aturdimento. Me agarrei a um galho, arranhei atrapalhada a casca rugosa com a palma da mão e cortei o dedo.

Do corte róseo caiu uma gota de sangue que desabou silenciosa sobre uma pétala.

— Depressa, chupe o sangue – sussurrou Tomica.

— Por quê?

— Se não, você morrerá – disse com terrível voz misteriosa.

Obediente, chupei a gotinha de sangue do dedo e senti um gosto adocicado desconhecido. Meu coração batia por causa de sentimentos confusos: tinha a impressão de que estava à margem de uma descoberta profunda e importante. Tremia, sorvia o pesado aroma das flores, farejava o ar ao redor feito uma cega, quem sabe toparia com pistas do segredo cujas voragens pressentira. A palavra "morrer" ressoou e ficou tremulando no ar como um anel dourado.

— E agora vamos fazer neve – disse Tomica, e sacudiu o galho.

Na relva verde debaixo de nós caía uma neve rosa-escuro. Entre as pétalas que balouçavam no ar vi aquela minha, com a gotinha de sangue. Ficamos sentados assim, minúsculos, enclausurados no globo de vidro, envoltos pela nevasca florida, completamente sozinhos no mundo. Tomica e eu.

FRONTEIRAS

O mundo seguro no qual caía uma contínua chuva miúda de pólen de fuligem tinha fronteiras bem demarcadas. E nas fronteiras espreitavam perigos.

Uma das fronteiras era a estrada de ferro. Além da ferrovia começavam as distâncias desconhecidas. À noite reverberavam com brilho azul-escuro, pulsavam e deixavam escapar sons entre os quais era possível distinguir o apito das locomotivas a vapor e o coaxar dos sapos. De dia as distâncias vibravam preguiçosas na calma névoa azul-clara. Ali atrás da ferrovia, ocultos pela seda azul da distância, viviam os "ciganos que raptavam crianças pequenas". Muitas vezes eles apareciam no horizonte, eu imaginava como puxariam essa seda, iriam me cobrir com ela feito um lenço e eu desapareceria para sempre. Da mesma maneira que, de qualquer modo, já desapareceram muitas crianças curiosas...

A segunda fronteira era ardilosa: na primavera emergia como sedutora tira de renda branco-neve e, no inverno, como arbusto de espinheiro-preto, espinhoso. Além daquela fronteira espreitava um perigo mais terrível que os "ciganos que raptavam crianças pequenas". Seu nome era o "Homem da Água", ser misterioso que vivia no riacho e arrastava muitas crianças curiosas para o fundo. Tremendo de medo e de doce ansiedade, deslizei pelo bosque denso, me escondi nas samambaias verdes do rio, esfarelava com dedos agitados a argila úmida e fitava a água amarela aguardando um sinal dele.

Entre esses dois mundos perigosos e emocionantes que armavam ciladas além das fronteiras, parti para um terceiro, o primeiro ano do ensino fundamental.

A ZONA CINZA DO ESQUECIMENTO

"Você escreve sobre mim para você, e eu escrevo sobre mim para você", afirma a "rosada e encorpadinha" Ália, destinatária das cartas de amor de Viktor Chklóvski.

Ao escrever sobre ela, procuro na escuridão do esquecimento minhas próprias imagens, mas elas são também coletivas. Mesmo que não esteja na fotografia por um momento, ela está presente.

Examinando as fotografias nos álbuns, percebo a simetria entre fotografia e memória. Ali onde cessam *nossas* fotografias juntas (e começam as "minhas" fotografias da escola, "minhas" fotografias das excursões de estudantes, "minhas" fotografias com minhas amigas) também finda a zona da memória. Daí em diante é como se não me lembrasse de nada. Como se apenas as fotografias conjuntas fossem uma garantia parcial das recordações. Ali onde nossas fotografias se separam (em cada vez mais numerosas "minhas" e cada vez mais escassas "dela") começa a zona cinza do esquecimento. Talvez me lembre dos acontecimentos (naquele ano viajamos para ali ou acolá, naquele ano mudamos isso ou aquilo), mas elas não produzem imagens.

MAR NEGRO

A memória, parece, não é de todo volúvel, mas é como se algumas de suas curvas ocultas se arrastassem seguindo as tênues leis da simetria.

Seu mar Negro (ao mostrar as fotografias dizia: esta é *minha* Varna, este é *meu* mar Negro) eu avistaria certa vez também pelo outro lado, em Odessa, me lembrando vagamente de ter visto em outro lugar cidade e mar parecidos. Certo arroubo instantâneo (ou uma genuína curva da memória) não me permitiria lembrar, nem sequer me ocorreria o pensamento banal de que do outro lado do mar se encontra Varna, onde estive tantas vezes. Ouviria o marulho no abraço do amante, abatida pelo vigoroso sentimento de desesperança. Recordaria o cheiro acentuado das maçãzinhas meio secas no prato de metal, que a mão invisível do gentil dono da casa havia deixado sobre a mesa de cabeceira. O cheiro dessas maçãzinhas seria coberto pelo sentimento de impotência e permaneceria para sempre atrelado a ela.

Muitos anos depois, em Nova York, num apartamento no Upper West Side, de novo sentiria em minhas narinas o mesmo cheiro. Descobriria que a inquilina de um apartamento em Nova York era uma emigrante de Odessa, e foi aquela "mão invisível do gentil dono da casa" que, certa vez, havia colocado o prato de metal com maçãs meio secas na mesinha de cabeceira, para um homem e uma mulher. Ah, os indiscutíveis caminhos do destino!

Do mar Negro eu me lembraria por completo em outra ocasião, num terceiro local. Num verão no comprido cais de madeira em Brighton, na Inglaterra, comprei algodão-doce, me sentei na praia empacotada num impermeável (encolhida feito pássaro, como os ingleses), inspirava o vento forte e gelado, derretia com a língua pedaços de algodão-doce e num instante sentiria, com nitidez absoluta, que tinha 18 anos, que por vezes me chamavam de Eli e que lá, do outro lado do oceano, na outra praia, encontrava-se a cidade em que eu havia estado como outra pessoa, a cidade de Odessa.

CITAÇÃO

"Acho que a memória é uma cauda que, felizmente, perdemos para sempre no processo de evolução. Ela governa nossos movimentos, incluindo as migrações. Além disso, o próprio processo de recordação contém algo evidentemente atávico, se não por outra razão qualquer, porque esse processo nunca é linear. Da mesma forma, quanto mais o homem se lembra, talvez mais próximo esteja da morte.

"Se isso for correto, é bom quando a memória atraiçoa. Mas, assim como a cauda, ela se enrola, torce e vira para o lado com muito mais frequência; e a narração deveria seguir isso, apesar do risco de parecer inconsistente e enfadonha, e é estranho que a prosa escrita no século XIX, que dava tanta importância ao realismo, tenha lidado tão pouco com ela.

"Até quando o escritor realmente é capaz de imitar no papel as mais sutis vacilações da mente, seu esforço para tomar o lugar da cauda, com toda aquela beleza da contorção, ainda está fadado a falhar. Porque a evolução nunca está isenta de consequências. Com o tempo, tudo o que está na memória corrige-se até o completo esquecimento. Não há como voltar atrás com coisa alguma, nem mesmo com a ajuda de letras primorosas de palavras manuscritas" (Joseph Brodsky, *Menos que um*).

O TESOURO DE MAMÃE

O maior tesouro de mamãe eram os livros, aqueles que trouxe na mala cheia de maçãzinhas, e aqueles que começou a comprar quando chegou.

E meu nascimento também seria assinalado com um livro, o romance *A Mãe*, de Maksim Górki. Encorajado pelo título apropriado, sem tê-lo lido, meu pai o comprou e trouxe para mamãe na maternidade no dia de meu nascimento.

Na pobreza geral do pós-guerra, um dos ornatos ideológico-propagandísticos (no mesmo nível de "a limpeza é metade da saúde") era que "o livro é o nosso maior tesouro". As mensagens propagandísticas "o conhecimento é poder" e "o livro é o nosso melhor amigo" eram sustentadas não apenas pelo folclore no qual "a mente governa e a força serve para labutar", como também por historietas apócrifas a respeito dos gigantes do socialismo, autodidatas que *liam, liam* e *liam*, como Lênin, liam sob a luz do luar, como Maksim Górki, que se educaram, de camponezinhos se tornaram não somente conhecedores de algumas línguas estrangeiras, mas também virtuosos do violino, como Tito. Esse lugar-comum ligado aos gigantes do socialismo será repetido uns quarenta anos mais tarde, quando o novo presidente croata, antigo comunista, convertido, criaria sua imagem midiática deixando-se fotografar lendo concentrado o romance de ninguém mais ninguém menos que o escritor americano John Irving. Examinando essa "composição" fotográfica insossa, me lembraria de outro Irving, Irving Stone, escritor que tinha um lugar de honra na biblioteca de mamãe.

A paixão autêntica de mamãe pela leitura me contagiou também na primeira infância, de modo que sua biblioteca modesta se tornou conjunta. *Os meninos da rua Paulo* e *Hlapić*[18], na falta de livros adequados à minha idade, foram bem depressa substituídos por Lucrécia Bórgia (*A filha do papa*) e Upton Sinclair e seu *Petróleo*, um dos primeiros livros em nossa biblioteca. (Acho que em 1946 meu pai o comprou, de novo, por causa do título. Meu pai de fato trabalhava na indústria petrolífera.) Upton Sinclair, com Irving Stone e Theodor Dreiser, eram os escritores americanos preferidos de mamãe. Algum tempo depois apareceu a coleção dos "romances de cinema" com figurinhas coladas, cenas de filmes, na primeira página, e *A primeira-dama da América*, de Stone, ocuparia lugar definitivo na biblioteca de mamãe.

Os títulos da biblioteca de mamãe hoje representam um dado valioso a respeito das primeiras edições e traduções do pós-guerra; mamãe de fato comprava perseverante cada livro novo que aparecia no pobre mercado literário posterior à guerra.

Foi assim que nós duas forjamos juntas nosso gosto, não conseguíamos decidir o que era melhor: os romances de Trygve Gulbranssen, *O vento da montanha* e *Não há caminho sem volta*, ou de Robert Penn Warren, *Todos os homens do rei*, ou de Lajos Ziláhy, *Primavera mortal*, ou de Pierre La Mure, *Moulin Rouge*, o romance de Daphne du Maurier, *Rebecca*, ou de Balzac, *A gapuiadora*, de Stendhal, *Armance*, ou *O egoísta*, de John Meredith, *O castelo do chapeleiro*, de Cronin, ou *A vida de Marianne*, de Marivaux, *A verdade*, de Zola, ou *Leviatã*, de Julien Green, *Joseph Andrews*, de Fielding, ou *As aventuras do sr. Pickwick*, de Dickens...

Mamãe comprou em 1951 o romance de Gertrude Stein *Melanctha*, mas acho que nunca o leu. Adquiriu aquele livro porque gostava dos nomes femininos nos títulos: *Anna Kariênina*, *Emma Bovary*, *Carrie*, *Armance*, *Rebecca*, *Lucy Crown*... Nomes femininos nos títulos de antemão prometiam destino

18 *As fabulosas aventuras de Hlapić, o aprendiz*, obra juvenil da escritora croata Ivana Brlić Mažuranić.

com o qual era possível se identificar e comparar sua vida com a da heroína do romance. Às vezes, apreciava os títulos por eles mesmos, como o romance de Guy de Maupassant *Forte como a morte*.

Ainda assim um romance foi de fato "comum" a ambas: *Tess dos d'Urbervilles*, de Hardy, comprado em 1954.

Sveznadar [*O livro do saber onisciente*], enciclopédia popular ilustrada, por muito tempo foi meu livro preferido. Na infância sem televisão, sem desenhos animados, sem vídeo e computador, na infância em que todas as atrações atuais estavam comprimidas numa só, o livro, minha cabeça infantil faminta, anárquica e confusa enfileiraria na mesma ordem de coisas as imagens de peixes, flores, borboletas, navios, nomes latinos, nomes de pessoas, as noções d'*O livro do saber onisciente* e as representações sobre a vida dos adultos adquiridas através da leitura dos romances de mamãe.

Nos inscrevemos na biblioteca e me tornei amiga de Margita, a bibliotecária, silenciosa e apaixonada devoradora de livros. Guiada pela própria paixão pela leitura, Margita me emprestava livros sem critérios, dito de forma mais correta, segundo certos critérios seus. Assim, por exemplo, enquanto as outras crianças enlouqueciam por Karl May, ela me emprestava *A metamorfose*, de Kafka. Se aquele era um livro sobre alguém que se transformou num inseto (pensava Margita), com certeza seria interessante para uma criança.

Paralelamente a essa doce união de leituras, que fortalecíamos mamãe, Margita e eu, começou uma traição silenciosa e inconsciente de minha parte, cujos culpados eram os franceses.

Uma das palavras mágicas de minha infância era de significado nebuloso, *Sorbonne*. Mamãe dizia a respeito de alguém "Ele estudou na Sorbonne!" com um tom que expressava admiração e credibilidade inviolável da pessoa a quem aquela frase se referia. A palavra mágica eu pronunciava errado: "Sobronne".

Outra palavra mágica era "mansarda". Ecoava com a mesma magia de "Sobronne". O significado de ambas as palavras não era muito claro, mas por isso eu tinha a convicção de que havia mansarda somente em Paris. A respeito de Sorbonne eu não tinha a mesma certeza.

A mansarda, Paris e Sorbonne ligava-se aos poucos a língua francesa. Eu buscava as estações em nosso primeiro aparelho de rádio até que chilreasse em francês e fluísse em meus ouvidos agradecidos. Através da luz verde do aparelho de rádio Nikola Tesla deslizando com o chilrear do francês como sobre as águas, eu navegava para fora da pequena cidade provincial com fuligem para o grande mundo desconhecido. Em segredo decidi que me tornaria famosa como Minou Drouet, escritora francesa de livros infantis. Mais tarde mudei de ideia e decidi que me tornaria Françoise Sagan. Para começar, cortei o cabelo como Jean Seberg no filme *Bom dia, tristeza*.

Depois decidi que encontraria alguém como Jean-Paul Sartre e com ele viveria numa mansarda. Mamãe não tinha lugar naquela mansarda. Pouco depois desisti da mansarda e de Jean-Paul Sartre, mas a fascinação francesa já havia feito o seu trabalho: apareceriam alguns dos primeiros livros de "minha" biblioteca.

HISTÓRIAS DE CHICLETE

Adorava o cinema. Na pequena cidade de província existia no princípio um projetor de filmes instalado numa sala improvisada do hotel local. Mamãe me levava àquele cinema todos os dias, assistia ao mesmo filme várias vezes.

Ela era assinante da revista *O mundo do cinema*, repleta de fotografias estupendas e textos doces a respeito da vida dos atores, seus escândalos, casamentos, divórcios, flertes, bebedeiras, desgraças. Devorava aquelas histórias e sabia todas de cor.

Um pouco mais tarde apareceriam os chicletes com as pequenas fotografias dos atores. Certa vez (de uma menina mais velha que decidiu crescer) ganhei como herança um verdadeiro tesouro: um álbum com as fotografias dos atores nos chicletes. Eu folheava o álbum, e mamãe a cada fotografia sabia tecer uma história: sobre Ava Gardner, filha de um pobre granjeiro, "a condessa descalça", a mulher mais bonita do mundo, a quem nem mesmo a beleza pôde salvar de um destino infeliz; sobre a belíssima Susan Hayward (mamãe chorava ao assistir ao filme *Chorarei amanhã*); sobre *Gilda*, Rita Hayworth, "a deusa do amor" que se casou com Ali Khan, o homem mais rico do mundo; sobre a caprichosa Vivien Leigh, a formosíssima Scarlett O'Hara do filme *E o vento levou*, Anna Kariênina, a inesquecível "menina velha" do filme *Um bonde chamado desejo*, de seu casamento com Laurence Olivier; a respeito do ator de caráter Jean Gabin, pedreiro que se tornou ator e marido da lendária Marlene Dietrich; sobre o romântico sonhador Gérard Philipe, herói inesquecível do filme *O diabo no corpo*, condenado a morrer jovem de câncer; do belo Rhett Butler, Clark Gable, aventureiro de bigodinho irresistível; sobre Martine Carol, Leslie Caron, a misteriosa Michele Morgan, sobre a igualmente misteriosa Greta Garbo; a respeito da rígida e malvada Joan Crawford e da singular Bette Davis; sobre a atraente e alegre Carole Lombard, esposa de Clark Gable, que morreu tragicamente num desastre de avião; sobre o cínico e melancólico Humphrey Bogart, Bogey, e sua mulher, Lauren Bacall; sobre o amor eterno entre Spencer Tracy e Katharine Hepburn...

Mais tarde vieram outras estrelas, só minhas, a primeira delas o ator americano Audie Murphy, portador de 24 condecorações por coragem, herói do western, mas o brilho das primeiras estrelas de cinema e de suas vidas que mamãe me contava de modo tão fascinante nunca empalideceu.

E quando certa vez, muito mais tarde do que devia, vi o filme de Ford *Como era verde o meu vale*, o brilho momentâneo de uma lembrança vaga, uma montagem instantânea do cérebro me fez voltar ao álbum de pequenas fotografias nos chicletes. Só que, em vez de Maureen O'Hara, ali estava a figurinha de mamãe.

O SR. PINHEIRINHO

O operador do cinema, tcheco de origem, era um homem pequeno com um cigarro eterno grudado ao lábio inferior. À pergunta "Como vai?", respondia em tcheco: *Jako sosnička!*, "Como um pinheirinho!". Ao mesmo tempo se endireitava rápido, batia com vigor o punho no peito, como se estivesse verificando a solidez do material, e esticava um sorriso sobre a face. Em sua aparência, atrás da qual sempre serpeava uma fiel ondinha de fumaça do cigarro, não havia nada mesmo de perene.

A nós, as crianças, deixava entrar no cinema sem ingressos e sentar nas poltronas principais ou, se o cinema estivesse lotado, nas cadeiras auxiliares dobráveis. Nas matinês de domingo o único público éramos nós, as crianças, e a mulher do professor local que, tendo dado à luz um monte de filhos, desistiu de ser a mãe ou a mulher de alguém e havia voltado à infância. Ela ia ao cinema todos os dias. De todo ausente, sem perceber quem quer que fosse ao seu redor, ventre grande e proeminente, a mulher do professor local ingressava na sala com um sorvete numa das mãos e um saquinho de balas na outra. Na escuridão da sala de projeção mastigava as balas e amassava os papéis ruidosamente.

O operador do cinema fechava as portas atrás de nós e, acompanhado por uma nuvenzinha de fumaça, subia à cabine de projeção. Pinheirinho exerceu todas as atividades no cinema da província por muito tempo: vendia ingressos, arranjava filmes, rasgava ingressos na entrada, fechava as portas após a entrada do público e projetava filmes.

Hoje, no escuro da sala do cinema, às vezes espero poder ver aquele esquema tantas vezes repetido: na estreita faixa de luz vertical sua face e a nuvenzinha de fumaça sobre a cabeça, e a seguir a espera doce cujo tempo é medido por passos: quantos passos o operador do cinema necessita para chegar à cabine de projeção.

Depois de muitos anos, por acaso me encontrei com ele, fiquei muito contente por vê-lo. A minha pergunta "Como vai?", se endireitou, distendeu o sorriso como uma bandeirinha e com o pequeno punho debilitado bateu no peito. "Como um pinheirinho!" Depois de alguns dias morreu. Do mesmo modo como pela última vez bateu para verificar a solidez do material, morreu o perene sr. Pinheirinho.

MAMÃE DENTRO DA BOLA

Passo o dedo indicador pela superfície de vidro da bola. Eu a seguro como uma maçã: aqueço o vidro frio, esfrio a palma da mão quente. Do céu escuro desaba a neve na cidadezinha. Dentro da bola está sentada minha mãe e lambe a neve dos dedos.

Observo-a através do vidro, penso nela, tento tocar em seu núcleo. Giro a bola e por sua face passam as sombras de Emma

Bovary, Maureen O'Hara, Tessa, Carrie... As sombras se sobrepõem umas nas outras por uma proximidade secreta, se enlaçam como que atadas por fios secretos. Reconheço o mesmo brilho do olhar, certo pormenor engomado e branco do traje, o grampo de cabelo, a postura do corpo, o olhar, o movimento, a frase. Mantém-nas unidas a mesma goma, a energia secreta produzida pelos destinos femininos, copiando-se umas nas outras, buscando reflexo umas nas outras como no espelho.

Eu a examino dentro da bola e tenho a impressão de que elas todas são sua verdadeira essência, ela está com elas, com Tessa, Maureen, Carrie, Ava, Ana, Emma, Bette, real e irreal ao mesmo tempo. Vejo aquelas duas rugas que descem irrefreáveis e terminam em tristes bolsinhas, vejo aquela careta de insatisfação com o destino que começou como um romance, que parou no meio do caminho, condenada a um envelhecimento sem recordações pujantes, a viver miseravelmente, a um anseio incerto, a um globo de vidro. Leio em sua face a borra dos romances lidos, dos filmes vistos, a borra dos destinos de mulheres, fortes, apaixonadas, que acabam da maneira como autores ou diretores decidem, enquanto o destino dela continua em amargura ambígua, tanto maior e mais obscura quanto mais apaixonadas e luminosas foram as representações a respeito da vida futura.

Giro a bola e de repente sinto pena de mamãe, tão pequena e confinada, deve estar terrivelmente sozinha, deve estar com frio. Seguro a bola como uma maçã, a levo à boca e a aqueço com meu próprio hálito. Mamãe vai desaparecendo na névoa.

A PRIMEIRA IMAGEM DA VELHICE

Eu me lembro de seus ataques de riso. Eu os observava surpresa e um pouco assustada, tinha a impressão de que se sufocaria no próprio riso. Meu pai fazia apenas um gesto com a mão e se afastava. E isso provocava nova enxurrada de riso. Parecia que com aquele riso de repente rompesse alguma membrana interna. Hoje tenho a impressão de que essa bobina de riso, que se desenrolava depressa e sem parar, representava a conquista de um tipo de liberdade, porque não conhecia outro, uma respiração profunda antes de retornar à forma prévia e habitual.

Depois de parar, o que também acontecia de repente, enxugava as lágrimas, respirava fundo e com satisfação, se sufocava mais uma vez ou outra esperando nova avalanche, distendia as mandíbulas retesadas, confiante de que havia se tranquilizado por completo, me abraçava: está tudo bem, não tenha medo, a tempestade de riso passou.

Pouco tempo depois da morte de meu pai nos encontramos com amigos da família numa breve excursão. Vestida de preto, saia justa, num traje inadequado para passear no bosque. Durante o passeio tranquilo, de repente e sem motivo algum, respirou fundo, levantou um pouco a saia e começou a correr. Corria depressa, leve, segurando a saia como uma menininha, corria surpreendentemente depressa, endireitando o corpo para a frente como se, dali a pouco, um passo a mais, fosse estourar aquela membrana interna. Quando parou ofegante, fez um gesto indeterminado com a mão, como se estivesse enxugando as lágrimas e ao mesmo tempo se desculpasse.

Penso que a partir daquele momento começou a envelhecer.

O CUBO DE GELO DA ANGÚSTIA

"Eu gostava de dançar, antes papai e eu íamos a festas, mas ele não sabia dançar, ele se aborrecia, e aos poucos deixamos de ir", afirma.

"Eu gostava de rir, mas papai sempre estava tão sério, e aos poucos deixei de rir", diz sem acusação na voz.

Creio que em determinado instante olhou para trás: a antiga pátria não existia mais, mãe, pai e irmã haviam morrido, não havia mais motivos para ir lá. Varna num mapa interno *pouco a pouco* foi corroída pela umidade do esquecimento e se transformou na mancha de uma perda indefinida. Dirigiu o olhar para a frente: não tinha mais marido, os filhos deixaram a casa, os amigos envelheciam e *pouco a pouco* desapareciam. Lá adiante o que a esperava era apenas o carteiro que a cada dia primeiro do mês traz aposentadoria. Esse cálculo simples lhe tirou o fôlego, ela ficou tonta e teve a impressão de que cairia.

Acredito que foi a partir daquele momento que começou a se recusar a sair. Fora seria tomada por uma prostração súbita, uma sensação ansiosa de que cairia, um ataque de taquicardia que a deixava sem fôlego, a banhava em suor, empalidecia, e em sua face lia-se o medo. De que você tem medo? "Tenho medo de cair", respondia persistente. Não vai, estou com você. "Vou, vou cair..."

Tinha medo de ir às compras, do restaurante, de passear, das pessoas, de barulho, de automóveis, cães, crianças, natureza, praças, do mercado, tudo provocava ansiedade, tudo a incomodava, tranquilizava-se apenas no próprio apartamento, tremendo como animalzinho assustado.

Como se começasse a gostar do próprio confinamento. Só se sentia segura com seus chinelos, embora, por anos a fio, em segredo sonhasse que um dia poderia livrar-se deles.

Depois de algum tempo, apesar disso, se aventurou do lado de fora. Pouco a pouco até a loja, o mercado, até as amigas, mas o mundo definitivamente estava reduzido e o medo não passou. Dissimulou-se apenas.

Medo do desconhecido, medo das pessoas, medo da doença, medo da morte, medo de espaço aberto, medo de espaço fechado, medo de notícias desagradáveis, medo de viajar, medo de espaço novo, medo de desgraças que podem acontecer, medo da guerra, medo da fome, medo da rua, medo de avião, medo do telefone...

Ela havia transformado parte do medo em rituais, mas sabia imaginar apenas dois: o almoço de domingo e a ida regular ao cemitério, ao túmulo do marido. Com insistência férrea, exigia de nós, de meu irmão e de mim, que coparticipássemos dos rituais. Às vezes aquela vontade completamente nova e desconhecida se transformava em alguma tarefa inocente de que nos encarregava: era preciso encontrar certo rebite, certo fusível, alguma peça para o fogão, certa lampadazinha.

Em vez do açúcar um pouco elevado, imaginava uma glicemia gravemente alta e cuidava dela como se fosse um filho. Às vezes transgredia as regras e então não deixaria de me dizer: "Sabe, ontem comi um chocolatezinho!". Ficava decepcionada se eu lhe dizia: "Não foi nada terrível, você fez bem".

Lia livros que já havia lido. Não bordava, não tecia, não costurava, não preparava conservas para o inverno ("Fazer para quem, tenho o açúcar alto!"), não queria nem cachorro, nem gato, nem pássaro, e além disso nunca gostara de animais ("O que farei com eles se for para algum lugar?", dizia, embora não saísse para lugar nenhum), não tinha passatempo, não visitava mais os velhos amigos da família ("O que farei lá sem o papai?"), recusava viagens ("Sozinha não vou nem morta!"), gostava apenas de suas velhas amigas, ambas viúvas como ela. Com Ankica repetia o passado e ria, Miriana a tranquilizava com sua presença.

Era como se nada estivesse bem. A não ser pelas violetas sensíveis nos vasinhos na janela, que sob suas mãos floresciam com grandes flores rosadas e brancas.

Até que, ao adoecer seriamente pela primeira vez, me assombrou o tamanho de sua solidão. O hospital e as visitas diárias das amigas, antigas conhecidas e conhecidos, ela vivenciava como uma espécie de aniversário. Como se com aqueles buquês de flores e bate-papos diários esquecesse de fato onde estava. Depois de longo tempo não estava mais sozinha, todos, do médico às visitas, perguntavam sinceros como ela estava.

KINDER OVO

Aquela mudança acontecia silenciosa, quase imperceptível.

Sempre gostou de pijamas, gostava que fossem novos, de cores claras, a compra de novos ela justificava com o hospital. "Que fiquem aí, precisarei deles, e se me internarem depressa no hospital?"

E então passou a murmurar que necessitava de uma bata para usar em casa, mas por alguma razão desejou um quimono. "Um quimono de seda, aquele que você deseja, é uma peça de roupa cafona, custa pouco", observei. "E por que então você não me comprou?" "Porque isso parece barato e cafona." "Não para mim", insistia teimosa. Numa ocasião comprou seda roxa e verde e mandou costurar uma bata que parecia um quimono. Nunca o vestiu. Está encostada no armário. E depois, em outra ocasião, comprou um do jeito que queria, importado, barato, de seda sintética, com um dragão nas costas. O quimono despertou em mim um misto de raiva e compaixão. Nunca o vestiu.

Descobriu em meu armário uma bata de seda rosa-pálido que certa vez comprei no exterior, e feito uma menininha passou a me implorar que lhe desse de presente. Uma crueldade instantânea diante de sua fraqueza infantil, tão inapropriada para sua idade, não me permitiu que simplesmente a presenteasse.

Certa vez, enquanto eu estava viajando, pegou a bata sozinha. "De qualquer maneira, está muito pequena para você", disse, e isso também era verdade. Guardou aquele paninho róseo e brilhante em seu armário. Nunca o vestiu.

Cada vez com mais frequência sabia exibir um pulôver, uma saia, uma blusa nova. Escolhia para meu gosto coisas cada vez mais horrorosas, ela que ainda havia pouco passava por uma pessoa de bom gosto.

Começou a diverti-la fazer compras em mercados de pulgas improvisados em que pequenos revendedores poloneses, romenos, russos e locais vendiam mercadorias. Traria qualquer colcha inútil para a cama, alicate desnecessário, relógio sem valor, ingressava em sua casa de boneca organizada com objetos cada vez mais inúteis.

Nunca teve nem desejou ter joias. De repente passou a comprar joias baratas, correntinhas de prata, pequenos colares, insistia em comprar para mim um anel de ouro, para o filho queria comprar como lembrança um anel de timbre.

Cada vez com mais frequência ia em excursões de compras para Graz, onde comprava arroz, quilos de passas, café. E os outros compravam o mesmo: arroz, passas, café. Sua despensa se enchia de provisões inúteis.

A vizinha Verica achou num sabão em pó italiano um cupom-presente, uma câmera automática. Insistiu durante um tempo para que eu comprasse sabão em pó italiano, e quando recusei, invadida pela mesma mescla de raiva e compaixão, confidenciou seu desejo a um amigo meu. Fez com certa faceirice, um pouco de autoironia ("Eu sei, é uma bobagem, mas..."), como se lhe confiasse um pequeno segredo doce ("Sabe, sempre gostei de fotografar...").

Aquele pormenor provocou em mim uma dor aguda como uma agulha. Sua ingenuidade (em cada sabão em pó italiano está à espera uma maquinha fotográfica!), aquela inocência de seu desejo, aquela teimosia infantil para conseguir o objeto desejado, entreabriram uma passagem pequena, a iluminaram com uma luz diferente. Talvez não quisesse nada mais. Alguém que faria de uma maçã uma rosa! Um pequeno milagre! Um Kinder Ovo em que dormita uma surpresa doce. Uma pequena artimanha que fará a vida ser mais suportável. Um lenço de seda no chapéu, uma pomba, uma varinha mágica, imagens móveis. Um globo de vidro em que cai neve. Uma rosa de maçã. Nada mais. Deus, será que isso é muito? Deus, será que isso é tudo?

UMA ROSA DE MAÇÃ

Naquele distante ano de 1946, no trem vazio que se movia lento através de uma terra destruída pela guerra, ela viajava rumo a seu futuro. O velhinho de rosto nobre (o único pormenor de que se lembra claramente), aquele que entrou na cabine de janelas encobertas com cortinas de uma viscosa chuva fina, tirou o canivete, com corte cirúrgico, preciso, separou a casca da maçã que lhe foi oferecida e fez dela uma rosa. Talvez aquele desconhecido tenha modelado o destino dela. Simples, pobre, de uma maçã uma rosa.

Na infância tinha mais medo de uma luva virada do avesso. Em toda prestidigitação as cartas significam uma coisa e ao mesmo tempo o contrário, cara e coroa. Na casca, que se separa silenciosa da polpa da maçã e feito cobra enrola-se nos dedos do desconhecido antes que ele a transforme em rosa, talvez esteja contida toda a sua vida, todos os pormenores, talvez até um pequeno presságio no corte cirúrgico que faria no seio 43 anos mais tarde.

PEQUENOS SINAIS DE FUMAÇA

Ligo a secretária eletrônica, ouço a fita. "Ora, Bubi, por onde você anda? Você nunca está..." O pequeno aparelho range na penumbra, estala decidido, produz sons plásticos nervosos.

Estou sentada reclinada na poltrona, envolta pelo silêncio e pela luz cítrica que jorra da lâmpada noturna. Apanho o fone, seguro com o ombro e o rosto, esfrego o rosto no plástico frio. Poderia ligar para ela, bater um papo com ela antes de dormir, embalá-la no sono com palavras que nada significam, me queixar da pressão baixa, ela ficará animada e dirá hoje também estou com a pressão baixa, posso perguntar se foi ao médico, comentar com cuidado, perguntar se foi ao mercado, eu fui, dizer como tudo está caro, terrivelmente, eu direi, terrivelmente, você dirá, eu perguntaria dos vizinhos, iria informar sobre a compra da torneira nova, não vaza mais, não, diria, ainda bem que você finalmente resolveu, e quanto você pagou, diria, tanto e tanto, diria não diga, um horror, perguntaria o que ela vai cozinhar amanhã, e já que estamos falando disso o que o médico falou sobre o açúcar, um pouco alto, diria, como assim, surpresa, nem eu mesma sei, diria, e então dizer algo alegre e desejar uma boa noite...

Em vez do número dela, chamo o da hora certa: 11 horas, 55 minutos e 3 segundos, diz a voz, fico calada segurando o fone encostado ao rosto, acaricio-o, esfrego o rosto no plástico frio, 11 horas, 55 minutos e 3 segundos, estufo a boca como se fosse falar algo, a dobro num pequeno círculo para umas palavras redondas, 11 horas, 55 minutos e 3 segundos, pronuncio em silêncio, "alô, estou aqui, aqui é tua Bubi"; os balõezinhos de palavras sobem, 11 horas, 55 minutos e 3 segundos, os balõezinhos flutuam, enxameiam ao meu redor como borboletas noturnas. Do fone escoa indiferente o tempo e esfria minhas têmporas cansadas.

Eu a imagino na cama, está lendo alguma coisa. Ardem-lhe os olhos, tira devagar os óculos, fecha o livro e coloca os óculos sobre o livro. Endireita-se, fica sentada assim durante algum tempo na cama, balança as pernas, esfarela o ar com os dedos dos pés. Depois examina a mão inchada, a coloca debaixo da luz do abajur e olha atenta. Apanha o controle remoto, liga a televisão, muda os canais, e da tela no quarto desaba a neve. Desliga a televisão, preguiçosamente vai ao banheiro. Ali por muito tempo fica sentada no vaso sanitário, esfarela o ar com os dedos dos pés, urina. Na penumbra ouve seu próprio ruído. Do banheiro vai à cozinha. Não acende a luz. Abre a geladeira, examina o mostruário iluminado, procura algo com o olhar. Sobre as brancas prateleiras de arame há iogurte, leite embalado em tetrapak, um pedacinho de queijo, jantar de camundongo. Fecha a geladeira, não pega nada.

Vai até a janela, com os dedos roça as folhas felpudas das violetas. Apoia-se no parapeito da janela, fuma, olha a escuridão. Debaixo dela farfalham e cintilam folhas verdes graúdas. Iluminadas pelo luar parecem pires. Em um ou dois anos os pires verdes de brilho metálico subirão até sua janela. Árvores de folhas grandes crescem depressa.

Ouve como bate seu coração no escuro. Tum-tum-tum-tum. Sente emoção, como se por dentro golpeasse contra a parede um rato perdido assustado. Acaricia inconsciente as folhas felpudas das violetas, acalma o coração.

Nas janelas de prédios vizinhos, aqui e ali cintila uma luz pálida. Numa das janelas percebe o vulto escuro, estático, de um fumante. Na outra, uma mulher estática fuma acotovelada no parapeito da janela. Observa a mulher como seu reflexo no espelho. Três pequenas brasas, três vaga-lumes brilham no escuro. A folhagem frondosa embebe a frágil nuvem de fumaça. Sente um desejo inesperado de acenar-lhes. Abandona o pensamento, mas sorri oculta nas trevas. E imagina seu movimento com as mãos. Seu discreto e pequeno sinal com o dedo. E imagina que os dois fumantes no escuro lhe mandam o mesmo sinal.

Parte Três
Guten Tag

23. "*Guten Tag*"[19], digo ao *Herr* Schroeder quando o encontro. "*Tag*", acena com a cabeça e sorri impreciso. *Herr* Schroeder é o nosso carteiro. Embora não o encontre muito, é a única pessoa que vejo todos os dias.

Herr Schroeder coleciona selos. "Guarde para mim as peças interessantes, em especial estas novas, as croatas", diz. "Apenas deixe na caixa do correio." E faço isso, quase com amor.

Herr Schroeder aparece todos os dias exatamente às 10h30. Verifico a pontualidade de minha varanda no primeiro andar. Quando tenho a impressão de que ele poderia me ver, porque bastava que erguesse o olhar, fico atrás da cortina. E com isso sinto um entusiasmo nebuloso.

Depois que ele se vai, desço rápido ao andar térreo para verificar se tenho correspondência. Já do alto da escada, percebo satisfeita que *Herr* Schroeder pegou os selos que lhe deixei no dia anterior.

Aquela sequência – o movimento com a mão, o toque na leve cortina de luz atrás da qual me escondo por um instante, abaixando a cabeça, e, um pouco depois, a imagem da nuca grisalha de *Herr* Schroeder recuando, desaparecendo no caminho para a direita (sempre para a direita!) – a minha mente a repete muitas vezes, como se estivesse a vingar-se. Aquela sequência é a medida exata da minha solidão berlinense.

19 Bom dia. Em alemão no original.

24. As ruas de Berlim, em muitos lugares, são contornadas por tubulações suspensas. As tubulações, rosa, amarelas, roxas, cingem a cidade como lírios gigantes.

As pessoas em Berlim dormem mais do que em outras cidades do mundo. Eu mesma não consigo lidar com o sono excessivo. Acordo, tomo café e caio no sono. Acordo de novo, faço mais um café, nem acabei de tomá-lo, e já caio em novo sono. Às vezes tenho medo de um dia não acordar mais. Me queixei para uma conhecida, uma berlinense. Deveria ir ao médico, digo, durmo o tempo todo.

— E a senhora não sabia? – diz minha conhecida. — Todos sabem que em Berlim se dorme muito.

— Isso por causa da umidade que vem do mar pelas tubulações – afirma convicta minha conhecida, uma americana.

— Não sabia... De Berlim sempre se dizia que era uma ilha. Mas isso antes do Muro – diz Zoran.

— Somos, na verdade, uma cidade à beira-mar – confirma um taxista aleatório.

25. Vladimir Nabokov, durante certo tempo um exilado berlinense, no conto "Um guia de Berlim", escrito em 1925, descreve "as entranhas de ferro das ruas", canos amontoados diante da casa em que mora. E então durante a noite caiu a neve e alguém sobre o cobertor de neve escreveu "Otto". O escritor pensou que "esse nome, com seus dois *os* suaves ladeando as duas consoantes delicadas, combinava lindamente com a camada de neve silenciosa sobre aquele cano com seus dois orifícios e seu túnel tácito".

26. "Por muito tempo caminhei pelas pontes sobre os caminhos que se cruzam aqui, assim como se cruzam as fibras no xale que se passa por um anel. Esse anel é Berlim", escreveu Viktor Chklóvski.

27. A casa em que moro balança com frequência. Não longe da casa há uma estrada em que os caminhos se cruzam, exatamente como as fibras em um xale. Não ouço o ruído dos automóveis, minhas janelas estão voltadas para o lado tranquilo da rua. Mas Brigitte se queixa sempre.

— Morrerei com o barulho e com a poluição atmosférica – me diz todas as vezes que nos encontramos na escadaria.

Brigitte é minha vizinha. Quando Brigitte afirma que morrerá, isso soa muito convincente. Brigitte tem olheiras muito escuras, olhar sombrio, cabelos pretos sujos que lhe emolduram a face cinzenta. Seus poemas e desenhos, que às vezes deixa em minha caixa de correio, Brigitte assina com outro nome, artístico. Além disso, Brigitte está muito preocupada por causa a) da possibilidade de explosão das centrais nucleares obsoletas na Europa Oriental; b) da poluição do meio ambiente na Sibéria pelo petróleo; c) da nova leva de fascismo; d) da dominação da máfia global; e) da guerra na Bósnia.

— O mundo vai deslizando devagar rumo a uma catástrofe global. Todos nós estamos morrendo devagar, se é que já não estamos mortos. O Apocalipse está se desenrolando diante de nossos olhos, e as pessoas afundam numa indiferença cada vez mais profunda – diz Brigitte alarmada.

E enquanto isso aproxima-se de meu rosto. As profundas olheiras, a maneira pela qual pronuncia as palavras *Katastrophe* (com duro *r* alemão) e *Apokalypse* (que se espeta no ouvido feito broca) afastam qualquer dúvida sobre o que diz.

28. Rebecca Horn é uma conhecida artista alemã. Suas instalações, as coisas nas quais respira vida mecânica, copiam o humor gelado das vitrines alemãs.

Na janela do café Kant na Savignyplatz está exposto um grande coelho de Páscoa. O transeunte que parar diante da janela perceberá com desconforto que o coelho mecânico respira de forma quase imperceptível.

Na Joachimstalerstrasse, na vitrine de uma loja de sapatos, um sapato feminino está se movendo. O transeunte precisa parar e observar bem que um dos sapatos mexe a ponta, para cima e para baixo, como se estivesse cumprimentando os pedestres.

Em muitas vitrines berlinenses está exposto um brinquedo, um javali grande. O javali de vez em quando mexe a cabeça. Então os olhos de vidro do javali se banham em um vermelho eletrônico.

No inverno, quando as ruas de Berlim se desnudam, se acinzentam e se desertificam, as vitrines berlinenses iluminadas com coisas que emitem sinais de vida mecânica me enchem de arrepios. A solidão berlinense é aguda e inequívoca.

29.
— Me sinto sozinha – digo a Zoran.

— Nenhuma surpresa. Em Berlim todos se sentem sozinhos – afirma Zoran, e acrescenta: — E ninguém tem tempo.

30. Naima Mazroup, uma marroquina de Agadir, veio a Berlim e se inscreveu num curso de língua alemã para iniciantes. A Lição 3, sob o título de *Das Picknick*, versa sobre a família alemã Wolker num piquenique. A professora nos deu como tarefa de casa redigir um texto breve utilizando o vocabulário aprendido.

Naima Mazroup escreveu:

> *Heute ist Sonntag. Familie Mazroup machen Picknick. Der Tag ist schön und warm, die Sonne scheint. Frau Mazroup macht das Essen: Sie hat Wurst und Käse, Butter, Milch, Eier, Brot und Bier. Herr Mazroup arbeitet, er schreibt einen Brief. Hasan schläft. Husein spielt Fussball. Seine Schwester Fatima hört Radio. Aber Naima ist nicht da. Sie ist krank. Frau Mazroup ruft: Kommt bitte! Das Essen ist fertig.*[20]

Depois dessa lição, Naima Mazroup não apareceu mais na classe. Apenas eu sabia que Naima não viria mais.

31. Nas estações de metrô berlinenses, nas linhas que vão para as áreas mais distantes da cidade, acontece de não haver vivalma na plataforma. A estação é deserta como se apagasse o espaço ao redor, e, se o passageiro que aguarda olhar em volta, perceberá com desconforto que nas janelas dos prédios próximos não há sinais de vida. Como se todo o espaço circundante

20 "Hoje é domingo. A família Mazroup faz um piquenique. O dia está lindo e quente, o sol está brilhando. A sra. Mazroup faz a comida: tem linguiça e queijo, manteiga, leite, ovos, pão e cerveja. O sr. Mazroup está trabalhando, está escrevendo uma carta. Hassan está dormindo. Hussein joga futebol. Sua irmã Fátima ouve rádio. Mas Naima não está lá. Ela está doente. A sra. Mazroup chama: Por favor, venha! A comida está pronta." Em alemão no original.

fosse de repente habitado pela mesma ausência. Na estação o passageiro que aguarda, para encurtar o tempo, examinará os cartazes dos concertos, apresentações teatrais e exposições, incomodado, porque terá a impressão de estar observando traços de vidas passadas. Pela plataforma desfilará um pombo, o relógio mostrará o tempo, no monitor pendurado no alto anunciarão os trens, mas a sensação de ausência será tão potente que o passageiro que aguarda perguntará se por acaso não acabou numa estação em que os trens nunca chegarão. Encurtando o tempo, o passageiro que aguarda verá o próprio reflexo na vidraça da sala de espera. O encontro com o próprio reflexo na plataforma preenche-o de novo de desconforto. Na vidraça vê o reflexo do céu, o brilho dos vidros cegos das janelas dos prédios em volta e o relógio da plataforma deformado.

E então de algum lugar brotará a primeira figura humana, depois dela, a segunda e a terceira, então chegará também o trem. O passageiro que aguarda lançará o olhar em seu relógio de pulso para verificar se por acaso o tempo não parou, se por acaso não pisou num buraco do tempo.

32.

— Você tem tempo?

— Não tenho. Por que você pergunta? – diz Sissel.

Sissel é uma artista obcecada por mapas geográficos, bússolas, pelas regiões do mundo e, acima de tudo, por mares. Sissel compra mapas-múndi, recorta os mares, depois os corta em pedacinhos, e torna a colar os pedacinhos num conjunto único. Nisso Sissel segue uma espécie de lógica interna para a geografia marítima. Quando não se ocupa de mares, perfura pequenos buracos em pedaços de papel, que depois pendura numa corda com pregadores. Através do pequeno furo passa a luz. Sissel, encantada, durante horas contempla aquele céu estrelado. Quando não faz furinhos, Sissel deixa marcas no papel com um ferro de passar quente. As marcas castanhas lembram mapas geográficos incomuns.

Obcecada pela geografia, Sissel enviou para muitas embaixadas estrangeiras a citação do livro *Ursinho Pooh* (aquele em que Pooh, tendo encontrado o Polo Norte, pergunta a Christopher

Robinson se existem também outros polos no mundo), solicitando-lhes que traduzissem a citação para a línguas de seus países. Sissel possui uma coleção dessa citação em muitas línguas do mundo. No original a citação diz: "*There's South Pole, said Christopher Robin, and I expect there's an East Pole and West Pole, though people don't like talking about them*".[21]

33. Richard me deu de presente um mapa turístico da Iugoslávia que encontrou num mercado de pulgas em Berlim. Várias vezes me aprofundo nesse mapa, acompanho com o dedo as linhas das montanhas e rios, conto os lugares em que estive. O naufrágio interior leva até o esgotamento, o mapa, como um bom mata-borrão, absorve a forte sensação de perda.

— O que vamos fazer, alguns países duram tanto quanto as pessoas – suspira compadecido Richard.

Com a ponta dos dedos passo pelos montes e vales, sigo as curvas azuis dos rios. Tudo é pequeno, o país lembra um livro infantil ilustrado. Veja o lago de Bohinj[22] e a fotografia em miniatura dos esquiadores que descem do monte Kranj. Veja, a caverna de Postojna e o famoso peixinho humano! Ao lado de Sežana, um cavalo da raça Lipizzaner. Ali está também a catedral de Zagreb. Ao lado de Josipdol a fotinho de um urso. Depois Jajce e o brasão da Iugoslávia. Sarajevo e a mesquita. Mostar e a famosa ponte. Sinj e seus campeonatos de anéis, Nikšić e o pequeno desenho do tocador de gusla. Studenica e Mileševo, o famoso Anjo Branco. Ao lado de Strumica crescem as papoulas, ao lado de Prilep três folhas de tabaco, ao lado de Vranje três mulherzinhas usando calças típicas largas, perto da fronteira romena ciganos com violinos. Vou para o sul, em Dubrovnik, pulo em Mljet, depois em Hvar, depois no mar ao norte.

21 "Existe o Polo Sul, disse Christopher Robin, e imagino que existam um Polo Leste e um Polo Oeste, embora as pessoas não gostem de falar sobre eles." Em inglês no original.

22 A exemplo de nomes e sobrenomes de pessoas e hipocorísticos, topônimos também foram mantidos aqui com a grafia original, com sinais diacríticos, para facilitar a localização. Do mesmo modo que nomes e sobrenomes, topônimos de países que utilizam o alfabeto cirílico também foram transliterados para o português de forma a permitir a leitura com a pronúncia aproximada.

Ao lado da ilha de Susak três mulherzinhas em trajes típicos do local. Parto para o interior, acaricio com o dedo a cúpula da mesquita em Počitelj. Depois no norte, onde os eslovenos, vejam só, escalam o Triglav. Depois no leste, rumo aos camponeses da Vojvodina, que, persistentes, colhem o trigo. Tudo é tão pequeno e irreal como se nunca tivesse existido. Minhas lágrimas caem no mar Adriático. *Mare Adriatico. Adriatisches Meer. Adriatic Sea. Mer Adriatique. Adriátcheskoie môrie.* O mar Adriático é um dos mais salgados. Isto é a única coisa de que posso me lembrar neste momento.

34. Há pouco tempo, de passagem por Berlim, recebi a visita de um compatriota, um escritor croata.

— Sou um escritor morto – mencionou na conversa algumas vezes. Ao mesmo tempo, inconscientemente, tomava o próprio pulso.

35. No ano de 1925, quando o escritor russo Vladimir Nabokov vive em Berlim após fugir da Rússia, o escritor croata Miroslav Krleža viaja de Berlim para a Rússia.

> O silêncio é noturno. As águas negras do Spree brilham sinistras pelos canais, os feixes de luz tremeluzem no espelho d'água agitado, e do centro da cidade ecoam os sinais dos bondes e os gemidos das buzinas. Ali brilha o asfalto, e o creme espesso de lama e neve derrete-se no rastro dos pneus; escorrem anúncios vermelho-verdes e dourados, redemoinham elipses de fogo, tiritam mulherzinhas seminuas sob o vento chuvoso de fevereiro, envoltas em flocos de penugem de pássaros tropicais fantásticos. Ali são casas noturnas, caixas chinesas envernizadas de luxúria, com balaustradas e nudez temperada (macacos em galhos floridos de cerejeiras tocam as mulheres desnudas em cachos amarelos de mimosas), alvoroço sobre o piso do baile ao lamento de saxofones e fagotes. Uma mulher nórdica roliça em saia escocesa xadrez dança com uma inglesa de vermelho carmesim com revestimento de renda branca. Urram as húngaras embriagadas, obesas, urram os negros, os saxofones, ribombam os tambores, e todo esse veludo roxo, todo esse colorido mortal de coletes e idiotas, tudo

> isso impele e enlouquece com o silvado canibalesco, sensual, de uma gaita de foles que solta balidos sob a axila de um jovem tísico amarelo-esverdeado. O maciço do centro urbano está deserto, e através do Spree desde a Berlim antiga ouve-se o bater lírico de um relógio antigo em algum campanário solitário…

É assim que há setenta anos meu compatriota descreveu Berlim.

36. Na Joachimstalerstrasse, perto da estação Zoo, encontra-se a Internationale Press, pequena loja onde compro jornais. Ao lado do jornaleiro estão instalados no espaço estreito sex shops, que dia e noite emitem música de discoteca, quiosques de comida barata mantidos por turcos e casas de câmbio. O *Döner Kebab* e o *Imbiss* exalam um cheiro forte de gordura de carneiro. Todos os dias transponho esse túnel abafado por diversas evaporações. Compro jornais que poderia comprar em qualquer outro lugar, mas compro-os persistente justo ali. Em casa lavo as mãos sujas de tinta de impressão. Daqui a pátria cheira a tinta de impressão.

37. "A tristeza de Berlim é amarga como o pó de carboneto", escreveu Viktor Chklóvski.

38.

— Você tem tempo? – pergunto a Jane.

— Não. Por que quer saber? – diz Jane.

Jane é uma negra americana que gosta de Berlim e sabe tudo a respeito dos europeus.

— Os italianos são certamente os menos imaginativos! As piadas deles sobre meu cabelo sempre estão ligadas ao espaguete – afirma Jane.

Jane não tem tempo porque pensa o dia inteiro, produz ideias artísticas. Jane sempre pensa grande, *she really thinks big*, e assim também as ideias que produz têm tamanho *extra large*. Suas ideias (saltar do Siegessäule com asas artificiais, pintar o aeroporto Tempelhof com tinta negra, destruir com minas artísticas as esculturas públicas feias de Berlim, uma espera em massa pelo ano 2000 na estação Zoo), Jane oferece àqueles que as podem comprar.

Certa vez Jane me visitou. Usava uma roupa feita de minúsculos carretéis reluzentes.

— Não sei o que te dizer – disse ela.

Depois que ela se foi, durante dias eu encontrava aqueles minúsculos carretéis, aquelas escamas de peixe.

39. No Zoológico de Berlim vivem 13.521 animais e 2.400 pássaros. Em dias chuvosos os visitantes são raros. Então é possível encontrar solitários, figuras esquisitas, bêbados e casais com sacolinhas de compras, em algo semelhantes às da Europa Oriental.

O Zoológico de Berlim, instalado no próprio coração de Berlim Ocidental, oferece aos olhos do visitante uma montagem emocionante de quadros vivos. Avestruzes, gazelas do Saara, antílopes, zebras movimentam-se nos fundos do hotel Intercontinental, os leões direcionam seus rugidos ao banco Grundkredit, ao lado de rinocerontes passam trens e automóveis, bandos de flamingos fazem ninhos nos fundos dos possantes viadutos ferroviários.

Esses 13.521 animais e 2.400 pássaros são o coração vivo da cidade. Aqui, no Jardim Zoológico, cria-se uma harmonia entre homens de negócios e rinocerontes, bêbados e macacos, vendedores e drogas e cabras-montesas, contrabandistas e leões, casais apaixonados e focas, prostitutas e crocodilos.

Para os visitantes o passeio pelo parque num instante descortina uma vista da Siegessäule, deusa dourada alada. Se o visitante por acaso voltar o olhar, perceberá o olhar da jovem dourada para a estrela de três pontas da Mercedes, o grande círculo de metal que gira vagaroso no topo do Europa-Center. Estão no mesmo plano. Duas divindades brilhantes, cada uma em seu lado, controlam o coração da cidade, medem sua pulsação.

40. Lióva é um escritor russo, minimalista. Lióva é miudinho e raquítico, mal pesa 40 quilos. Lióva redige suas frases em cartões de biblioteca.

— Você tem tempo? – pergunto.

— Não. Estou trabalhando numa coisa justamente agora.

— Você está escrevendo um romance?

— O que há com você?! – diz Lióva com voz de minimalista, assustado, e desliga o telefone.

Lióva me deu de presente seu livro, se é que se pode dizer assim, composto de centenas de cartões de biblioteca. O cartãozinho número 68 mandei emoldurar e pendurei na parede. Às vezes me detenho diante da frase número 68 de Lióva, que diz: "*Однажды я увидел такую огромную гусеницу, ~что не могу забыть ее до сих пор*".[23]

41. Berlim Ocidental e Berlim Oriental estão em briga constante. Se na ocidental raiar o sol, na oriental com certeza choverá. Se na ocidental esquentar, na oriental a temperatura de imediato cairá alguns graus. Apenas o vento é igualmente desagradável em ambas.

42. Meu vizinho, um chinês, exilado, também não tem tempo. Desde que está fora da China, todo lugar o aperta como um sapato desconfortável.

— Ooooo – diz quando nos encontramos na escadaria. — Como vai? – acrescenta, e me olha triste.

— Ocupada. Estou lendo anúncios – digo.

— Está procurando alguma coisa?

— Emprego – digo. — Veja só, uma faculdade no Alasca procura um professor de literatura. Não sei se devo me candidatar...

— Não faça isso – respira fundo o chinês.

— Por quê?

— O Alasca é *shit* – afirma lacônico.

— Mas o senhor esteve lá?

— Estive. Ali não há nada além da neve.

O chinês e eu conversamos na língua inglesa. O chinês procura o país adequado. Já esteve em muitos países.

— E não vai me dizer que o senhor já esteve na Groenlândia?

— Estive.

— E?

23 "Uma vez eu vi uma lagarta tão enorme que ainda não consigo esquecê-la." Em russo no original.

— *Shit*.

— E Berlim?

O chinês me olha compadecido.

— E a Europa?

— Hmm… A Europa, infelizmente, também é uma *shit* – suspira o chinês.

— E por que o senhor não volta para a China?

— Nem a China é mais a mesma – gesticula o chinês. — Ela também, enquanto isso, virou *shit*.

— Escute… – digo. — E a Nova Guiné?

— Ooooo? Nova Guiné? – O chinês ergue desconfiado as sobrancelhas. — Um lugar ali, a ilha de Biak, é o paraíso prometido na terra.

E eu animada, como se tivesse estado lá, conto tudo o que ouvi de uma conhecida que há pouco voltou da Nova Guiné.

— Como foi que o senhor disse?

— Biak. Anote – diz o chinês, e tira um caderno de notas do bolso.

E eu anoto. O chinês soletra o nome da ilha.

— Oooo… – diz, e devagar sobe as escadas para seu apartamento.

43. Simone Mangos, artista de Berlim, fotografou a água do rio Spree, depois colocou a fotografia numa mala de vidro cheia de água e trancou a mala. Uma fotografia, explica o galerista, dura uns seis meses dentro da água. Se a água muda, um pouco mais. Mas depois disso se dissolve.

44. Em fevereiro de 1925, Miroslav Krleža, escritor croata, por pouco tempo se deteve em Berlim. A atração popular naqueles dias era o cadáver de uma baleia.

> Berlim, portanto, não é apenas a cidade dos brocados de *rogervanderweyden* e do amor de marzipã de Geertgen, não é apenas uma cidade de esnobes, bronzes egípcios e gravuras de Dürer, mas também a de uma baleia de 23 metros de comprimento, que

é mostrada *à população* de *sans-culotte*[24] e plebeus como milagre, numa jangada de madeira no Spree, diante da Corte imperial.

45. Berlim é uma cidade mutante. Berlim tem suas faces ocidental e oriental: às vezes a ocidental aparece na oriental e a oriental na ocidental. Na face de Berlim brilham feito hologramas reflexos de algumas outras cidades. Se rumar para Kreuzberg, chegarei nalgum canto de Istambul, se o S-Bahn[25] me levar aos limites de Berlim, chegarei aos arredores de Moscou.

Centenas de travestis que todos os anos, num dia de junho, inundam as ruas de Berlim são de fato a face metafórica de sua mutabilidade.

Miss Pastrana, uma mexicana frenética com bigode grande e escuro, em 1850 foi a primeira estrela travesti em Berlim. Um pouco mais tarde, a dama húngara Adrienne, com exuberante busto feminino e cabeça de um homem másculo, foi proclamada rainha, *Königin der Abnormitäten*[26].

A história de todos os tipos de travestismo é a história alternativa da cidade de Berlim.

46. Na Kantstrasse, onde o russo é falado em muitos lugares, há o café Paris. Na Savignyplatz está localizado o café Kant, e, logo ao lado, o café Hegel. Hegel está escrito em alfabeto latino num dos lados e no outro em cirílico.

O lado cirílico está voltado para o bordel vizinho. Em Berlim Oriental há o café Pasternak. Os vidros do café Pasternak estão voltados para a torre de água, edifício de tijolos redondo e imponente. Aquela torre serviu como um dos centros de recolhimento dos judeus de Berlim. Em Kreuzberg há o café Egzil. No lado oposto da rua o café Konzulat.

Ao anoitecer se espalham pela cidade vendedores de rosas, tâmiles escuros com rosto redondo de criança e olhar úmido.

24 Rogier van der Weyden (ca. 1399-1464) e Geertgen tot Sint Jans (1465-1495), pintores holandeses; *sans-culotte*, denominação dada pelos aristocratas aos artesãos, trabalhadores e pequenos proprietários participantes da Revolução Francesa.

25 Trem. Em alemão no original.

26 Rainha das Anormalidades. Em alemão no original.

Nas ruas semi-iluminadas e nos cafés de Scheunenviertel, jovens representam um espetáculo pós-apocalíptico. Jamaicanos brancos com os cabelos trançados passam feito anjos por ruas densas de sombras de vidas desaparecidas. Na taverna enfumaçada da Oranienstrasse os turcos ouvem música turca e jogam cartas. No Kottbusser Tor o vento cruel lambe os cartazes com as imagens unidas de Marx, Lênin e Mao Tsé-tung. Diante da reluzente iluminação da concessionária BMW na Kudamm, jovens alemães bem-dispostos tiram fotos para recordação. Na Kurfürstenstrasse, próximo ao café Einstein, perambula uma prostituta polonesa nervosa. Um judeu americano, escritor e homossexual, procura prostitutos e escolhe um jovem croata de Zagreb, que está em Berlim fugindo da mobilização. Alaga, um cigano desdentado do bairro Dubrava de Zagreb, toca desajeitado um sintetizador infantil diante do Europa-Center. Na estação do Zoológico de Berlim um jovem com rosto encovado está sentado no asfalto, descobrindo o toco da perna e pedindo esmolas. As moedas dos transeuntes caem surdas sobre o cartão sujo onde está escrito *Ich bin aus Bosnien*[27].

47. Na casa de pássaros, a *Vogelhaus*, na seção com diferentes espécies de araras não há visitantes. Iluminada com a luz artificial da estufa está sentada no banco uma mulher de meia-idade que contempla a maior arara do mundo, a *Anodorhynchus hyacinthinus*. A mulher e o pássaro suntuoso da cor do jacinto observam-se em silêncio. O corpo relaxado da mulher, a maneira com que se senta, revelam consciência de um ponto perfeito no tempo e no espaço. A mulher mastiga o pão tranquila: os dedos dobrados em pinça vão arrancando pedacinhos bem pequenos que vai colocando na boca. A arara-azul observa a mulher com atenção encantadora.

48. *Herr* Schroeder é o nosso carteiro, a única pessoa que vejo todos os dias. *Herr* Schroeder coleciona selos. De pouco tempo para cá, em algumas cartas aparece uma seta, grande, decidida, com braço longo, riscada em diagonal, apontada para o canto

27 "Sou da Bósnia." Em alemão no original.

superior. *Herr* Schroeder com a flecha me comunica que deseja o selo. De pouco tempo para cá, com vaga excitação, tenho esperado pelo sinal no envelope. A solidão de Berlim é tão aguda e certa quanto a pequena flecha de *Herr* Schroeder.

49. Em Berlim, muitas vezes me acontece de ignorar as placas do U-Bahn[28] e entrar no trem na direção errada. Algumas pessoas me convidam para visitá-las e não consigo encontrar a casa delas. Os números nas ruas são minúsculos, enganosos e confusos. Algumas pessoas me prometem que virão ou ligarão para mim, e depois não vêm e não ligam. Ora, mas não é que a senhora ainda está aqui, pensamos que tinha ido embora, dizem se desculpando. Então me lembro de ter prometido a algumas pessoas que iria vê-las, e não fui, ou telefonar, e não telefonei.

Os berlinenses gostam de chegar atrasados e, em geral, algo não está certo com o tempo. Nos ônibus de Berlim é possível ver as anciãs mais velhas do mundo. É como se tivessem esquecido que é preciso morrer. Talvez seja por isso que em Berlim há tantos relógios de rua. Alguns giram, como o da Wittenbergplatz. Quando o relógio gira, é difícil saber que horas são...

Até com as estações do ano há algo de errado. Em dezembro podem cair trombas-d'água tropicais quentes que podem durar dias. Então Berlim é uma cidade sob o mar. Em meu apartamento se espalham joaninhas que desaparecem tão depressa como apareceram.

— Por isso os berlinenses mantêm tantas flores nas janelas como em nenhum lugar do mundo – diz Bojana, minha conterrânea, agora ex-conterrânea.

50. Ligo com frequência para meus conterrâneos, para Zoran de Belgrado, que agora vive em Berlim, e Goran de Skopje, que vive em Londres.

— Me esqueço – digo para eles –, de pouco tempo para cá tudo está confuso, não sei mais o que houve antes, o que aconteceu depois, o que aconteceu lá, ou aqui, ou em algum outro lugar. Como se não me lembrasse *com certeza* de nada.

28 Nome do metrô em Berlim.

— Eu lembro – diz Zoran.

— De quê?

— Dos colchões húngaros infláveis Palma e de seu cheiro – responde.

Prossigo com as perguntas. Ambos se lembram de nossa antiga pátria comum, de locais em que se perderam e caminhos que terminavam em lugar nenhum. Zoran está descrevendo o horror de um lugar a que chegou enquanto procurava um circo qualquer.

— Não havia nada ali. Em pânico acabei numa ferrovia e ali também não havia *na-da*! – diz Zoran acentuando a palavra "nada".

Goran se lembra de uma ferrovia interrompida.

— E ali a ferrovia acabava! Foda-se um país no qual ferrovias estão interrompidas! – disse Goran. — Ora, deixa pra lá! – acrescentou, espantando a imagem interior como a uma mosca.

— Como se medem biografias?

— Com o nascimento e a morte – diz Zoran.

— Comece com o menos importante, quem sabe assim você chega ao importante – diz Goran.

— Eu, por exemplo, fiz uma relação de todas as ruas de Zagreb das quais me lembro – diz Zoran.

— O único problema é determinar o que é importante e o que não é – diz Goran.

— Tudo é importante e tudo é irrelevante. O movimento nessa esfera não é linear. Não existe "a partir de" nem "em relação a" – diz Zoran.

— Mesmo assim é importante definir um princípio – diz Goran.

51. Desde que em nosso país outrora comum estourou a guerra, o arquiteto Miloš B. vive no exílio em Amsterdã. Já faz alguns anos que Miloš B. inconscientemente está redigindo um diário incomum. No verso de caixas de fósforos Miloš B. desenha miniaturas de alguns rostos, objetos, coisas, casas, sonhos, encontros, pessoas, cenas das ruas de Amsterdã, fragmentos, notas minúsculas, nomes, números telefônicos, rascunhos, ideais, recordações.

— Rilke disse em algum lugar que a história de uma vida agitada pode ser contada apenas em pequenas partes e fragmentos – digo a Miloš.

— Veja, este é nosso conhecido comum, Djida – diz sem prestar atenção à minha réplica. E me mostra uma caixinha com uma manchinha borrada e o desenho de uns óculos.

E então, atirando a caixinha num saco com mil outras, acrescenta:

— Esta é minha autobiografia. Um tempo em que eu fumava demais.

52. O artista armênio Sarkis fez uma instalação, uma autobiografia curta e insólita. Expôs doze placas arrancadas das ruas em que havia morado. Ao lado de cada placa estava pendurado um papelzinho com um desenho discreto de um anjo que abandona seu posto.

Parte Quatro
Histórias com o discreto tema do anjo que abandona seu posto

— Não cambaleie! Você é um anjo!
— Não posso com isso!
— É mais fácil com asas!
— Mas não de penas de galinha!
— O que está dizendo?
— Que penas de galinha a incomodam…
— Marion, imagine que você é uma pomba!

PETER HANDKE/WIM WENDERS, *Asas do desejo*

A demasiado sensível Lucy Skrzydelko

Embora na língua inglesa não exista a diferença entre tu e vós, tratamento informal e formal, tive a impressão de que a voz que chegava pelo telefone estabelecia essa diferença. Como se me tratasse por tu.

— Uma entrevista, portanto?

— Para o *Boston Globe*. Já combinei com o editor.

Estive em Boston durante alguns dias. No dia seguinte, eu a aguardava no local combinado. Havia escolhido o restaurante do hotel Hyatt em Cambridge. Apareceu com atraso. Era uma mulher frágil, quase anoréxica, constituição semelhante à de uma menininha, idade indeterminada, talvez entre os 30 e os 40, pálida e de pele seca, grandes olhos verde-claros, cabelo com luzes recolhido de modo negligente num coque. Vestia um conjunto cinza-claro e blusa de seda, sapatos elegantes de salto alto, *business woman look*, exatamente como as heroínas da série televisiva *L. A. Law* ou algo parecido.

Desculpou-se pelo atraso e pelo lugar em que havia marcado para o encontro.

— Este ainda é o único lugar na cidade onde se pode fumar e ninguém chama sua atenção – disse, e acendeu um cigarro.

Tinha voz fina, anasalada, como se sofresse de sinusite crônica. Soltou várias baforadas e atenta me olhou no rosto.

— Você não se lembra de mim, não é?

— Bem...

— Vejo que não se lembra de mim.

— Lamento realmente...

— Não precisa se desculpar. Todos me esquecem.

— Me lembre, por favor...

— Não tem importância! Às vezes eu mesma tenho a sensação de que sou invisível.

— Lamento mesmo...

— Não tem importância. Tinha esperança de que pelo menos você se lembrasse de mim.

Me encolhi. Me sentia desconfortável. Não tinha coragem de perguntar seu nome.

— Lucy. Lucy Skrzydelko – disse.

O nome não me dizia absolutamente nada.

— Lamento, Lucy – disse eu envergonhada.

— Não tem importância. Mas o que vamos pedir? Você é minha convidada – disse Lucy decidida a mudar de assunto.

Pedimos salada e uma taça de vinho branco cada uma.

— A nosso encontro! – disse ela, e sorveu um pequeno gole.

Lucy finalmente esclareceu onde havíamos nos conhecido. Isso foi há uns quatro anos, disse, num encontro internacional de literatura organizado por uma universidade americana. Ela fazia parte da organização, era uma daquelas pessoas que distribuem mapas com o programa e informações e recepcionam os convidados no hotel.

— Sim, agora me lembrei de você – disse eu, embora sem certeza.

— *Bullshit*. Já disse que todos me esquecem! – cortou Lucy com sua voz fina e anasalada.

Eu me lembrava daquele encontro literário, embora minha percepção de tempo nos últimos anos tenha mudado. Falava-se das mudanças na Europa Oriental, foi um dos primeiros daqueles encontros, circo intelectual ambulante tendo como principal ponto o "*after the fall ot the wall*"[29]. Eu me lembrava, claro. De algum modo, justo nessa época minha vida também mudou por completo. Eu vivia no exílio, ou seja lá como isso se chama, trocava de país como de sapatos. Fazia essa

29 "Depois da queda do muro." Em inglês no original.

performance na minha própria vida e conquistei, com isso, uma elasticidade invejável.

— Talvez console pensar que todo exílio é uma contribuição para a própria biografia – disse Lucy com voz infantil, e tomou um pequeno gole de vinho.

Também tomei um gole e me calei diante da observação. O que eu poderia responder? Que o exílio é, ou ao menos aquela forma como o vivi sempre mais extenuada, um estado incomensurável. Que o exílio é um estado que, na verdade, pode ser descrito com fatos mensuráveis, carimbos no passaporte, pontos geográficos, distâncias, endereços provisórios, a experiência de diferentes procedimentos burocráticos para a obtenção de visto, o dinheiro gasto para sabe-se lá quantas vezes comprar uma mala de viagem nova, mas uma descrição assim mal significa alguma coisa. Que o exílio é uma história das coisas que deixamos para trás, a compra e o abandono de secadores de cabelo, aparelhos de rádio pequenos e baratos, pequenos bules de café. Que o exílio é uma troca de voltagem e de hertz, uma vida com adaptador, caso contrário entraríamos em curto. Que o exílio é a história de nossos apartamentos alugados de modo provisório, das primeiras manhãs solitárias quando em silêncio abrimos o mapa da cidade, encontramos no mapa o nome de nossa rua, fazemos com o lápis uma pequena cruz (repetimos o gesto dos grandes conquistadores, em vez de bandeira uma pequena cruz). Esses pequenos fatos firmes, os carimbos no passaporte, acumulam-se e num instante transformam-se em linhas não legíveis. E somente então começam a redigir o mapa interno, o mapa do imaginário. E somente então começam a descrever aquela experiência incomensurável do exílio. Sim, o exílio é como um pesadelo. De repente despertamos, assim como de um sonho, e aparecem algumas faces que havíamos esquecido, que talvez nunca tenhamos encontrado, mas temos a impressão de encontrá-las desde sempre, alguns espaços que certamente vemos pela primeira vez, mas temos a impressão de já termos estado ali.

— O exílio é uma espécie de paranoia – eu disse. — Por isso é preciso ter sempre o cuidado de levar um adaptador. Para que não entremos em curto – acrescentei brincando. Aquele adaptador metafórico girava em minha cabeça porque a caminho do hotel entrei em duas ou três lojas de computadores para ver se encontrava tomadas europeias para meu computador.

Lucy, com os finos dedos pálidos, apertava a taça de vinho consumida pela metade. Diante dela estava a salada intacta.

— Tenho a sensação de estar vivendo a vida inteira numa espécie de exílio, embora não tenha ido além da costa leste.

— Você esteve na Europa Oriental? Você tem um sobrenome eslavo...

— Polonês. Meu pai é polonês – disse Lucy sombria. E então estendeu a mão fina e pálida, tocou meu rosto e disse: — Para que ir? Agora tenho você, você é minha irmã da Europa Oriental.

Me esquivei. O toque de sua mão me encheu de desconforto.

— Assustei você? Você também se assustou. Todos têm medo de mim. É por isso que sou por demais sensível, simplesmente sensível demais. As pessoas não conseguem suportar essa quantidade de emoções.

Certa vez teve um amante. Por acaso diante dele desatou a chorar, não lembra mais por quê, puxou a mão dele perto de si e sua lágrima pingou na mão dele. Ele estremeceu como se tivesse sido escaldado. "Sua estúpida, o que você fez comigo..." Como se o tivesse contagiado com aquela lágrima. Bateu nela. Nunca mais o viu. Então constatou que a capacidade do coração humano é limitada. E ela, pois, sofre de um excesso, de um excesso de emoções. Por isso tem a impressão de que se depara com o déficit dos outros. É por isso que, afinal, gostou muito de meu livro. Como se ela própria o tivesse escrito. Foi como se eu tivesse lido seus pensamentos. Por isso queria fazer a entrevista. Nunca até hoje entrevistou alguém. Sim, vive sozinha, é melhor assim, nunca foi casada, não tem filhos, nem quer tê-los, e por que formulo pergunta tão estúpida se eu própria não tenho filhos, não é mesmo? Com os homens foi infeliz, todos a deixaram. Por quê? Porque é sensível, sensível demais, nenhum homem pode suportar essa quantidade de sentimentos. Não se relaciona com as pessoas, enlouquece com conversas limitadas e sentimentos mornos, por isso tem mais prazer em passar o dia inteiro no trabalho, trabalha em uma editora pequena, mal publicam dez livros por ano, ela é editora-assistente, o que, na verdade, significa que ela faz tudo, corrige os manuscritos, trabalha com os autores. Os demais assinam e se fazem de importantes. No momento está corrigindo a tradução do romance de um conhecido em comum, escritor da Europa Oriental que vive em Nova York (você o conhece, não é mesmo?). É uma tradução péssima, *by the way*. Não, não tinha família. A família para ela significou apenas infelicidade. A única coisa que lhe deixaram como herança foram os malditos genes. Genes de um louco e de uma alcóolatra. O pai é esquizofrênico, vive num abandono total numa fazenda em New Hampshire. Os pais se separaram havia muito, depois de terem tido seis filhos infelizes. A mãe, uma puta fervorosa, achou um texano e casou de novo. O avô escolarizou-a. Não tem contato com os irmãos, todos estão dispersos. Onde? Não se preocupe com isso. Realmente para ela essa não é uma preocupação. Nem eles se preocupam com ela. Têm vergonha dela. Ganha 20 mil por ano, com isso mal paga os cigarros e o apartamento. Morrerá como uma *homeless*, disso tem certeza, não vê outra saída. Sim, toma comprimidos, frequenta um psiquiatra regularmente. Não me surpreendo, talvez *therapist* seja uma palavra americana sagrada. E bebe, às vezes bebe demais, é verdade. Nunca consumiu drogas, e mesmo assim mal consegue lidar consigo mesma. Todos são viciados em algo neste maldito país. O país mais poderoso do mundo. E tem a população mais frágil, todos em decomposição, todos estão num estado de confissão permanente. País infantil, é o que é, todos necessitam de um *coach*. *Coach* ou *therapist*, tanto faz. Esses são os adaptadores de que falei. Para falar a verdade, não havia feito mais nada em sua vida inteira além de ler. Sua maldita vida inteira só lê, esses contemporâneos principalmente, conhece todos os seus livros, segue seus passos, conhece bem a fadiga do material literário. C. faz tempo que não escreve um livro honesto, B. se empenha mais em divulgar o mito a respeito da própria grandeza do que em seus textos, D. definitivamente enlouqueceu, *by the way*, naquele encontro literário em que nos conhecemos, esse mesmo D. a apalpou no elevador do hotel. Sim, de fato. Eu não teria ilusões a respeito deles, certo? A literatura mudou os valores. O *bad* tornou-se valor literário, o *bad* transformou-se em *good*. Ela enxerga tudo isso. Se ninguém a nota, a ponto de ela própria ter a impressão de que é invisível, isso não significa que ela não veja. Livros ela tem lido a vida inteira, e, se sabia algo, era a respeito de livros. Livros ela divide em "quentes" e "frios". Gosta de livros "quentes". Livros "quentes" hoje são raridade. Ela não se preocupa muito com a terminologia. Talvez eu saiba o que ela quer dizer quando diz "quentes".

Lucy se desintegrava. Como se antes de nos encontrarmos tivesse juntado a si própria numa trouxa, tivesse amarrado bem os nós; e agora os nós estivessem se soltando em todos os lados. Lucy estava transbordando, eu já não sabia a respeito do que ela falava, pulava de um tema para outro, parecia uma bêbada, com a mão mirrada acendia cigarro após cigarro, sua pequena face estava crispada, parecia uma heroína de romance do século XIX, toda diminutivos, toda suspiros. Diante dela estava a taça ainda pela metade.

Tomei fôlego. O que é isso, em que história fui cair? E quem entrevista quem aqui? E por que eu precisava disso tudo? Mal controlo a mim mesma. Ah! Não, você não vai me tratar assim, Lucy Seja Lá Como Você Se Chama, conheço bem esses caçadores! Soltam o muco da própria infelicidade e ficam esperando que os ingênuos pousem sobre a armadilha pegajosa.

— Lucy, desculpe, mas eu preciso ir – disse da maneira mais fria possível.

Ela me encarou com o olhar cheio de desespero.

— Compreendo. Vou acompanhá-la.

— Não, não precisa. Vou pegar um táxi.

Lucy acendeu mais um cigarro e chamou a garçonete. Olhou meu rosto e disse fanhosa:

— Você cortou o cabelo. Aquele outro corte caía melhor.

— Nunca tive cabelo comprido.

— Era mais comprido...

— Sim, era mais comprido – disse eu resignada.

Lucy, com a intenção de pagar a conta, ficou revirando a bolsa por muito tempo. E então despejou o conteúdo da bolsa na mesa. Eu me ofereci para pagar a conta. Recusou decidida. A garçonete esperava paciente. Lucy finalmente encontrou o cartão de crédito. Ao se levantar, cambaleou como se fosse cair.

— Precisa de ajuda?

— Não, não preciso. Está tudo em ordem. Acompanharei você – disse ela, e se endireitou com orgulho tocante.

À saída do hotel esperava o táxi. Tentei convencê-la a entrar primeiro, eu esperaria o seguinte. Recusou. Insistiu em pagar meu táxi. Recusei. Fiquei em pânico. Num instante parecia que nunca permitiria que eu partisse.

— Até logo – eu disse, e lhe estendi a mão.

Tomou minha mão entre as suas.

— Você é minha irmã da Europa Oriental. Diga que é minha irmã... –murmurava suplicante sem soltar minha mão.

— Sim, sou sua irmã.

— Você não vai me esquecer, não é? Todos me esquecem. Prometa que não vai me esquecer. E que fará contato.

— Não me esquecerei de você, Lucy. Com certeza, darei notícias.

— Você vai me esquecer e não fará contato. Assustei você, todos se assustam assim comigo...

O taxista observava com escárnio essa demorada despedida. Eu estava banhada em suor. Se me tocar agora com sua mão mirrada e fria, pensei, não vou aguentar, vou bater nela...

Entrei no táxi. Lucy estendeu a mão mirrada e fria e tocou minha face de leve. Fechei a porta e acenei. O táxi partiu. Do táxi pude vê-la retornando ao hotel. A cabeça encolhida entre os ombros, tão magricela, mal se equilibrava no salto alto. Como se seu corpo inteiro leve, ao contrário de sua alma pesada, se esforçasse para sair voando. Meu coração apertou, embora naquele momento eu tivesse a impressão de não o possuir. Lucy era, *after all*, minha “irmã”.

Lucy Skrzydelko[30]. Lucy Asinha. Não dei notícias. Mas não a esqueci. Lucy se esforçou para que não a esquecesse. Alguns dias depois telefonei para um conhecido, um escritor da Europa Oriental que vive em Nova York.

— Ouvi dizer que você se encontrou com Lucy Skrzydelko, não é? – disse.

— Como é que você sabe?!

— Ela me telefonou faz dois dias.

— E?

— Me contou muitas coisas a seu respeito.

— Que coisas?

— Parecia sinceramente preocupada com você. Disse que você é sensível demais, sensível demais mesmo…

30 *Skrzydlo* em polonês significa "asa", e *skrzydelko* é o diminutivo.

A pena de Uma

Esse exemplar forte e jovem de fera vejo todas as manhãs. Assim que me levanto, vou à janela, subo a persiana de plástico branca que salta com um ruído afiado e ululante e descobre sempre a mesma cena. Na quadra deserta, meu brilhante atleta corre não se sabe qual volta. Um-dois, um-dois, corre a fera jovem suada. Entre os vidros da janela está esticada uma tela fina. Através da peneira acastanhada observo o corredor de cabelo ruivo, preso num rabo. Imagino coxas douradas suadas. Um-dois, um-dois, adapto o ritmo da respiração. Arranho o joelho nos tubos do radiador, passo as coxas por eles, aninho-me, pisco. Faz calor dentro. Nas árvores ao redor a geada reluz. Meu atleta matutino solta nuvenzinhas de vapor. Um-dois, um-dois...

Do banheiro, como todas as manhãs, começam os ruídos. Ali, atrás da parede à qual está encostada minha escrivaninha, está Uma. Já faz dias que me pergunto como essa garota pequena e frágil pode produzir tamanha quantidade de ruídos. Fica à espreita todas as manhãs, é a primeira a pular no banheiro e fica lá uma hora, duas. Do banheiro do outro lado da parede retumba ruído de água, de gorgolejo, de gargarejo, de chapinhar, ruídos de batidas na banheira com balde plástico, sons de água derramada do balde plástico. Depois há certo período de silêncio, e depois os mesmos ruídos na mesma ordem.

Meu quarto dá para a cozinha, da cozinha entra-se no banheiro. Moro no andar térreo, rodeada pela cozinha e banheiro; acima de mim, no primeiro andar, são três os quartos. Neles moram Uma, Suganthi e Vijayahsree, Vijay. Lá, no primeiro andar, nunca estive.

Ruídos me hipnotizam, tenho a impressão de que me transformei em madeira. Ainda assim, me levanto, vou para a cozinha e bato forte na porta do banheiro. Ausculto. Do outro lado da porta oculta-se Uma. Retorno ao quarto, deixo a porta aberta. Logo se ouve o som de abrir porta, ela passa ao lado de meu quarto, toda esgotada e, de um modo curioso, tranquila. Baixa o olhar, para, inclina a cabeça como se esperasse um golpe.

— Você realmente pensa em passar a vida toda nesse banheiro? – digo para ela à meia-voz, afogada em minha própria raiva.

Ela baixa o olhar, me olha de soslaio, parece um animal espancado. Não responde, se move rápido e, calada, sobe para o seu quarto.

Toda manhã, com uma pontualidade férrea, Uma inicia seu ritual de banho.

— Por que você não entra antes?! Ou depois?! Por que você fica lá dentro tanto tempo?! Eu preciso ir à aula! E você fica lá dentro duas horas! Não dá mais para suportar esse barulho! Será que não está claro do que estou falando?!

Ela baixa o olhar e continua calada. À mesa da cozinha, em camisolas de flanela florida, estão sentadas Suganthi e Vijay.

— Expliquem para ela vocês, por Deus! Vocês também precisam do banheiro! É como se no banheiro estivesse uma foca e não uma mulher!

E vou raivosa ao banheiro, abro todas as torneiras, abro também aquela na cozinha sobre a pia, e convido Suganthi e Vijay a entrarem em meu quarto. Fecho a porta. O quarto retumba como se estivesse debaixo de uma cachoeira.

— Agora vocês mesmas puderam comprovar...

Elas me fitam com seus olhos enormes, brilhantes e escuros, e saem caladas do quarto.

Fecho a porta, estou a ponto de chorar, prostrada me sento na cama. Na cozinha de início há silêncio, depois começa um gorgolejo incompreensível e silencioso. Uma terceira voz também se associa, a voz de Uma, e elas três, minhas indianas, tagarelam em voz alta em seu inglês que não consigo entender. Ligo o rádio. Suas vozes se tornam mais altas, exatamente como se houvesse dez papagaios na cozinha.

De súbito abro a porta, as três se calam, me observam com olhares escuros e brilhantes. Passo pela cozinha a caminho do banheiro, fecho a porta atrás de mim. Na banheira o balde de plástico, no balde algumas tigelas de plástico (é com elas que ela se lava!), sobre o esmalte branco rastejam pelos negros compridos. Abro as torneiras, aquelas da banheira, e sobre a pia, e paro ao lado da janela do banheiro. A janela dá para um pequeno quintal deserto. Oculta na densa cortina de ruídos aquáticos, fico parada e não penso em nada. Os ruídos da água lavam tudo, levam embora em pequenas poças o pensamento sobre o passado e o futuro, estou parada, envolta na ruidosa cortina do esquecimento, não consigo me lembrar de onde sou, quem sou e por que estou aqui.

De nossa casa na Pine Street vou três vezes por semana à High Street, onde dou aulas. Para as aulas visto um conjunto marrom ou cinza e blusa de seda. Cuido para que a blusa esteja sempre perfeitamente passada. No bolso superior do casaco do conjunto coloco um lencinho de seda da cor da blusa. Prendo o cabelo num pequeno coque. As palestras, organizadas com cuidado, guardo numa elegante pasta cinza. Pego minha bolsa, coloco a pasta debaixo do braço, ajusto meu rosto para a rápida disposição de sorrir.

Poderia passar um tempo no gabinete que me foi dado. Poderia preparar minhas aulas ali, ler ali, há uma biblioteca de referência, escrivaninha ampla, poltrona confortável de couro. Muitas vezes me pergunto por que não faço isso, por que sempre me apresso em retornar ao quartinho humilhante e inconveniente, espremida entre a cozinha e o banheiro, e prefiro preparar as aulas "em casa".

Poderia protestar com mais firmeza à funcionária da faculdade encarregada do alojamento do corpo docente. Já fiz isso, expressei meu descontentamento com minha condição, sou professora, afinal de contas, disse, e elas são estudantes, talvez eu as incomode, disse mais suave, elas são vegetarianas, brâmanes, indianas, trata-se de grandes diferenças culturais, compreende, não é? Sim, pedimos desculpas, de fato acabou sendo inconveniente, veremos, faremos tudo o que estiver a nosso alcance, mas o semestre já está em curso, agora é difícil, não temos à disposição apartamentos livres, aguente mais um pouco...

Concordo com a cabeça, sim, compreendo, claro, e aliviada me apresso para retornar. Me enfio em meu pequeno quarto com mobília miserável: escrivaninha, uma cadeira e a cama. Olho pela janela. A quadra está deserta de modo espectral. Os radiadores estão aquecendo, arranho o joelho nos tubos. Através da tela fina observo a lua gélida. Baixo a persiana branca de plástico. Apanho um livro e leio. Na casa há um silêncio espectral.

Ei-las, estão vindo. Ouve-se a abertura da porta, o tagarelar no inglês "delas" do qual mal entendo umas palavras, falam rápido, com sotaque forte. Ouço como se mexem no pequeno espaço da cozinha, ficam abrindo a geladeira, batem as tigelas, panelas, frigideiras, abrem a torneira, vertem a água das tigelas para panelinhas, batem os talheres. Ouço sons abundantes de entusiasmo, deixei alguns potes de vidro vazios de café instantâneo, ouço vozes de satisfação, *it's so sweet, it's so cute*, gostam daqueles vidros e vidrinhos, neles podem guardar alimentos, cereais, farinha, arroz, açúcar, sal e arrumar tudo na despensa. Cada uma tem sua prateleira e compartimento, cada uma, sua parte na geladeira, cada uma, sua gaveta e seu pequeno armário na cozinha onde guardam suas panelas, frigideiras, recipientes, pratos e talheres.

Com golpes e tilintares, arrumaram e deixaram tudo em ordem. A cozinha e o banheiro estão brilhando, em todo lugar estão colados bilhetinhos com mensagens escritas corretamente, que é proibido fumar (isso se refere a mim), como se deve acender o fogão, ligar a ventilação, onde jogar o lixo e onde deixar o sabão.

Apoderaram-se por completo do espaço da cozinha e do banheiro. Ao anoitecer demoram muito para preparar o jantar, o distribuem em inúmeras tigelas e recipientes, põem a mesa, amassam o arroz com os dedos, dobram as mãos em pequenas conchas, com as conchas atiram hábeis a comida na boca. Ficam sentadas à mesa por muito tempo. Se saio do quarto e me junto a elas, calam-se. Pergunto algo sobre a Índia, a gastronomia indiana, os costumes. Dão respostas curtas, leio em seus rostos o desejo de que eu me vá o quanto antes.

Às vezes me vingo. Compro bifes grossos de carne de vaca, fico trocando-os de prato durante muito tempo, coloco-os na tábua para carnes, bato a carne, ponho na frigideira e frito. Bufam, ficam tossindo, expulsas pelo cheiro vão para seus quartos. Não ligo a ventilação de propósito, deixo que a cozinha se impregne bem com o cheiro de carne.

Fico sentada sozinha na cozinha, como meu bife. Ergo os olhos para o teto, ouço golpes, toques e cochichos silenciosos. Como se cupins perseverantes estivessem furando o teto.

Depois me recolho a meu quarto, mas deixo a porta entreaberta. Vejo que a cada hora aparece silencioso um tornozelo escuro e tremula a borda de uma camisola de flanela florida.

Às vezes eu as encontro com os pontinhos rituais coloridos na testa. Uma e Suganthi têm um vermelho, Vijay, preto. Às vezes vestem sári ou parte dele. O cabelo abundante irrequieto elas besuntam com óleo de coco. Todas três usam tranças grossas, negras, brilhantes. Suganthi, a mais jovem, amiúde atira a trança para trás e mantém a cabeça ereta como se carregasse nela um jarro invisível.

Muitas vezes me pergunto de onde vem esse meu interesse angustiante pelas indianas. Porque elas são completamente indiferentes em relação a mim. Poderia passear, sair para algum lugar, conhecer pessoas novas, ligar para amigos antigos, mas obstinada continuo no pequeno quarto abominável até mesmo quando não tenho nada para fazer ou nem sei o que fazer comigo mesma.

Às vezes saio para passear. Passo ao lado de casas com jardins em que corças e anões de plástico estão de guarda, em alguns lugares crescem flores de plástico, ou tremula uma bandeirinha americana. Desço até o pequeno parque empoeirado que tem uma única árvore e uma placa que proíbe acampamento ali. Atravesso a rua principal, que se chama assim mesmo, Main Street, contorno o shopping e pela passagem subterrânea abandonada saio no rio. Entro no Harbor Park, um pequeno bar na margem, e peço o mesmo que todos os clientes, uísque e camarões ao molho de tomate. Fico sentada à mesa, vou bebericando, mergulho os camarões frios no molho de tomate e fico escutando. Um pé feminino em sapatos de salto alto com uma corrente brilhante em volta do tornozelo fica batendo na mesa ao lado da minha. Fala da importância de uma vontade resoluta, de como graças a uma vontade resoluta deixou de fumar, e pede a terceira ou a quarta rodada.

Depressa a ansiedade toma conta de mim, e com passos apressados volto para casa.

Observo nossa casa. O andar térreo está iluminado, a luz está acesa na varanda. Pela tela metálica na porta dá para ver a cozinha. À mesa estão sentadas Uma, Vijay e Suganthi, que balançam as pernas. A flanela de flores se mexe sob a mesa. Jogam as tranças para trás, agitam as mãos, riem-se, depois param, amassam o arroz com os dedos, repartem-no em pequenos montes no prato e com os dedos atiram os grumos de arroz na boca. Paro na varanda, elas me ouvem, interrompem a conversa, ficam sérias, viram a cabeça um pouco em minha direção. Suganthi me espia com os brilhantes olhos negros, Uma baixa o olhar, Vijay mistura seu arroz com dedos indiferentes. Murmuro "boa noite" e depressa entro em meu quarto.

Sento na minha cama, fico olhando o calendário sobre a escrivaninha. É abril. Me levanto, marco uma cruzinha na data de amanhã e escrevo o título da aula de amanhã. Levanto a persiana branca, que com ruído ululante descobre a vista da quadra vazia iluminada pelo luar. As árvores estão salpicadas de botõezinhos de prata, na escuridão a relva brilha. Deus, penso, como o tempo passa depressa, ainda ontem a quadra estava coberta por uma camada fina de neve.

Da cozinha chega um chilrear. Como se durante o dia coletassem palavras com pressa e à noite as sacudissem sobre a mesa feito grãos. Distingo cada quinta ou sexta palavra. *Wash*! Tilintam com a louça, estão lavando suas inúmeras tigelinhas, panelinhas e pratinhos, chuá-chuá-*wash*, não sei que horas são, *wash*, não consigo me lembrar de onde sou, *wash*, sinto uma dormência doce, chuá-chuá-*wash*.

De repente, depois de longos dias de esquecimento diante de meus olhos, feito cometa, como mensagem de um dia sonhado outrora, desembarca a imagem da igreja paroquial de Nossa Senhora das Neves em Belac, a imagem de seu retábulo barroco carcomido com uma centena de anjos de madeira cujas cabecinhas estão penduradas no altar como cachos e fazendo caretas em seus pequenos rostos corroídos. O mais difícil é a luta constante contra os cupins, suspira o padre do local. Concordo com a cabeça e tenho a impressão de ouvi-los. Perfuram ocultos na madeira, centenas de cupins, os anjos movem-se, rangem, a madeira trabalha de modo constante, diz o padre, esvoejam com as asinhas de madeira, giram com brilhantes olhos escuros, espalham ao seu redor o cheiro de produtos protetores, desprendem cheiro de óleo de coco, golpeiam, *wash*, tilintam, *wash*, mexem as mãos, *wash*, com pequenas pás de madeira atiram o alimento na boca angelical eternamente aberta, moem a comida com os dedos, lambem-nos, sugam.

Abro a porta com um movimento brusco e as encontro à mesa da cozinha enrijecidas num feixe de luz. Trocam olhares assustados. Estou parada assim, sem fôlego, a cozinha está tomada por um silêncio afiado como faca. E então Uma, como num filme em câmera lenta, se levanta, ergue a camisola florida de flanela, descobre as coxas magras quase infantis e a genitália coberta por grossas penas pretas de brilho oleoso, semelhantes às de um ganso. Com os dedos dobrados em pinça, Uma devagar arranca uma pena e, vejam, me estende num movimento bem-intencionado.

— Obrigada – gaguejo. Enrubesço, pego a pena e não sei o que fazer com ela.

Ela me encara com olhar de animal espancado, baixa os olhos, abaixa a cabeça um pouco como se esperasse um golpe e baixa a camisola.

Retorno ao quarto atordoada, como depois de um forte pesadelo quando os mundos sonhados e reais não se separaram ainda, quando as fronteiras entre eles ainda são frágeis. Fecho silenciosa a porta atrás de mim. A pena reluz com brilho azulado. Coloco sobre a mesa e me sento abatida na cama. De lá apresso-me até a janela. Na quadra dois pontos fluorescentes amarelos perseguem-se, dois vaga-lumes grandes. Observo minha fera jovem, meu atleta noturno. Os pontos amarelos na ponta de seus tênis perseguem ritmicamente o fio do luar. Vejo emaranhados de músculos suados, cabelos ruivos trançados em rabo de cavalo, coxas douradas úmidas de suor. Sinto desejo forte de correr até ele, até meu unicórnio na escuridão, até meu corredor solitário, mas não posso, estou aprisionada, a tela está na janela, e na cozinha elas, anjos escuros do esquecimento. Estou sob o domínio delas.

Não baixo a persiana, me deito vestida, o luar ilumina o quarto. Estou deitada encolhida enquanto olho fixamente para o chão. E de repente vejo um "gato", um grande floco fofo de poeira. Olho no escuro aquela coisa eriçada fofa e não me mexo. Não tenho força para me levantar e apanhá-lo, para limpar o piso de madeira com um pano úmido. E eis mais um debaixo da mesa, outro no canto. Olho para eles e pressinto que logo mais aparecerá mais um, e mais um, e mais um. Não tenho força. De todo modo, o ritmo da invasão está sendo ditado pela pena de Uma. Os "gatos" caçam os raios do luar, brilham com luz fluorescente. Dizem que neles reluzem partículas de poeira das estrelas. Esse dado me é indiferente.

Minha avó no céu

Vi minha avó pela primeira vez quando tinha 7 anos incompletos. Depois disso, eu a via uma vez por ano, durante as férias de verão, por vários anos seguidos. As lembranças dela se enrolam como um modesto carretel, sem pressa. Lembro-me, afinal, apenas de alguns detalhes.

Era baixa, grandes seios pesados num corpo pequeno e redondo de ombros estreitos e ventre estufado. O cabelo grisalho cheio de pequenos cachos emoldurava a face larga com fortes maçãs do rosto asiáticas. Os olhos eram miúdos, esverdeados, puxados, olhar um pouco ausente, como costumam ter os doentes graves ou pessoas realmente idosas. Até quando olhava reto, por trás do primeiro olhar havia um segundo que fugia para o lado. Em seu rosto o sorriso substituía o olhar: sorria de modo amplo e afetuoso.

Eu não a amava. Talvez não gostasse daquele sorriso, aquela cordialidade sempre pronta, aquela aquiescência com a cabeça com a qual os pequenos cachos grisalhos balançavam feito molas. Eu tinha a impressão de que trazia aquele sorriso como uma espécie de desculpa por existir: com o sorriso satisfazia a todos, como se todos lhe fizessem essa pergunta.

Minha avó redonda, do mar Negro…

Quando a vi pela primeira vez, me abraçou com tamanha força que afundei entre seus seios. Pensei que me sufocaria, memorizei seu cheiro seco. Sempre me abraçava do mesmo jeito, com força. Ela me dava ao mesmo tempo palmadas com a mão rechonchuda, e eu mal esperava escapulir de seu abraço.

Então, naquela primeira vez, ela me levou ao banho turco. Me lembro de seu corpo velho, enrugado, grande. Regava meu corpo com água de um baldinho e com uma luva áspera o esfregava. Doía, mas eu ficava calada e, não sei por qual motivo, estava muito envergonhada. Não queria que me tocasse ("Ela é sua avó", diz mamãe, "vamos, dê um beijo nela, vamos, dê a mão para ela, vamos, dê um abraço nela"). Com dificuldade eu refreava a indefinida e forte repugnância física.

A primeira vez que a vi, seu rosto se fundia com uma grande bandeja de biscoitos secos e crocantes. Assou uma montanha de biscoitos para a nossa primeira visita, quando veria a filha depois de dez anos como uma cidadã estrangeira e a neta pela primeira vez. Os biscoitos agora na memória dissolviam-se na cor, secura e granulosidade de sua pele.

Me lembro da postura dela, sabia ficar sentada no banco de madeira de três pés, as pernas um pouco entreabertas. Colocava as mãos na barriga, abraçava-a como se fosse o próprio filho e movia os polegares como se estivesse tecendo.

Tricotava malhas de lã grossa, quase sempre sem mangas. Movia os dedos com velocidade inesperada, levantando ao mesmo tempo os cotovelos feito asinhas. Então, naquela primeira vez, ganhei de presente uma boneca grande. Quando mamãe e eu estávamos partindo rumo à estação ferroviária (nem minha avó nem mamãe sabiam então quando e se se veriam de novo), corria atrás de nós enquanto tricotava pelo caminho! Levantava os cotovelos feito asinhas, as agulhas reluziam em suas mãos. Agora, na memória, a vejo como pássaro desajeitado, pesado, que não conseguia levantar voo. Minha imaginação hoje acrescenta àquela imagem raios de sol que se refletem nas agulhas de tricô e colorem os cachinhos grisalhos, transformando o seu cabelo em auréola. Ela corre, tricoteia, balança a cabeça como se estivesse falando com alguém e sorri com um sorriso generoso.

Bem antes da partida do trem, ficou na ponta dos pés, tão pequena, e enfiou em minhas mãos estendidas um par de pantufas de lã para boneca. Era como se pelo caminho tivesse entrançado naquelas pantufas todos os seus medos, todas aquelas perguntas importantes que desejava fazer, mas não conseguira ou não sabia como formular à filha depois da ausência de dez anos.

Minha avó durante sua vida tricotou muitas malhas de lã grossa sem mangas, daquelas que "aquecem os rins". "Sabia tricotar uma malha daquelas em menos de uma hora", diz mamãe. "Suas malhas são eternas", acrescenta como se pronunciasse uma verdade incontestável. Uma está até hoje em meu armário. "Cuide dela", diz mamãe, "é a única coisa que nos ficou da vovó". Isso é verdade. Aquela pequena malha sem mangas e algumas fotografias são as únicas provas materiais da existência dela.

Quando não tricotava, estava arrumando a casa. Recordo sua mão forte e rechonchuda com a qual sacudia várias almofadas, expulsando delas o pó inimigo. Me lembro dela em nuvens de lençóis brancos alvejados ao sol, com os quais lidava como se estivessem vivos, cheirava-os, dobrava-os, borrifava-os com água, passava.

Quando não estava arrumando, estava cozinhando. "Vovó durante sua vida alimentou muita gente", diz mamãe. Percebo que nem ela sabe mais a respeito de vovó, que a memória empalideceu e que por isso pronuncia as palavras como se estivesse batendo pequenos carimbos, com o tom sempre confirmando a lembrança quebradiça. Das comidas de vovó restaram apenas as palavras, minha língua com gosto as leva de um lugar a outro, mas não lhes recorda o sabor.

Bánitsas, *mékitsas*,[31] *djidjipapa* (esta última era uma palavra incomum, "doméstica", que muitos anos depois reconheci como uma simples *french toast*), dezenas de espécies de doces: de rosas, de melancia com nozes, de cerejas vermelhas e brancas, de ginjas, de uvas, de ameixas (com amêndoa descascada em cada uma!), de peras pequenas. Vidrinhos recobertos de um suave hálito de poeira reluziam na penumbra da despensa de vovó com brilho fluorescente mágico.

O auge das habilidades de vovó (e um teatro infantil para mim) era o preparo da massa para a *bánitsa*. Para aquela ocasião era aberta uma grande mesa redonda, e eu com espanto assistia à transformação, sob os dedos hábeis de vovó, de um pequeno caroço de massa num grande paraquedas sedoso.

Lembro que me levava à padaria próxima (com forno para pão!), para onde ela carregava bandejas largas de lata com comida preparada para assar. Tão miúda, barriguda, carregava a bandeja de lata na cabeça como se fosse um guarda-sol. A bandeja ia primeiro, dava a impressão de esvoaçar acima dela, ela corria para alcançá-la. Eu trotava atrás dela. Depois nós, pequeno exército de duas integrantes, entrávamos numa fila comprida. Na fila estavam pessoas com bandejas iguais. Vovó tagarelava com elas e apontava orgulhosa para mim, as pessoas assentiam e davam uns sorrisinhos. Eu perscrutava os ruídos, memorizava os gestos (tendo aprendido logo que "não" quer dizer "sim" e vice-versa), farejava cheiros desconhecidos (cheiro dos trens e do mar), pesquisava sabores desconhecidos (*boza, halva*)[32].

31 *Bánitsa*: massa de farinha e ovos assada em forma de espiral, com recheio de queijo ou carne moída ou verduras; a versão doce pode ter queijo com raspas de maçã ou abóbora. Popular na Bulgária, Macedônia do Norte e Sérvia Oriental. *Mékitsa*: massa de farinha e ovos (iogurte opcional) frita em formato redondo, depois coberta com açúcar em pó; come-se (habitualmente no café da manhã) com mel, ou queijo ou geleia. Popular na Bulgária, Macedônia do Norte e Sérvia Oriental.

32 *Boza*: bebida à base de cereais, açúcar e água, conhecida nas regiões que tiveram contato com o Império Otomano; *halva*: doce do Oriente Médio feito de sementes de gergelim torradas, moídas e misturadas com açúcar derretido, às vezes com pistache, mel ou baunilha.

"Vivemos numa medina turca", dizia vovó. Eu não sabia o que isso significava.

Em casa as meninas sabiam me provocar gritando atrás de mim *Bugáritsa* (Bulgarazinha! Bulgarazinha!) com a mesma entonação com a qual provocavam as ciganinhas (*Tsigánitsa*! Ciganinha!) quando passavam por nossa rua. *Bugáritsa* e *Tsigánitsa* (em vez das formas corretas *Búgarka* e *Tsíganka*) não só se pronunciavam de modo igual, mas também significavam o mesmo: alguém diferente, alguém que não é como nós.

Com 7 anos incompletos, eu conheceria a primeira *Bugáritsa*, uma menina de minha idade. Tive a impressão de que ela havia caído de outro planeta. Com uma fita enorme no cabelo (*панделка*[33] seria, na verdade, a primeira palavra búlgara que eu aprenderia), ela parecia mais um besouro estranho que uma menina. Então, e sem saber, eu tomaria a firme decisão de não ser como ela, de não ser uma *Bugáritsa*, e igualmente firme de não ser sequer uma menina de minha rua.

Com 7 anos incompletos, obteria as primeiras noções de geografia, sem saber ainda que se chama assim ("Está vendo, ali embaixo é a Turquia, ali do lado oposto, a Rússia, ali em cima, a Romênia"). Eu confundiria as palavras "romanos" ("Veja, são escavações romanas") e "romenos" ("Dessa rocha se atirou no mar a bela princesa romena, está vendo?!").

Com 7 anos incompletos, teria também as primeiras noções a respeito de "verdadeiro" e "falso" e concluiria que o falso é muito mais bonito que o verdadeiro. Na cama de minha avó eu veria a cena mais graciosa vista até então: uma almofada bordada da qual pendiam em cachos amoras vermelhas, aqui e ali encobertas por frondosa folhagem verde-clara. Havia deitado de bruços sobre a cama de minha avó e navegava por muito tempo com o olhar através daquela maravilhosa criação feita de fios.

33 Fita, laço. Em búlgaro no original.

Com 7 anos incompletos, eu ouviria *stálin*, veria estátuas grandes que também se chamariam *stálin* e ganharia de presente um livro ilustrado com um jovem maravilhoso que levava na palma da mão o próprio coração ardente e com ele iluminava para as pessoas o caminho através do bosque escuro. O jovem chamava-se Danko, e o homem que criou o jovem, Górki. Maksim Górki.

Com 7 anos incompletos, aprenderia como uma cega o alfabeto Braille da Europa Oriental, sem saber que o havia aprendido, e depois iria reconhecê-lo de modo inequívoco. Reconheceria seu Oriente e seu Ocidente, seu Norte e seu Sul, saberia se estou em Budapeste, Sófia, Moscou, Varsóvia, saberia de olhos fechados, tocando as pequenas letras uma vez aprendidas da Europa Oriental.

A avó morreu jovem. "Estourou o coração dela", diz mamãe. Outras pessoas morrem de infarto, mas, quando se trata da morte da avó, mamãe repete obstinada essa frase anacrônica, sem se dar conta de que por algum motivo a conservou apenas para a avó.

Não sei como morreu. Imagino-a tão pequena, redonda, sentada no banco de três pés, com a barriga que abraçava como se fosse a única coisa que possuía. Morreu terrivelmente sozinha. Assim como, parece, esteve sozinha a vida inteira. Com esses alimentar, tricotar, arrumar e sorrir eternos, as únicas coisas que sabia fazer, aquecia o frio que se acumulava ao seu redor como geada. Uma filha morreu jovem, a outra estava longe. O avô, sempre quieto e sério, morreu alguns anos depois dela, em completo esquecimento, como um filho seu desamparado e abandonado. Feito cauda de uma capa arrastou seu segredo que, parece, tinha um nome simples: indiferença.

As autoridades municipais da cidade de Varna, no mar Negro, em certo ano determinaram a escavação do cemitério local, tendo decidido construir um hotel naquele lugar. "Aí está, agora não existe nem um túmulo", disse mamãe.

Eu não amava a avó. Da maneira que as crianças não amam (ou amam), sem razão. Nem mais tarde consegui passar a amá-la. Como se tivesse memorizado esse desamor infantil e com obstinação infantil o repetisse.

Agora, quando estou redigindo estas poucas linhas, sinto o peso de meus seios, sorrio com um sorriso amplo e generoso. Percebo que às vezes sou tomada por uma inquietude imprecisa. Então, feito desvairada, dou um pulo no comércio mais próximo, compro farinha, açúcar, ovos, leite, nozes e chocolate. Em transe hipnótico faço bolos e ao mesmo tempo sorrio. Quando estão assados, fico apavorada com a quantidade. Depois os coloco em caixas e visito os amigos. Nem eu mesma sei o que tenho, mas havia pensado que lhes apeteceria algo doce, digo sorrindo. Os amigos já conhecem minha fraqueza amalucada, apenas, penso, os confunde a regularidade de minhas "visitas com bolo".

Eu, por outro lado, suspeito que em mim, em intervalos regulares, se instala a alma da minha avó, daquela que eu não amava, daquela "que alimentou muita gente", e me obriga a uma vez por mês repetir o caso dela.

Não tenho ligação alguma com os céus, mas por alguma razão a imagino como um anjinho de seios grandes e cabelo cheio de pequenos cachos brancos. Ali, no céu, ela retira as almofadas celestes, as sacode com a mão rechonchuda e forte. Na cozinha, toda ofegante, estica a massa das nuvens e faz as suas *gurábias*[34], suas *bánitsas*, alimenta os seres celestiais. E, quando estão todos alimentados e fartos, ela se senta numa nuvem como num banco de três pés, abre um pouco os joelhos, apanha as agulhas de tricô e tricota para todos malhas brancas de névoa sem

34 *Gurábia*: tradicional pãozinho doce arredondado da região dos Bálcãs, com origem no Oriente Médio. Feito de massa de farinha de trigo, açúcar, ovos, coalhada e óleo e/ou gordura. Depois de assado, coloca-se no centro um torrão de açúcar.

mangas. Ao mesmo tempo, assente com a cabeça como se estivesse conversando com alguém e dá um sorriso amplo. Às vezes balança seus cachinhos. Gosto de imaginar que nessa hora cai uma geada do céu.

O rato branco rateia a felicidade

Lamento não poder usar seus nomes verdadeiros: são bonitos e harmoniosos, se encaixam um no outro como pentes. Escolherei por isso outros, casuais. Vida e Jannet.

Vida encontrou Jannet como mulher já madura; professora de linguística numa universidade americana, separada, um filho adulto, cidadania americana, renda adequada. Jannet conheceu Vida como uma mulher já madura, psicóloga, especialista em suicídios e comportamento suicida, separada, uma filha adulta, americana desde sempre.

Quando se encontraram, Jannet olhou para Vida com seu olhar azul empalidecido e baixou depressa os olhos. Parecia que com aquele olhar, voltado para as mãos postas no colo, estava amassando as bordas de um lencinho invisível. Lencinho de que ela precisaria se caísse no choro. Vida olhou para Jannet com o olhar inequívoco e cortante como uma bússola cuja agulha promete direção clara na vida. Desde aquele primeiro instante, Vida assumiria o papel de "homem", e Jannet continuaria a ser o que era, mulher.

Eu as conheci num rápido e breve encontro quando ambas deviam ter uns 60 anos. Vida era firme, corpulenta, cabelos curtos, voz profunda, quase masculina. Falava inglês com sotaque forte, que denunciava sua origem iugoslava. Sua aparência , severa e acinzentada, era destruída apenas por um pormenor, um surpreendentemente grande broche plástico com a figura de

Mickey Mouse. Um observador de boa-fé poderia interpretar aquele detalhe mais como um erro inábil de moda que uma escolha consciente da professora de linguística já madura.

Jannet era visivelmente alta, mais alta que Vida, grande, de pele clara suave e cabelos castanho-claros enrolados num coque pequeno. Ao amarrotar com o olhar empalidecido o lencinho invisível (aquele de que precisaria se começasse a chorar), essa Jannet de corpo grande, macio e pesado irradiava uma espécie de embotamento calmo de veludo.

Depois daquele primeiro e último encontro breve, por acaso soube de algumas coisas a respeito delas, por intermédio de seus amigos e conhecidos.

Jannet "traía" Vida (emprego este verbo antiquado, mas, nesse caso, exato) frequentemente e com homens. Quando as conheci, ambas já tinham netos. O filho de Vida casara, a filha de Jannet casara. Jannet tinha um neto, Vida tinha uma neta.

Ambas, portanto, eram avós, mas Jannet continuava traindo Vida com a mesma paixão embotada e persistente. Todos sabiam disso e todos participavam disso à sua maneira. Em outras palavras, Jannet, para suas excursões habilidosas, muitas vezes precisava da ajuda de cúmplices. Ou apenas fazia de conta que precisava.

Traía Vida onde podia: em simpósios, em conferências, em intercâmbios científicos, reuniões, viagens, em toda parte. Jannet traía Vida, mas deixava sempre um rastro, cometia um pequeno erro, porque Vida tinha faro sobretudo para essas coisas pequenas. Jannet retornava obediente para casa, como um cão pastor, e então passavam angustiantes noites despertas acusando uma à outra, chorando, se reconciliando e jurando fidelidade.

O professor David Beers, renomado especialista em autismo de Edimburgo, Tony Bonacci, dono de uma pizzaria no Brooklyn, o doutor János Szabó, de Budapeste, autor de pesquisas sobre fobias, Hans Berberich, garçom em Munique, o professor Erik van Ostaijen, de Amsterdã, especialista na doença de

Parkinson, Paul Lamiche, proprietário de um lava-rápido de veículos em Marselha, Ernest Friedman, de Nova York, especialista em terapia de casais, Armando Pereda, massagista de San Diego, o que todos eles viram na grande e macia Jannet, deixemos para eles.

Eu teria esquecido tanto a Vida de voz grave quanto a infiel Jannet se uma conhecida há pouco não me tivesse contado que as visitou durante sua estada nos Estados Unidos e que a casa em que vivem é "incrível". A casa, contou, está mobiliada como um templo grotesco do inocente deus Mickey Mouse. Roupa de cama, roupa íntima, almofadas, cobertores, cortinas, toalhas, panos de prato, porta-copos, copos, pratos, tapetes, tudo tinha a mesma imagem, a figura de Mickey Mouse. Vaso sanitário, poltronas, lâmpadas, cabides, pilhas de brinquedos de plástico e de veludo, chaveiros, *pins*, esses objetos todos perpetuavam o mesmo símbolo inocente, de Mickey Mouse. Também as pantufas, ambas possuíam pantufas quentes de couro com a cabeça e as orelhas de Mickey. Também o telefone e o relógio de pulso de Vida, que a cada hora completa exibia a imagem de Mickey, os cartões-postais que Vida escrevia e enviava aos amigos, tudo isso tinha o mesmo carimbo, o mesmo símbolo, o mesmo brasão. Afinal, isso não era difícil. A indústria americana da felicidade oferecia a Vida um rico suprimento.

Suponho que Vida tenha ido para a América há uns quarenta anos em busca de seu anjo e o tenha encontrado em Mickey Mouse. Jannet, que lembrava um enorme brinquedo infantil de veludo e irradiava a mesma indiferença de veludo, converteu-se naturalmente no Mickey Mouse de Vida. O anjo de Vida. Todo o restante, aquela casa "incrível", era apenas uma realização kitsch de um certo sonho profundo de felicidade.

Não me disponho (enquanto troco de mão o cartão de visita de Vida com a imagem do herói da Disney no canto esquerdo) a repisar de forma rude o tema e dizer que Mickey é apenas um rato. Um rato, já se sabe. Prenda o rato na garrafa, diz o povo. Seria barato e inexato afirmar que o rato é o substituto metafórico para o pênis.

Basta dizer que Jannet e Vida se encaixam como pentes. A eslava Vida encontrou a felicidade no mito americano inocente (o rato!) que ela reconheceu na enorme Jannet. A americana Jannet adoeceu pouco a pouco com o recidivo vírus eslavo: com o olhar azul amarrota o lencinho invisível, dobra as bordas e vai mentindo consciente.

Vida e Jannet estão envelhecendo juntas. Tenho a impressão de que a grande Jannet morrerá antes de Vida. Talvez por causa do olhar que baixa rapidamente nas mãos que repousam tranquilas no colo. O de Vida é inequívoco e cortante, como a agulha de uma bússola. Jannet morrerá vitimada por um infarto, inequívoco e cortante, como a agulha de uma bússola.

Vida, sem saber quando isso aconteceria, encomendou duas urnas de mármore: em cada uma, como brasão incomum, está discretamente gravado Mickey Mouse, com asas pequenas e ternas. Ao observador não ficará claro o que de fato aquele pequeno enfeite representa, um morcego ou um anjo.

Vida transformará Jannet, seu único amor, em cinzas, e depois ela própria se transformará em cinzas. Vida sobretudo arrancou de Jannet, especialista em suicídio e em comportamento suicida, um único conselho profissional: qual é a maneira mais indolor e mais confiável de cometer suicídio. Com a dose certa e confiável de comprimidos, um dia adormecerá abraçando uma das dezenas de Mickeys Mouses de veludo.

Mas, antes de adormecer para sempre, uma imagem de sua infância iugoslava deverá visitá-la, a do cigano que numa feira de província está gritando: O rato branco rateia a felicidade! Afundará no sono no último quadro claro com as patinhas do rato segurando o bilhetinho com o destino futuro dela, aquele que agora se cumpriu, e que não tem mais sentido, mas tem sentido...

A essa história acrescento ainda que, segundo o *Dicionário dos simbolos*, de J. Chevalier e A. Gheerbrant, "utilizam ratos para prever o futuro em muitas tribos da África Ocidental. Em Bambara estão duplamente ligados ao ritual de circuncisão.

Dão-lhes os clitóris circuncidados das jovens, uma vez que se acredita que o sexo do primeiro filho da jovem será determinado pelo sexo do rato que comer o seu clitóris. Também se afirma que os ratos transmitem aquela parte da alma das jovens circuncidadas (a parte masculina do sexo feminino), que deve retornar a Deus aguardando a reencarnação".

Gute Nacht, Christa

Conheci Christa numa cidade americana de província durante minha estada de vários meses. O destino, sob a forma da dona de casa Sally, cidadã americana recente e exilada política de Uganda, nos atribuiu um apartamento comum, melhor dizendo, uma cozinha comum. Sally, que em seu mapa imaginário reduzia Berlim e Zagreb a um ponto geográfico, deixou que utilizássemos a louça, pratos, talheres e copos, selando solene com esses objetos o convívio temporário meu e de Christa.

Naqueles poucos meses a cozinha se tornou nosso local comum, nossa pátria provisória, navio em que flutuaríamos pelo passado, presente e futuro, unidas por nada mais que o entendimento geral de Sally de geografia.

Na cozinha é que nos movimentaríamos limitadas pelo espaço pequeno, abriríamos a geladeira, nos sentaríamos apertadas cada uma em sua banqueta, estaríamos acotoveladas na mesa, conversaríamos, comeríamos, beberíamos ou espiaríamos pela janela sobre o parapeito abundantemente repleto de alho, cebola, pimentões semissecos e através daquela *nature morte* observaríamos a paisagem americana caracterizada por nada.

Logo que me instalei, eu nem tivera tempo de desfazer as malas quando Christa apareceu à porta de meu quarto e me convidou para almoçar. Enquanto se balançava vagamente, segurando o cigarro como Marlene Dietrich segurava a piteira, e com forte sotaque alemão, esclareceu:

— *I cooked for thirty fishermans*![35]

Naqueles dois meses e meio Christa cozinharia e voltaria a cozinhar, beberia e choraria, certa vez bêbada pulou no rio sujo local e foi salva, três vezes quase provocou um incêndio (porque adormeceu com o cigarro aceso) e três vezes se apaixonou "mortalmente"[36].

Em dois meses e meio de cozinha eu descobriria que Christa era assombrada por dois pesadelos. Ambos estavam atados por um nó duplo, mas um deles não era possível desatar, e o outro sim, pelo menos sob o meu ponto de vista. O primeiro, que não se podia desatar, chamava-se Muro de Berlim[37] e o nome do

35 Christa não conseguia aprender línguas estrangeiras. Inglês, língua em que nos comunicávamos, ela conhecia mal, mas se comunicava com precisão surpreendente:

— Não consigo aprender uma língua estrangeira, sou poeta, preciso continuar na prisão de minha língua – me disse. [NOTA DA AUTORA]

"Cozinhei para trinta pescadores." Em inglês, com erro no plural de "pescadores", no original. [N. T.]

36 Apaixonou-se por um irlandês, um búlgaro e um taiwanês. O irlandês desistiu de continuar com ela, porque de qualquer modo o breve encontro na cama foi apenas resultado da bebedeira de ambos. O búlgaro largou Christa por causa de uma americana da qual nos lembrávamos bem, porque no dia de Halloween ela se enfiou no quarto do búlgaro fantasiada de orangotango ("Porco, me trocou por um orangotango!"). Apaixonou-se platonicamente pelo taiwanês devido à beleza e esteve obcecada por ele até que não aparecesse a beleza de porcelana, a mulher legítima do taiwanês. "China *bitch*!", comentou brevemente Christa. [N. A.]

37 O Muro de Berlim vi de ambos os lados. Meus guias casuais de cordialidade intransigente, croatas, um casal de trabalhadores convidados, arrastaram-me de Berlim Ocidental para a Oriental contra minha vontade.

Lembro-me das caminhadas penosas de longas horas pelas ruas largas da Berlim Oriental semivazia no domingo. O intransigente croata cordial quis me impressionar com um almoço suntuoso, o único que poderia pagar, e se sentir assim como um "homem" no restaurante Moskva, onde com esforço acabamos administrando o cardápio abundante, a começar pelo antepasto

segundo, que seria possível desatar, à moda antiga, mas nem por isso de modo menos doloroso, era lar. Christa ao redor deles, como ao redor de grandes carretéis, enrolava os fios tensos de sua vida.

Não é decente narrar de novo a vida contada por outras pessoas, não é digno compor o gênero humilhante da "biografia curta" das conversas na cozinha (Christa, por falar nisso, falava de sua vida da mesma forma como cozinhava)[38]. No entanto, enquanto a maioria das pessoas vive como num sonho, como se estivesse escrevendo de modo persistente, e alguém ficasse apagando em seu encalço, outros, uma minoria, estendem a própria biografia até com as ações mais banais.[39] Christa era uma biografia ambulante.

Nasceu na Alemanha Oriental. Perdeu os pais na infância e acabou numa casa para crianças desamparadas. De lá ela foi retirada e adotada por um casal decente de meia-idade, mas Christa logo fugiu de sua casa recém-conquistada e viu-se de novo

de bananas flambadas. Enquanto isso meu guia casual filmava com a câmera recém-adquirida cada passo nosso, incluída a chama final da banana flambada. Apenas duas horas depois assistíamos a nós mesmos pela televisão no modesto apartamento deles em Berlim Oriental. O apartamento feito ninho de estorninho estava enfeitado com símbolos tristes, que poucos anos depois, recebendo glórias, brotariam em sua verdadeira pátria e serviriam na época da derrubada de um muro para o erguimento de um novo, dessa feita entre croatas e sérvios. Por falar nisso, bem nesse período chegaria a última carta "polonesa" de Christa. [N. A.]

38 Christa cozinhava muitas vezes e com prazer. Cozinhava e ao mesmo tempo bebia de modo obrigatório. Picava a cebola e tomava um copo inteiro, picava a salsinha e tomava um copo inteiro, fatiava a carne e tomava um copo inteiro. Com os copos tomados, marcaria um ritmo seu, interno. Deixava o cozimento pela metade, porque sempre se embebedava. Sempre havia comida suficiente para umas trinta pessoas. As proporções ela aprendeu num barco de pescadores e nunca mais soube adequá-las. Cozinhar e beber copo após copo de modo sincrônico era o preenchimento de um evidente ritual seu cujo sentido interno apenas ela sabia (ou não sabia). [N. A.]

39 Afinal, seja justo ou não, a vida é, em última análise, apenas isto: uma "biografia curta". Esses pequenos números, esses pequenos fatos nus, não aquele "núcleo lírico" (D. Kiš) a partir do qual nosso destino continua sendo escrito. [N. A.]

numa casa para desamparados. Mais tarde matriculou-se na faculdade, conheceu um islandês perdido que se apaixonou por ela; casou-se, viajou para a Islândia, cozinhava num navio de pesca para trinta pescadores, limpava peixes numa fábrica de peixes, depois teve dois filhos e fugiu depressa do lar recém-formado para a Itália, com o primeiro dos muitos amantes posteriores. Depois de vagar apaixonadamente por dois anos pela Itália, o amante voltou para a Islândia e Christa para a Alemanha, dessa feita para Berlim Ocidental (fora exilada permanentemente de Berlim Oriental), onde escrevia poemas, tentou o suicídio várias vezes, sem êxito, bebia, sofria, retornava à Islândia cheia de esperanças exatamente como se retornasse a Berlim Oriental, depois desistia, tendo adquirido o complexo de Medeia em caráter permanente (os filhos islandeses viviam na Islândia com o pai).Viajava para o norte, sul, oeste, leste, buscando frenética e em vão um substituto para a pátria perdida, viajava para onde podia, e para muitos lugares, a China, o Brasil, a América. Para a Romênia foi várias vezes, levando roupas e comida em conserva para os alemães romenos.

Em Berlim, todos os dias ia até o Muro, subia ao mirante e observava o outro lado por horas, acocorada feito um pássaro. Era uma militante, acolhia fugitivos, alimentava emigrantes da Alemanha Oriental, odiava os russos, preocupava-se com os "orientais", romenos, poloneses, húngaros, búlgaros, tchecos, bebia de novo, agitava, odiava, ameaçava do mirante com o punho forte (enrijecido na fábrica islandesa de peixes) na direção de Berlim Oriental, depois das viagens aterrissava no aeroporto de Berlim Oriental, chorava e xingava terrivelmente os alfandegários de faces pétreas de Berlim Oriental, acusando-os de terem sequestrado sua pátria.

Alugava apartamentos cada vez mais perto do Muro. Em Kreuzberg, entre turcos, gregos e iugoslavos, sentia-se mais próxima de sua verdadeira pátria, que era, repetia confiante pela milésima vez, justamente a Alemanha Oriental.

Da América escrevia cartas para Janek, um polonês, pedreiro, fugitivo, amante com quem viveu, vinte anos mais jovem que ela. Escrevia cartas, emborcava a garrafa de vodca, chorava e telefonava com frequência, escutando extasiada o gorgolejo da língua polonesa, que ela não entendia, respondendo deslumbrada em alemão, que Janek, por sua vez, não entendia.

Na cozinha, nossa nave da qual se estendia a vista na paisagem americana caracterizada por nada, Christa, enrolada de modo convulsivo em seus dois pesadelos, começou aos poucos a se desenrolar em direção a uma resolução, e a sonhar como poderia "montar um lar" em algum lugar do mar Adriático.

Na cozinha também nos separamos, desembarcando da nave americana que de qualquer modo não navegava para lugar algum, e embarcamos cada uma em sua direção, certas de que de fato nunca mais nos encontraríamos.

Christa deu sinais de vida depois de dois anos de uma ilha no mar Adriático, onde apesar de tudo conseguiu "montar um lar". Escolheu uma ilha num país que não era nem Ocidente nem Oriente (de uma cidade ocidental enredada pelo Oriente, no Oriente envolto no Ocidente).

Eu a visitei num verão e fiquei atordoada com o lugar que não se parecia em nada com algo dálmata. Era uma aldeia mal-apanhada, abandonada, sem uma árvore sequer, com rochas cinza desgastadas, casas disformes que não se pareciam com nada e não pertenciam a lugar algum. Ainda assim, foi aí que ela "montou um lar", levou os livros, equipou a cozinha como se fosse o depósito de um navio, plantou em pequenos vasos plantas azuis miúdas que havia trazido da Alemanha.

Christa permitiu que eu passasse ali o verão e, justificando que não suportava o calor, viajou para Gdańsk, a fim de encontrar o novo amante, outro polonês, o novo Janek, operário do estaleiro local (me contava tudo isso na cozinha, claro). Passei alguns dias naquela aldeia no meio do nada, e um dia, quando o firmamento enegreceu, começou a ventar e desabou a chuva, eu tinha certeza de que a ilhota dálmata era parecida com a islandesa, embora nunca tenha estado na Islândia.[40]

Quando deixei a ilha, por alguma razão eu sabia que nunca mais nos veríamos. Pensei nela nos dias da queda do Muro de Berlim. E então a esqueci.

Depois de muito tempo chegou uma carta dela de alguma aldeia da Polônia. Construiu uma casa, pequena, de madeira, com jardim. A casa, suponho, foi erigida por nem mais nem menos que trinta pedreiros. Christa cozinhava para trinta pedreiros, como outrora para trinta pescadores. A casa, suponho, balança um pouco. Christa dorme na casa um sono tranquilo, como alguém que ganhou entrada para o céu. Sobre a aldeia polonesa brilha uma lua clara. No sonho, Christa cozinha. No sonho, limpa peixes. No sonho, Christa destrói. No sonho, constrói. No sonho, balança.

Gute Nacht, Christa. Schöne gute Nacht... É o que está escrito no curso de alemão para iniciantes que ela me presenteou uma vez. Pertencia a Janek, aquele primeiro Janek, que sublinhou o nome Christa e, no lugar de um ponto de exclamação a lápis, desenhou um pequeno coração, e que nunca saiu da primeira lição. Enfiou-se no Canadá. Lá trabalha como *carpenter*,

40 Soube dos moradores que gostavam dela como os habitantes do Mediterrâneo gostam de seus "originais". E assim a deixavam intocada. Sua presença traçava um círculo mágico protetor ao redor e os locais, contra sua própria natureza, recuavam. Acostumaram-se a que saísse de casa debaixo da maior chuva e vento, enquanto os outros permaneciam em casa, e que ela ficasse em casa enquanto eles estavam fora. Durante sua estada houve apenas um escândalo. Christa foi atacada por uma moradora que a acusou de lhe ter roubado o marido. "Bobagem", disse Christa, "com aquele bobalhão eu só bebia..." [N. A.]

conforme contou para Christa muito mais tarde num cartão-postal com uma paisagem canadense indiferente.

"Imagine", escreveu Christa na carta, "nem sabia que o MURO DE BERLIM havia sido derrubado! A construção da casa me monopolizou; além do mais, aqui é um abandono terrível, não chegam jornais, não vejo ninguém..."[41]

Sobre a isolada aldeia polonesa, sobre a casa de madeira de Christa brilha uma lua límpida. Christa, de uns tempos para cá, em sonho pronuncia palavras em línguas que se recusou terminantemente a aprender: islandês, polonês, croata. Christa pronuncia as palavras desde que o Muro de Berlim foi derrubado. *Gute Nacht, Christa. Schöne gute Nacht. Schlaf mit den Engelchen ein...*[42]

41 Há pouco um jovem autor alemão filmou um documentário a respeito de uma jovem da Alemanha Oriental que sofreu um acidente de automóvel e ficou muito tempo em coma. Quando saiu do coma, percebeu que um ano tinha sido completamente apagado de sua memória. Aconteceu em 1989, ano da queda do Muro de Berlim. [N. A.]

42 "Boa noite, Christa. Uma bela noite. Durma com os anjos..." Em alemão no original.

EPÍLOGO

A história de Christa explica o cerne da memória caprichosa, do arquivamento inconsciente de biografias casuais, fotografias casuais, de coisinhas aleatórias que renitentes mantemos ao nosso redor sem saber de fato por quê. Na topografia secreta de nossa vida descobre-se que elas, essas coisas casuais, estão conosco por motivos que só mais tarde podem, mas não devem, confirmar sua profunda legitimidade. As casualidades, parece, são atraídas por nosso polo magnético pessoal, ao nosso redor de repente descobrimos tanto o prego quanto a corda, não sabemos explicar de onde e por que estão aqui. No final, sempre banal, verifica-se que o prego está aqui para que um dia o cravemos, e que a corda está aqui para que um dia nos enforquemos.

A biografia de Christa foi atraída por meu campo magnético por algo que na época eu não sabia, nem poderia saber. Escrevi a história de Christa e alguns anos depois acabei no próprio centro dela. Estou em Berlim, dois pesadelos me perseguem, ao redor dos quais, como dois grandes carretéis, vou enrolando as cordas tensas de minha vida. O nome de um é lar, aquele que não tenho mais, o outro é o muro, aquele que brotou em minha pátria perdida. Em Berlim subo com frequência em mirantes invisíveis e ameaço com o punho de modo indeterminado em direção ao sul. Nos pesadelos estou construindo o lar que sempre se destrói de novo. Trouxe comigo o curso inicial de alemão de Christa-Janek. Não me dou bem com o alemão. Em minha estada temporária em Berlim embalo a mim mesma no sonho. *Gute Nacht*, sussurro na escuridão. *Schöne gute Nacht*... É só isso que sei.

Uma noite em Lisboa

A primeira coisa que me veio à mente em relação a Lisboa, cidade em que estaria pela primeira vez, foi o título do antigo romance de Remarque, *Uma noite em Lisboa*. O romance de Remarque fala de um tempo já esquecido em que "o homem não valia nada", mas "o passaporte certo valia tudo". Encontrei essa citação enquanto aguardava já havia algumas horas no escritório de Berlim Oriental para prorrogar o visto alemão, e depois mais umas duas horas no pequeno escritório do consulado de Portugal em Berlim Oriental, tudo com Remarque nas mãos. Em meu passaporte suficientemente sarapintado com vistos, o visto português verde apresentava-se promissor.

A Lisboa viajei com bagagem, ou talvez sem bagagem alguma, dependendo de como se vê. Eu havia perdido a pátria. Não havia me acostumado à perda ainda, nem ao fato de que ganhei uma igual, mas diferente. Num só ano eu havia perdido o lar, os amigos, o emprego, a possibilidade de retornar logo, mas também a vontade de voltar. Enfim, uma história longa demais para ser contada aqui. Aos 45 anos, eu me encontrava no mundo com uma mala na qual havia o estritamente necessário, exatamente como se o mundo fosse um abrigo. A lembrança do abrigo, onde havia me protegido durante os alarmes aéreos junto com meus concidadãos, era recente ainda. Minha bagagem ora parecia pesada demais, ora vergonhosamente leve, os sentimentos dependiam da disposição. Empenhava-me em pesar minha perda numa balança imaginária geral, costumava ser reconfortante.

A Europa estava cheia de gente como eu. Em toda parte, encontrava meus compatriotas, bosníacos, croatas, sérvios. Nossas histórias eram diferentes, mas todas de algum modo se resumiam ao mesmo. Eu, na verdade, desmontei minha "casa" sozinha. Previ que "a guerra e a ditadura são irmãs", o que o velho Remarque sabia. Sim, escrevi algo que não devia. Fiz, reconheço, mais por incapacidade de me ajustar à mentira geral que pelo desejo de ser heroína. Eu estava num período em que a mentira, como estratégia legítima, só pode ser suportada na literatura, mas na vida não mais.

Assim como meus inúmeros compatriotas, refugiados, eu sentia medo diante do futuro incerto no qual a única coisa certa era um passaporte de pouca utilidade. Se fosse uma criminosa, talvez um passaporte similar servisse, mas eu era uma escritora. Não encarava de modo dramático minha situação, apesar disso. Meus livros começaram a sair devagar em edições modestas em línguas estrangeiras. Por causa disso, afinal, havia sido convidada a Portugal para um encontro literário de dois dias.

Movida por uma representação romântica de Lisboa, pedi aos anfitriões que me reservassem um quarto de hotel barato uns dias antes do início do encontro. Acontece que o hotel não era tão barato. Em vez de uma pensão pequena, romântica, como eu havia imaginado, acabei num hotel mais novo de construção banal que em tudo lembrava os da Europa Oriental. A recepção, o pequeno bar e os corredores estavam impregnados pelo cheiro rançoso de fumaça de tabaco. Na recepção, num envelope, me esperava o dinheiro, meus honorários deixados pelos previdentes anfitriões do encontro. A rua Castilho estava deserta, caía um crepúsculo sujo, com vento e úmido.

De manhã tive a impressão de ver a cidade através de um vidro meio embaçado. O guia e o mapa, que comprei na primeira banca de jornal, mal consultei. Deixei que o instinto me conduzisse e em breve constatei contente que saí exatamente onde desejava, na água, na margem do rio Tejo, que no começo pensei que fosse o mar. Ali fiquei sentada por muito tempo numa cafeteria, tomando o café da manhã enquanto observava o rosto das pessoas que desembarcavam do navio.

Depois, passeando, me perdi num bairro de ruas barulhentas e estreitas. As pessoas estavam paradas fora, conversavam, chamavam-se aos gritos, tagarelavam, discutiam. Diante de tascas enegrecidas parecidas com cavernas havia pequenos balcões improvisados de verdura, carne, vinho. Ao redor dos balcões zuniam enxames de moscas, passavam cães e gatos, passavam transeuntes, compradores, loucos do lugar. Estava na Alfama. Com o bulício denso e o calor da névoa, quase perdi os sentidos. Tive a impressão de estar no próprio coração do Mediterrâneo, na verdade, expandido na orla do Atlântico. Aturdida, tomando fôlego, me arrastava por um de seus ventrículos.

Ao Castelo de São Jorge cheguei num bonde pequeno, aberto, no qual os passageiros estavam pendurados como cachos. A cidade parecia um melão maduro demais. Até o céu, que milhares de andorinhas nervosas rasgavam, estava amarelo.

Voltei ao hotel pelo caminho que memorizei, pelo Rossio. Na cerração amarela tinha a impressão de que em todos os lugares via vendedores de bilhetes de loteria. No quarto do hotel adormeci com sono pesado, inebriante e tropical.

Ao anoitecer subi ao Bairro Alto. Pretendia jantar num dos pequenos restaurantes que o guia recomendava. Parei diante da porta do restaurante fingindo estudar com cuidado os cardápios pendurados. Em determinado momento fui tomada por uma sensação incontrolável de pânico. E enquanto estava parada, grudada em frente à entrada de um restaurante qualquer, notei o rosto do jovem. Estava encostado ao muro diante da entrada do café vizinho, rodeado de jovens que flanavam ociosos como ele. Sorriu, disse alguma coisa e, apesar de estar próxima, me pareceu muito distante, como rostos numa foto de grupo engordurada. Distraída, continuei rua abaixo sem saber para onde estava indo.

Ele me esperou no final da rua. E, como se tivesse medo de que eu lhe escapasse, depressa perguntou em inglês se eu tinha alguma coisa contra tomarmos um café, conhecia um lugar ali perto.

— Ainda é cedo para o Bairro Alto. A vida aqui começa depois da meia-noite...

Estávamos sentados num café aberto na praça. Ele me perguntou de onde eu era. Respondi de modo simples. Geralmente esclareço, adiciono notas de rodapé.

— Aha!... *Vo-lim-te?*[43] – pronunciou o jovem com entonação interrogativa e acrescentou amável: — Uma compatriota sua me ensinou.

O jovem me lembrou os "gaivotas", eram chamados assim no Adriático os rapazes que nos anos 1960 distraíam as primeiras turistas estrangeiras utilizando um repertório de umas cinquenta palavras numas dez línguas. Tinha uma voz insolitamente agradável, abafada. Desculpou-se por não saber inglês, embora tudo o que dizia soasse simples e correto. Tirou da carteira a fotografia de uma loira jovem, bonita.

— Era minha noiva. Uma norueguesa – explicou.

Ele me contou a seguir que os pais viviam no Porto, que tinham casa lá, que estava sozinho em Lisboa, que estava ali havia poucos meses, embora tivesse nascido ali, que viveu pelo mundo afora, durante mais tempo no Brasil, depois um tempo na Alemanha, na Noruega, que se sustenta fazendo joias para lojas de suvenires, que Lisboa era, comprovadamente, o melhor lugar do mundo.

O relato simples da vida do jovem me tocou. Tinha um rosto de fato bonito, melancólico, lábios carnudos, grandes olhos puxados, cabelo negro brilhante recolhido na nuca num rabo de cavalo e uma aparência juvenil.

— Fernando Pessoa, nosso poeta – disse o jovem não sem orgulho, apontando na direção da escultura no banco de bronze em que estava sentado o brônzeo poeta.

Sobre a praça, com bonitas fachadas danificadas, pousava um crepúsculo úmido e pegajoso.

— Quer que lhe mostre um pouco o Bairro Alto? – perguntou amável o jovem.

Enquanto subíamos a rua, percebi que acompanhava com dificuldade seus passos ágeis. Parei um instante para tomar fôlego.

43 "Te amo", em croata.

O jovem desapareceu numa viela estreita. Depois reapareceu e acenou amável.

— Onde está? Venha, vamos por um atalho…

E me estendeu a mão. Por um instante parei indecisa, e depois a agarrei.

Depois, mal me recordo. A memória daquela noite é de pesadelo, uma série de imagens esfaceladas, rápida viagem noturna inebriante. Me lembro de um homossexual no balcão, seu forte braço nu, vinho do Porto em cálices pequenos, som de fado que feito umidade abafada se alojava nos visitantes, havia também um bêbado holandês, certo português polonês ou polonês português parecido com um galgo em cuja mão meu acompanhante enfiou dinheiro, recebendo em troca um pequeno torrão de haxixe, depois certo inglês *desesperado*[44] e sua amiga, uma prostituta local, lembro a velocidade e a facilidade com a qual meu acompanhante enrolava um baseado com uma das mãos, lembro de uma agulhada de ciúme quando uma mulher jovem abraçou e beijou meu acompanhante, depois o contato cada vez mais frequente de sua mão, suaves beijos no pescoço, me recordo de como me convencia a tomar um táxi e ir a tempo ("Por que a tempo?"), lembro a paixão quente, intensa, num banco no parque da avenida da Liberdade, onde a cada instante nos iluminavam os faróis dos automóveis que passavam, lembro que me beijava com paixão e ternura, lembro do olhar debochado do recepcionista do hotel, de meu despertar durante a noite e da linha nacarada, praticamente fluorescente, da coluna do jovem, as nádegas infantis encolhidas, o cabelo solto de brilho escuro, me recordo do brilho de meu rosto no espelho do banheiro, da perda de fôlego no confronto, do pensamento afiado e frio como faca, quanto envelheci sem ter percebido, mergulho em novo sonho como no desespero, recordo meu braço estendido na escuridão que não se decidia a tocá-lo, minha mão lenta e pesada, a manhã em que me beijava com paixão igual, lembro afinal de suas costas incomumente eretas na camisa axadrezada preta e azul que se deteve à porta como se aguardasse algo…

44 Em português no original.

— Voltarei à noite – disse ele sem olhar para trás.

Depois de sua partida fiquei deitada por muito tempo numa espécie de sonolência pesada e quente, e por fim me levantei. Me dei conta de que precisava conferir o dinheiro que havia deixado no cofre do quarto e a carteira na bolsa. Tudo estava no lugar. Esse meu gesto, devido à naturalidade com a qual o executei, me atirou no desespero. Sim, estava velha, muito mais velha do que realmente era.

Passei a tarde no quarto do hotel na penumbra assistindo na televisão a uma novela brasileira e, apesar de não entender nenhuma palavra, chorei.

Meu rapaz não apareceu. Chamava-se António.

No dia seguinte, ao visitar Lisboa, eu estava me punindo fisicamente. Subi no velho elevador de Santa Justa, por muito tempo contemplei o céu azul-amarelado através da cúpula lacerada do Convento do Carmo, fui à Torre de Belém, andei muito pelo Mosteiro dos Jerónimos, caminhei na direção totalmente oposta da cidade até o Museu Gulbenkian. Procurava em todos os lugares a cabeça bonita e tristonha de António.

Ao anoitecer, no quarto do hotel eu tremia, me contive com freio invisível e não fui ao Bairro Alto. Saí tarde, perambulei até à meia-noite pelas ruas da cidade encontrando mendigos, drogaditos, indigentes. Subia em direção a meu hotel pela avenida da Liberdade acompanhada por um vento viscoso de sabor adocicado. Num instante, ao olhar de soslaio, via a mim mesma como heroína de uma história de amor barata. "Sacudia-me a ansiedade", bem assim, "enlouquecia de ansiedade" por vê-lo mais uma vez. Remexia na boca de um lado para outro a bala cujo sabor havia já esquecido: o gosto da humilhação, da doce febre, do protesto interior e do apaziguamento desamparado. No hotel olhei indagativa o recepcionista na esperança de que me detivesse e dissesse que havia um recado para mim. O recepcionista acompanhou meus passos até o elevador com um sorriso zombeteiro.

Na terça-feira tomei o trem na estação do Cais do Sodré e visitei os locais turísticos próximos, Estoril e Cascais. Seguia obediente meu guia como se a obediência turística me salvasse da ansiedade de vê-lo mais uma vez. Ao anoitecer me libertei das rédeas invisíveis e me apressei ao Bairro Alto. O antigo bairro da cidade pulsava ao ritmo de meu coração turbulento. Caminhava pelas ruas estreitas, parava ao lado de pequenas tavernas negras. Nos covis escuros as pessoas do bairro assistiam à televisão, jogavam baralho e bebericavam vinho. Numa dessas tavernas, onde iluminadas por uma luz embaciada estavam sentadas mulheres idosas, pousei o olhar num grande quadro a óleo de uma jovem beldade pendurado na parede. Ao perceber meu olhar, uma velhinha ressequida, exatamente igual a uma aparição num pesadelo, veio até a porta, direcionou o próprio olhar para o quadro, suspirou então, acenou com a cabeça e indicou com o dedo uma velhota corpulenta que fitava a televisão absorta. Era a jovem do quadro. Essa pantomima soturna, essa breve aula visual a respeito da fugacidade da vida, essa velhinha que feito comissária grotesca da navegação da vida indica as direções, se cravou em meu coração feito turvo presságio de perda.

Um vento nervoso, úmido, inflamava minha inquietação. Rumei para um bar atraída pela voz de Billie Holiday, me sentei junto ao balcão e pedi um porto. A encantadora voz anasalada amarrotava o ar adensado de fumaça de cigarro. Senti fraqueza, ansiedade, com o gosto do porto na boca. Em algum bar em que homens negros dançavam mexendo os quadris com vigor, tomei meu segundo porto. Em algum terceiro bar fiquei sentada presa pelos sons do fado e esperava persistente pela face bonita e tristonha de António.

Então não sabia que ao procurar António estava de fato buscando o verdadeiro fim da história. Quando estava convencida de que não o veria mais, ele irrompeu de algum lugar, sentou-se à minha mesa como se tivéssemos combinado, beijou-me no rosto e com voz abafada disse:

— Vamos...

A descrição de cenas de amor, até mesmo nas páginas dos maiores romances, sempre beira a pornografia. O que torna as cenas de amor grandes não é a habilidade do autor na descrição, mas o contexto, a história. Eu não a tinha. Encontrava-me na fórmula esfolada do gênero pornô como numa ratoeira.

António e eu acendemos cigarros pós-coito. António soprou a fumaça e anuviou o rosto.

— O que foi?

Olhou-me com seus grandes olhos escuros e amendoados e disse com amargura:

— Nós dois não somos iguais.

— Como não somos iguais? – perguntei cautelosa, convencida de que se seguiria uma réplica sobre nossas idades.

— Sou um homem com problemas – disse António simplesmente.

O homem com problemas vacilou de início em falar, e quando se pronunciou precisei correr para juntar os fios. Sua história fragmentava-se, rompia-se, escapava e serpenteava como a própria mentira. Acabou revelando que precisa pagar o aluguel, no dia seguinte era o último prazo, se não pagar, o proprietário confiscará as suas coisas, objetos valiosos e ferramentas para as joias. Acontece que o total era vultoso e não havia ninguém em Lisboa que lhe emprestasse dinheiro. Revelou que não podia pedir aos pais, que não queriam nem saber dele. Revelou que o pai era um antigo fascista que depois da queda do regime de Salazar fugiu do país (para o Brasil? Para a Alemanha?). E graças a Deus que sumiu, a vida inteira os maltratou, maldito beberrão. Nem a mãe era melhor. Mal esperou que o pai desaparecesse para poder respirar liberdade.

— Era horrível quando chegava em casa e encontrava o cinzeiro cheio de bitucas. E minha mãe não era fumante.

A casa que comprou com o trabalho na Alemanha ele deixou para a mulher, alemã ou norueguesa. Depois revelou que um dia a flagrou na cama com outro, que se enojou dela, bateu a porta e deixou o lar para sempre. A partir daquele instante sua vida está deslizando de modo ininterrupto para o abismo.

António ilustrou com clareza "a vida deslizando de modo ininterrupto para o abismo" girando o polegar para baixo.

Existe algo de irresistível quando o mentiroso mente na língua que não conhece. As frases de António eram simples, desprovidas de sentimentalismo. Se mentisse em português, a mentira, creio, ficaria evidente. Assim, num inglês descarnado, aparentava ser verdade. De outro lado, suas palavras encobriam uma realidade que eu não conhecia, e por isso pedi auxílio à imaginação que chegou embebida pela umidade da novela brasileira, aquela a que havia pouco assistira, à tarde, nesse mesmo quarto e que me fizera chorar. E, apesar de Portugal não ser o Brasil, nem a vida ser uma novela, tudo se fundia numa só coisa, e eu sacudindo-o disse:

— A vida é imprevisível, António, num momento estamos perdendo, noutro ganhando...

O que é o mais provável é que tendo pronunciado essa bobagem eu própria acreditei nela e praticamente me comovi com o que disse.

António me abraçou e suspirou triste. Nos beijamos por muito tempo e com paixão. Uma pequena pausa de fado com o tema da "vida que desliza para o abismo" não diminuiu a nossa luxúria. Ao contrário.

Pela manhã António se vestiu depressa, foi em direção da porta, agitou os braços, impotente sentou na cama ao meu lado e apoiou sua cabeça bonita nas mãos.

— O que faço? – disse com desespero na voz.

De novo repassamos o caso. Amigos? Não tem amigos. Está em Lisboa há alguns meses, não conseguiu fazer amigos. Irmãos? Tem irmãos, mas não tem boa relação com eles. Nunca lhe emprestariam dinheiro. Adiamento? Não vem ao caso, o proprietário ameaçou com polícia, vai acabar preso. Receber por trabalho? Não tem maneira de ganhar dinheiro tão depressa. Sim, tem, na verdade, uns tipos gays encontraram-lhe um local num bar de gays para fazer strip-tease, uma vez tendo bebido um pouco a mais, fez por brincadeira, gostou, não tem nada contra homossexuais embora ele próprio não seja, mas de qualquer maneira aquele dinheiro ele não receberia já. Não, não enxerga nada mais, de verdade não vê outra maneira. Acabará na prisão. É lógico. A prisão é o abismo legítimo para o qual a vida desliza de modo ininterrupto...

António estava despedaçando meu coração. De repente, ou pela fragilidade amorosa matinal e pela noite maldormida, ou por causa do desespero sedutor instalado em minha cama, me despedacei também. Ao tomar fôlego, comecei a falar que havia guerra em meu país, que na verdade não sabia o que seria de mim nem aonde iria, que estava só neste mundo, que não tinha nem protetor, nem lar, que não sabia o que seria de mim amanhã, que estava cansada de fingir que estava melhor do que estava de fato. Tudo isso era uma verdade, claro, que jamais pronunciaria, porque nem me via assim, de resto a autocompaixão desde sempre me enojou. Minha verdade aparentava ser como uma telenovela insossa e António não conhecia a realidade que minhas palavras encobriam, poderia aceitar essa verdade apenas como mentira.

A verdade, no entanto, estava em outro lugar. Pressenti que a torrente inesperada de palavras que prorrompeu de mim significava até um breve adiamento da necessidade irresistível de eu salvar António do revés falso ou verdadeiro.

António não disse nada. Apenas me abraçou compadecido. Mergulhei em seu abraço e rompi em pranto. Havia muito não chorava assim, não houvera ocasião, ninguém havia oferecido um ombro seguro e quente. António me abraçava com um braço e já desabotoava rápido a camisa e as calças. Com os lábios enxugava minhas lágrimas que escorriam cada vez mais fartas, num momento me pareceu que estávamos sozinhos neste mundo, ele e eu, dois órfãos aparentados, depois em minha imaginação faiscou a cena daquele cinzeiro entupido de bitucas de cigarro no quarto da mãe de António, aquela que não era fumante, chorei também por ela, então, esquecendo tudo, me rendi...

Mais tarde, ainda atarantada, me libertei do abraço de António, fui até o cofre do quarto e retirei o envelope com os honorários.

— Pegue – eu disse.

Ele sabia que eu me renderia. Como sei disso? Pela maneira como aceitou o dinheiro. Como um homem rico cuja carteira com cartões de crédito foi furtada durante uma viagem, António agradeceu amável e disse que devolveria o dinheiro até domingo. Lembrava que eu partiria no domingo.

Parou junto à porta. Suas costas incomumente retas dentro da camisa xadrez preta e azul pareciam esperar algo.

— Voltarei esta noite... – disse sem olhar para trás.

Eu sabia que ele não voltaria e que esse era o final verdadeiro da história. Mas, quando fechou a porta atrás de si, me veio à mente que António foi o primeiro amante em minha vida a quem paguei. Despontou a imagem daquela velhota na taverna do Bairro Alto, daquela comissária, guarda de trânsito, o que quer que fosse.

À tarde tinha um almoço agendado no restaurante do hotel com os organizadores do encontro literário. Estava finalmente em terreno firme, com os "meus". Com alívio me esqueci de António. Durante o almoço, animados, discutimos sobre livros, literatura portuguesa, o programa de nosso encontro e os participantes. À mesa também estava sentado P., que mal acabara de chegar do aeroporto e que os anfitriões hospedaram no mesmo hotel. Acertamos que na manhã seguinte viriam de carro por nós, em seguida os organizadores nos deixaram.

— Como você está? – perguntou depois de um silêncio breve enquanto me fitava.

"Uma história bem imaginada não tem razão para se parecer com a vida real; a vida se esforça vigorosamente para se parecer com uma história bem imaginada", escreveu Isaac Bábel.

Claro que eu sabia que P. também participaria do encontro literário. No convite, entre os nomes dos participantes, eu tinha visto o nome dele. Minha única esperança era que, ao ver meu nome, ele desistisse.

Sim, diante de mim, como na vida que se esforça vigorosamente para se parecer com uma história bem imaginada, estava sentado meu antigo amante, "o amor de minha vida", o homem pelo qual estava "disposta a morrer". Aqui, ao alcance da mão, estava sentado meu pesadelo de longos anos, a febre que me fez tremer por tempo demais, meu ponto dolorido, minha ferida nunca cicatrizada.

Claro que nesse momento o odiei violentamente. "Estou bem", respondi com um sorriso, "na verdade, ótima". Em seguida, sem saber por que o fazia, acrescentei que, se ele não tivesse outros planos, eu poderia levá-lo naquela noite ao Bairro Alto.

Ele não tinha mesmo outros planos.

Um conhecido me contou sua história de amor. Tinha 17 anos quando se apaixonou loucamente por alguém de sua idade. Ficaram juntos por uns três anos, e mais tarde a relação se rompeu. Ela casou-se. Desde então nunca mais a viu. Os anos passavam, ele não havia se casado, pensava nela com frequência. E um dia soube que ela havia ficado viúva. Já no dia seguinte se encontrou com ela na rua, descobrindo que vivia esses anos todos em sua vizinhança. Tinha uma filha adulta. Apaixonaram-se de novo, com o mesmo ardor, pelo menos era o que assegurava meu conhecido. Passaram uns dias iniciais doces e penosos. Ela o acusava de, ao contar suas aventuras conjuntas da juventude, recordar aventuras que havia tido com outras mulheres.

— Isso não é verdade! – chorava a mulher. — Tudo isso pode ter acontecido, mas não comigo!

Meu conhecido assegurava que era verdade, que se lembrava com exatidão de cada pormenor, e que o problema todo estava no fato de que ela havia esquecido tudo.

— Além disso, tudo está igual, pouca coisa mudou. As mãos têm memória. A única coisa que muda é o cheiro. Antes tinha o cheiro de mulher jovem, e agora cheira como mulher madura.

Havia imaginado várias vezes o nosso encontro. Imaginei o que diríamos um ao outro, se um dia nos reencontrássemos, como nos comportaríamos, se poderíamos ser espontâneos.

Agora estávamos sentados no restaurante de nome irônico, Primavera, como se fosse a coisa mais natural do mundo e tagarelávamos sobre o que pediríamos. Nem ele nem eu nos decidíamos em puxar o fio do passado comum. Me perguntei o tempo todo de quanto e como P. se lembrava, ou se se recordava de algum modo, e quanto as minhas lembranças eram diferentes das dele. Como se adivinhasse meus pensamentos, P. se esforçou em não deixar nenhuma fresta através da qual eu pudesse penetrar no território do passado comum. Há muito tempo deixou a minha metade, apanhou a dele, e agora não demonstrava o menor desejo de unir as metades nem mesmo por um instante.

P. esquivava-se de falar a respeito de qualquer coisa relacionada à vida cotidiana, não me perguntou onde eu estava, o que fazia, evitava perguntas sobre o meu antigo país, sobre a guerra, a respeito de tudo que ocorrera durante esse tempo, e aconteceram, de verdade, muitas coisas.

Por isso P. se blindou, assim mesmo, "se blindou" ao narrar o seu novo romance. O romance era tedioso, naquele momento mais tedioso que talvez fosse de fato. Eu ouvia e não podia acreditar em meus ouvidos. Estava vivenciando o episódio como um sonho grotesco. Como se P. tivesse descido de paraquedas de um céu invisível em minha mesa no restaurante lisboeta, estava devorando lagostas, regava-se com vinho e afogava-se ao narrar o próprio romance.

P. talvez pensasse que a conversa sobre o romance fosse uma espécie de tampão benéfico (benéfico para mim!), um território suficientemente neutro e ao mesmo tempo íntimo que compartilhava, portanto, comigo. P. via a narração a respeito da própria obra, era evidente, como sedução indireta, apropriada para a sua idade e que não o obrigava a nada.

"Maldita Xerazade masculina", murmurava para mim mesma. A estratégia de P. derreteu não só qualquer esperança de que eu abrisse a caixa de recordações, mas também matou todo desejo de fazê-lo.

"Onde está seu coração, P.?", eu me atormentava por dentro. Pensei em como P. havia me tolhido o direito ao drama desejado da recordação. Aquilo era brutal, feito um assassinato. No entanto, era também o suicídio de P.

Esticar um pouco mais a goma de mascar do amor, verificar a elasticidade, experimentar se ainda tem sabor, farejar o próprio passado, ganhar algo mais, arrancar algo mais, extrair algo mais, agitar o cofrinho, retirar até a última moedinha, cobrar as dívidas...

Voltando ao hotel, fomos para a mesma cama, sabíamos disso desde o começo, como se não se pudesse evitar. Precisamos nos cheirar, precisamos ver como era depois de tantos anos, se cheirávamos bem ou mal, se os lábios ainda eram capazes, se os órgãos sexuais se umedeciam ainda. Fizemos amor por capricho, por cobiça, por direito adquirido, talvez por alguma ternura morna, por piedade momentânea, por razões comemorativas, por ódio, por curiosidade, por desejo de manter o domínio sobre o outro, para vencermos de novo, para perdermos de novo, para verificarmos se restou algo, para não magoarmos um ao outro, para magoarmos...

Era o movimento desacelerado de dois corpos que a todo momento param e perguntam por que estão fazendo aquilo. Dei a P., a meu próprio passado, respiração artificial sem esperança de sucesso. Extraí dele o respeito devido, estava castigando-o, estava castigando a mim mesma.

E isso foi tudo. E as recordações, aquela minha metade da qual cuidava como uma preciosidade em gavetas imaginárias e reais, depressa perderam o valor e transformaram-se numa pilha de notas fora de uso.

De manhã ele não estava em meu quarto, pelo que fiquei grata. Dormi com um morto, pensei, não existe mais nada, não há mais dor, apenas uma leve náusea que passará logo.

Estava agradecida aos organizadores por sua sabedoria: nosso encontro de dois dias foi celebrado fora de Lisboa. Falamos a respeito das mudanças nas culturas de transição, sobre o aparecimento de conceitos retrógrados nas culturas nacionais, sobre o papel do escritor e do novo entendimento de compromisso intelectual. No sábado à tarde nos despedimos dos organizadores e voltamos a Lisboa. No dia seguinte pela manhã devíamos viajar, P. e eu, quase na mesma hora. Passamos a noite, por sugestão minha, num restaurante no Bairro Alto. Também estavam conosco colegas franceses.

António não estava em lugar algum. Pela ruela penumbrosa passou apenas um vendedor de rosas, vestindo smoking, luvas brancas, o cabelo preto alisado preso num rabo de cavalo na nuca. Cortava o espaço como se não tivesse peso, e o cesto de rosas parecia flutuar diante dele. P. comprou uma rosa para mim. Tive a sensação de recebê-la de um inválido.

Na manhã seguinte restavam cerca de duas horas até a ida ao aeroporto. Disse a P. que faria um passeio. Primeiro ele se ofereceu para ir comigo, e logo mudou de ideia e disse que preferia ficar aguardando no saguão do hotel.

Saí na direção do Rossio, as ruas estavam brilhantes, não havia vento pela primeira vez nesses poucos dias. Pretendia comprar uma lembrança, uma fita cassete com fado, e numa cafeteria da rua vi aquele que eu procurava. Estava sentado sozinho e tomava café. Sorriu ao me avistar, levantou, beijou meu rosto. Desisti de comprar a lembrança, e nós, como no final feliz de um filme de amor, devagar nos dirigimos pelo parque da avenida da Liberdade de volta para o hotel.

António pelo caminho me contou que havia pagado o aluguel, que estava tudo em ordem, que a mãe viajou para vê-lo, e que o pai também ligou para ele, afinal de contas eram uma família, apesar de tudo o amam e, veja só, o irmão o convidou para ser padrinho do filho recém-nascido. A história de António com o final feliz católico exemplar me entediou. Não mencionou o dinheiro.

— Você vai se esquecer de mim, não é mesmo? – disse amável ao perceber que eu não o escutava.

Sob o sol afiado da manhã notei duas pequenas rugas em volta de seus olhos grandes e um pouco amendoados, o esmalte dos dentes um pouco amarelado pela fumaça do cigarro. Não, António não era um menino, era um homem perto dos 30. De repente fui tomada por um sentimento de pena quente, compaixão, seja lá o que for. Apoiei meu rosto no dele, ficamos parados assim por um instante, apertados um contra o outro. Não havia nada mais a dizer.

Enquanto António e eu estávamos agarrados, no outro lado da rua notei P. Tive a impressão de que ele também tinha nos visto, mas era como se tivesse desviado rápido o olhar fingindo que não tinha visto nada.

Naquele instante me ocorreu como aqui, em Lisboa, a vida havia se esforçado para contar uma história, boa ou má, não sou eu quem deve julgar. No outro lado da rua, exatamente como na vida que o romance escreve, meu passado passou fazendo de conta que não me notara. Pensei que a vida havia escolhido justo este lugar para, na geografia secreta de nossas vidas (na minha, na de P., quem sabe talvez na de António), unir os pontos que nunca se uniriam. A vida, nesse caso, se empenhou de fato em superar o escritor.

Pensei também que Lisboa, que no primeiro dia na névoa abafada vivenciei como a cidade dos vendedores de bilhetes de loteria, talvez fosse isso mesmo. A força das banalidades reside no fato de que na maioria dos casos estão certas: a vida realmente é imprevisível, num instante somos perdedores, no outro já somos vencedores. Em Lisboa comprei um bilhete de loteria invisível, só não sei ainda qual é o resultado.

Refletia sobre António, um amador, ter conseguido transformar nosso episódio pornô numa história, se de amor mesmo não sei, sei apenas que não estava isenta de ternura e paixão. Ao mesmo tempo, P., um escritor profissional, reduziu uma grande e longa história de amor apaixonado ao tamanho de um episódio pornô consternador e morno. Reconheço, com meu auxílio.

P., que eu conhecia bem, se tornou distante. António, que eu não conhecia, ficou próximo. Mais ainda, tive a impressão de que éramos idênticos, não seríamos ambos ilusionistas ambulantes, giramos as bolinhas com a velocidade do vento, agora você a vê, agora você não a vê, nossa habilidade é a habilidade da persuasão, a produção da magia que no instante seguinte se desfaz como bola de sabão. A diferença é que António era melhor, e, já que estamos falando de literatura, um "escritor" melhor. Com mais coração e mais preparo para o perigo. E veja só, ganhou-se algo. Ao mesmo tempo eu, ainda que pior, receberei mais. Assim é, infelizmente, a ordem das coisas. Entreguei-lhe meus honorários, porque também lhe pertencem, porque mereceu ganhá-los, pela habilidade narrativa, persuasiva.

Sim, António é minha irmã, no fundo somos iguais, dois órfãos aparentados neste mundo.

— Não, não esquecerei você – murmurei.

— Onde você esteve? – perguntou P. sombrio, olhando para o lado.

Pelo tom de sua voz eu sabia que não era apenas impressão: P. de fato passava pelo outro lado da rua, me viu com António, desviou o olhar fingindo que não nos havia notado. Aquele tom foi ao mesmo tempo a primeira intimidade entre nós durante esse tempo todo, a primeira fresta.

— Estava passeando – disse. A mentira que pronunciei foi ao mesmo tempo a primeira intimidade de minha parte, a mão estendida, um convite para uma espécie de reconciliação.

— É hora de partir – acrescentou num tom com o qual parecia desculpar-se pela fraqueza momentânea.

No táxi P. mergulhou no silêncio, e eu apoiei sem entusiasmo o monólogo do taxista tagarela. O taxista, num alemão de ex-trabalhador emigrado, expunha sua ideia da vida como trabalho e ordem. E se não fossem esses milhões de "negros" de Angola que, a propósito, "procriam feito coelhos", esses ciganos, romenos, russos, poloneses e iugoslavos, "essa gentalha da Europa Oriental a quem o comunismo não ensinou nada mais que roubar, vagabundear e devorar grátis o pão português", a vida em Portugal seria completamente satisfatória...

No táxi quente e ensebado pensei como o espaço e o tempo estavam condensados nesse momento, sim, nesse momento em que o taxista tagarelava estulto, e P. se calava obstinado, que na direção de Netuno estavam se lançando oito estilhaços pontiagudos de muitas toneladas de alguma estrela que se decompôs, que minha mãe em Zagreb estava assistindo a uma novela mexicana, que Hana em Sarajevo estava atravessando a rua correndo à espera da bala de um franco-atirador, que Kašmir nesse mesmo instante vagueava por Kreuzberg espiando as pequenas lojas turcas aromáticas.

E de repente me ocorreu que em Lisboa comprei um bilhete de loteria invisível e obtive um ganho raro, a sensação momentânea de que nada, realmente nada está perdido, que por isso não havia razão para queixas, de que tudo existe em algum lugar, assim como nós existimos espalhados, que em algum lugar tudo se soma, que tudo se concatena. No táxi quente e ensebado de repente me inundou uma espécie de ode interior inefável à vida.

Em minha cabeça as imagens se remexiam, súbito brilhou a imagem das costas nuas de António, que se detém por um instante como se esperasse algo. Vi a mim mesma aproximando-me dele, passando com a língua a linha da omoplata seguindo a trajetória de duas pequenas cicatrizes aveludadas, uma em cada omoplata. Me vi umedecendo com saliva piedosa os locais em que até pouco antes havia asas…

No aeroporto P. e eu nos separamos depressa, embora houvesse tempo até o meu voo e o dele também. P. foi tomado por uma inquietude que eu conhecia bem, a neurose de atravessar fronteiras. Eu o deixei diante de um guichê qualquer em que obrigou a funcionária a verificar de novo se tudo estava em ordem com o seu visto português.

— Está tudo em ordem; além do mais, o senhor está saindo de Portugal, não é mesmo? – repetia impotente a funcionária.

Antes do controle de passaportes voltei o olhar. P. estava parado diante do guichê e ainda agitava nervoso o passaporte. Agora, de longe, percebi que havia envelhecido, ficou grisalho e na face tinha o carimbo de uma loucura interior.

Não acenei para que não me visse. Além do mais, haverá outros encontros literários, sem dúvida haverá, pensei e parti.

Parte Cinco
Was ist Kunst?

53. No Jardim Zoológico de Berlim, ao lado da piscina com uma morsa viva, existe uma vitrine incomum. Sob o vidro, estão objetos encontrados no estômago da morsa Roland, cuja vida se encerrou em 21 de agosto de 1961, ou de modo mais exato:

> um isqueiro cor-de-rosa, quatro palitos de sorvete (de madeira), um broche metálico em formato de poodle, um abridor de garrafas de cerveja, uma pulseira feminina (provavelmente de prata), uma fivela para cabelo, um lápis de madeira, uma pistola infantil de plástico para atirar água, uma faca plástica, óculos de sol, uma correntinha, uma mola (menor), um carretel de borracha, um pa- raquedas (brinquedo infantil), uma corrente de ferro de uns 40 cm, quatro pregos (grandes), um automóvel verde de plástico, um pen- te de metal, um *pin* de plástico, uma boneca pequena, uma lata de cerveja (Pilsner de 0,33 l), uma caixa de fósforos, um chinelo infan- til, uma bússola, uma chave de automóvel, quatro moedinhas, uma faca com cabo de madeira, uma chupeta, um molho de chaves (cinco unidades), um cadeado, um saquinho plástico para agulhas e linha.

Mais fascinado que atônito, o visitante fica parado diante dos objetos incomuns expostos e não pode resistir à ideia poética de que esses objetos, tão casuais, sem sentido e diferentes, com o tempo estabeleceram entre si relações mais sutis e com mais sentido.

54. O ateliê de Richard[45] se parece muito com o estômago de uma morsa. Aqui é possível encontrar vasilhames velhos de diferentes tamanhos e finalidades, conservas, três grandes livros enegrecidos parecidos com troncos, um globo terrestre, quarenta cadeiras velhas sem pés, lâmpadas queimadas, dois pneus de automóvel, escadas velhas carcomidas, uma pá de pedreiro usada na qual foi soldada uma colher elegante de prata para molhos (ideia para uma instalação), uma garrafa de vinho colada ao vidro da janela (ideia para uma instalação), um espelho redondo pendurado numa corda, um rolo de barbante refletido no espelho, um ninho de pássaro, relógios de rua sem os ponteiros, uma toalha de mesa de plástico com padrão denso de hera, uma pilha de pratos usados de espécies e tamanhos diversos, uma caixa de papelão com a inscrição *Wings of Fire*, vidrinhos vazios, molas, pregos, ferramentas…

55. Teufelsberg é a colina mais alta de Berlim, com 115 metros de altura. Sob a superfície de relva pulsam 26 milhões de metros cúbicos de escombros, reunidos e removidos para cá depois da Segunda Guerra Mundial. Teufelsberg, Insulaner e Bunkerberg são colinas artificiais de Berlim, erguidas de um total de 100 milhões de toneladas de escombros.

Teufelsberg parece a morsa que engoliu coisas demais. A morsa, tombada sobre o concreto cinza ao lado da piscina com água, parece uma elevação de concreto, uma colina artificial.

56. O interior do carro de Richard se parece com o ateliê de Richard. De todos os lugares escorrem coisas: martelos, pregos, louça antiga, pequenos baldes. Richard dirige nervoso, freia amiúde e depressa, as coisas enlouquecem com isso, empurram-se, querem sair. A parte dianteira do automóvel de Richard está colada com pequenos papéis em que estão inscritas palavras alemãs com os artigos sublinhados, *der*, *die*, *das*. É assim que Richard estuda alemão.

45 Richard Wentworth, artista inglês contemporâneo. Qualquer semelhança de Richard consigo próprio é intencional, mas também casual. [N. A.]

— *Was ist Kunst*[46], Richard? – pergunto descolando o papelzinho com o termo alemão *die Kunst* que está no vidro diante de mim.

57. Richard comprou numa loja turca em Kreuzberg uma toalha de mesa de plástico com um padrão denso de folhas de hera. Em seguida distribuiu pelo chão dezenas de casinhas em formato de maquete de uma povoação pequena. Em seguida cobriu as casinhas com a toalha. Em seguida recortou um buraco na toalha. Através do buraco, em algum lugar aparecia um telhado, em algum lugar uma chaminé.

— O que é isso? – pergunto.

— Não sei. Gostei da textura do plástico.

58. O mais antigo cemitério judaico de Berlim, na Schönhauser Allee, está coberto de hera. Hera escura, trepadeira diabólica, enrola-se em volta dos troncos, das lápides dos túmulos, rasteja pelas lápides despedaçadas, desce pelas tumbas semiabertas, encobre as veredas, sobe pelas paredes das casas próximas.

As lápides dos túmulos derrubadas pelos nazistas alemães foram deixadas assim há décadas. Muitas tumbas semiabertas serviram de abrigos temporários aos judeus antes da morte real.

As pessoas nas janelas das casas próximas vivem a vida cotidiana. O vivo e o morto, o passado e o presente vivem em Berlim uma vida una, indivisível.

59. As coisas em Berlim estabelecem as mais diversas relações mútuas. Berlim é como a morsa que engoliu demasiadas coisas indigestas. Por isso é preciso caminhar pelas ruas de Berlim com cautela. E sem pensar nisso o caminhante pisa no telhado de alguém, no túmulo de alguém. O asfalto é apenas um invólucro ralo que encobre ossos humanos. Estrelas amarelas, suásticas negras, foices e martelos vermelhos estalam feito besouros sob os pés do transeunte mais sensível.

46 "O que é arte?" Em alemão no original.

60. Telêmaco caiu em Berlim de alguma aldeia ao sopé do Olimpo. Telêmaco é um livre-pensador que ganha dinheiro para o tabaco e para o vinho tocando seu bandolim pelas tavernas de Berlim.

Na taverna Terzo Mondo, Telêmaco me explica com vivacidade como o mundo é uma unidade e como as coisas neste mundo estão interligadas. Telêmaco apresenta um exemplo potente. Em novembro de 1989 sonhou um sonho incomum: dois machados cruzados e ele próprio afiando-os.

— A própria coisa, quero dizer, o machado, não me é estranha. Na juventude ganhei dinheiro rachando lenha pelas casas – esclarece Telêmaco.

No dia seguinte o Muro de Berlim caiu. Durante certo tempo Telêmaco pensou que havia provocado a queda do Muro com seu sonho. Hoje pensa diferente. Já é o quarto ano que se esforça para invocar esse sonho e descruzar aqueles machados.

— Receio que eu tenha provocado a guerra em seu país – esclarece.

61.

— *Was ist Kunst*? – pergunto a um colega.

— A arte é a tentativa de defender a integridade do mundo, a relação secreta entre as coisas. Somente a arte subentende a relação secreta entre a unha no dedo mínimo de minha mulher e o terremoto em Kobe – diz o colega.

62. Richard organizou uma exposição intitulada *Uma viagem sem mapa*. Na sala de exposições de pé-direito alto dispôs varas delgadas. As varas sustentavam pratos encostados ao teto, com o fundo para baixo. Os visitantes se esgueiravam entre as varas distribuídas de maneira densa usando capacetes e tomando cuidado para não roçar nas varas e derrubar os pratos.

— Sei o que é isto. É um bosque encantado. E os pratos são como copas de árvore que sustentam o céu – digo.

— Por que você pensa que é um bosque encantado? – pergunta Richard.

— Porque o visitante precisa ser cauteloso. No bosque encantado espreitam perigos de várias espécies.

63.

— *Herr* Schroeder! *Was ist Kunst*? – pergunto ao nosso carteiro.

— A própria palavra diz – responde *Herr* Schroeder, e com o lápis traça decidido uma flechinha direcionada ao selo do canto superior direito. Em seguida me entrega a carta.

64. Apoiando com as varas delgadas, Richard ergueu os pratos até o teto porque com esse ato desejou:

1. Aumentar o grau de ansiedade (as pessoas caminharão com o pescoço esticado e olhar dirigido ao teto; já o próprio esforço físico e a mudança da percepção vão adverti-los da existência de outros mundos);

2. Elevar o nível de prazer (é preciso fazer algo estúpido e inesperado para que as pessoas sintam prazer);

3. Romper as paredes "do cativeiro das dimensões" (estamos todos encarcerados num cativeiro; só de habitar nosso próprio corpo nos acostumamos a determinadas formas e suas dimensões);

4. Utilizar uma vez mais suas amadas "verticais" (por si sós as verticais significam prolongamento, rompimento, alcance).

Repito depois de Richard as palavras que me agradam: *delight*, *pleasure*, *extension*, *reaching*...

— *Desire*... – diz Richard pensando em seus pratos.

— *Yes, desire*... – digo.

65. Richard passa muitas horas nos mercados de pulgas de Berlim. Comprou os pratos ali e os arrastou até seu ateliê. Richard, em sua caverna, examinava o tesouro. Os pratos são diferentes, têm cheiro diferente, caráter diferente. Os pratos podem ser fundos, rasos, grandes, pequenos, podem ter finalidades diferentes, podem estar quebrados, podem ser baratos, caros. Os pratos são como os seres vivos.

Richard está convencido de que está salvando seus pratos da ruína. Richard, acima de tudo, ama a vida familiar. Por isso vincula seus pratos à família. "*I am making family*", afirma.

Os pratos possuem biografia. Há franceses, alemães (há um até com uma pequena suástica no fundo), há italianos (com motivos de paisagens inglesas!), turcos, novamente alemães (com o símbolo da USA zone!), da República Federal da Alemanha...

— Estavam tão solitários. Agora, parece, estão aproveitando a presença uns dos outros.

Richard ficou lavando os pratos durante dias. Lavou também aqueles de que não precisava, até aqueles de que não gostou, lavou todos.

— É como lavar o próprio corpo. Lavar é uma espécie de inspeção íntima. Você descobre marcas na pele, pequenas cicatrizes e manchas, que não havia notado até então. Lavar os pratos do mercado de pulgas é uma espécie de ritual semirreligioso. Durante a lavagem você se torna íntimo deles. Sua identidade é estabelecida pelo olhar. Pratos estão cheios de conversa. Isso eu posso ouvir. Muitos estão em colisão, estes turcos com estes franceses, por exemplo.

— É como se não houvesse grande diferença entre coisas e pessoas – digo.

— Parece que é assim. Recentemente achei no mercado de pulgas um livro com fotografias censuradas da época da Primeira Guerra Mundial. Lá vi cadáveres organizados com cuidado. A pilha alemã estava separada da francesa. Não vou mostrar esse livro para você.

66. "Os bondes puxados a cavalo desapareceram, e também os bondes elétricos desaparecerão, e algum excêntrico escritor berlinense nos anos 20 do século XXI, querendo retratar o nosso tempo, irá a um museu de história tecnológica e localizará um bonde de cem anos, amarelo, tosco, com os assentos curvos antiquados, e num museu de velhas fardas desencavará um uniforme preto de botões brilhantes de condutor. Depois irá para casa e compilará uma descrição das ruas de Berlim do tempo passado. Tudo, cada ninharia, será valioso e significativo: a bolsa do condutor, o anúncio acima da janela, aquele movimento oscilante peculiar que nossos bisnetos imaginarão talvez; tudo será enobrecido e justificado por sua idade.

"Acho que aí é que está o sentido da criação literária: retratar objetos ordinários como serão refletidos nos espelhos simpáticos dos tempos futuros; encontrar nos objetos em torno de nós a fragrante ternura que apenas a posteridade discernirá e apreciará nos tempos remotos, quando cada coisinha de nossa vida cotidiana se tornará especial e festiva por seu próprio direito", escreve Vladimir Nabokov em seu conto "Um guia de Berlim".

67. Richard encontrou pelas ruas de Berlim 44 cadeiras jogadas e em seguida as exibiu em sua exposição.

— Estavam tão cansadas. Quis que todos reconhecessem que não são cadeiras, mas cadeiras pretéritas. A lembrança é, na verdade, uma atividade de amor – afirma Richard.

68. Zoran diz:

Isso foi na Bósnia, na casa de nossos parentes. As crianças voltaram da escola e disseram que estudaram o Sistema Solar.

Desenhei o Sistema Solar no papel. Isto eu sempre soube bem: o Sistema Solar e as repúblicas e províncias autônomas da República Socialista Federativa da Iugoslávia e suas capitais. Eu adorava ensinar. Na cozinha estava sentado o avô, que tinha 100 anos, e disse:

— Nos diziam isso no exército austro-húngaro, que a Terra é redonda e gira, mas afirmavam que isso era apenas uma suposição.

Na cozinha havia cheiro de leite. Ali o leite chama-se apenas "fervido".

Na mesma cozinha havia também um televisor. Naquela aldeia na Bósnia, na casa daqueles nossos parentes, assistia-se à televisao assim: ligava-se às sete e meia, depois do jantar, e assistia-se até às nove, quando se ia dormir. Era indiferente qual programa estivesse passando, ou se algo tivesse começado ou ainda não tivesse terminado. Todos estão sentados diante do televisor e a única coisa que veem são rostos, e a única coisa de que falam é com quem se parecem aqueles rostos.

— Veja este, são idênticos, o nariz é igual ao de nosso carteiro!

69. O artista Shimon Attie, na exposição *The Art of Memory*, exibiu uma instalação denominada *Projected Restoring*. Com

o objetivo de "inserir os fragmentos da vida passada no campo visual do presente", Attie projetou slides de Scheunenviertel, o antigo bairro judeu de Berlim. Através de cenas contemporâneas, Attie projetou cenas empalidecidas dos mesmos espaços de tempos passados.

O visitante dessa exposição percebe de modo gradual como passa de observador a voyeur, é testemunha da cena em que, nas janelas de uma casa abandonada na Oranienburgstrasse, de repente uma vida antiga revive. Esse efeito de holograma, o passado que feito mancha úmida rompe a superfície da cotidianidade, sobrecarrega o visitante com um desconforto doloroso. Ele tem de repente a impressão de que o esquecimento é apenas outra forma de lembrança, assim como a recordação é apenas outra forma de olvido.

70.
— *Was ist Kunst*? – detenho o chinês na escadaria de nosso prédio.

— Não sei – afirma o chinês. — Além do mais, eu que falo inglês não só não entendo quando fala comigo em inglês, mas, veja, não compreendo a mim mesmo.

— Ooooh?! – digo.

— Isso não deve confundir você. Também não me entendo mais nem em chinês – diz o chinês resignado, e começa a subir as escadas.

71. As instalações de Richard parecem um circo em que, em vez de animais e pessoas, atuam coisas. Feito domador de circo, Richard treina as coisas pesadas para se tornarem mais leves.

Tendo averiguado, por exemplo, que o diâmetro do suporte da bandeira dinamarquesa é igual ao diâmetro de uma cadeira dinamarquesa, Richard, num edifício importante qualquer em Copenhague, enfiou o pé de uma cadeira no suporte da bandeira. Assim a cadeira dinamarquesa, em vez da bandeira, ficou tremulando no ar durante certo tempo.

Richard força mesas pesadas a se manter sobre um pé. Richard, entre placas metálicas pesadas, coloca delicadas lâmpadas, ensinando as placas a não as esmagarem com seu peso. Garrafas de vidro Richard coloca nos lugares mais impossíveis, lá onde há o maior perigo de caírem e se espatifarem. Richard treina as bengalas para que não sirvam apenas para sua finalidade. Assim colocou uma bengala na margem de uma superfície fina de vidro fixada à parede. A bengala não caiu. Richard ensina vasilhas pesadas, apoiadas num copo de vidro e totalmente inclinadas para o lado, a não caírem apesar disso. Richard faz maquetes de casas de lata, que força a ficarem penduradas no ar com o telhado para baixo. Richard adora pratos, sempre os coloca nos lugares mais altos, apoiando-os nas varas mais delgadas, para ver quanto suportarão e se cairão. Os pratos de Richard não caem nunca.

Richard pesquisa o amor entre materiais incompatíveis, casa coisas inconciliáveis, sobre travesseiro macio envolto em fronha do melhor e mais fino tecido coloca uma rude pá de pedreiro. Debaixo de um tapete macio enfia uma barra de metal áspera, a lata fria amiúde acaricia a seda.

— Gostaria de também saber fazer assim – digo.

— Não sei como se faz isso com palavras – responde.

72. Feito um cachorro de rua itinerante, Richard passa os dias nas ruas de Berlim farejando odores.

— As ruas de Berlim estão tão cheias de mensagens. Berlim é a lata de lixo mais atraente do mundo. Berlim é a capital mundial do lixo. Farejo o cheiro da decomposição em cada esquina. Aqui o processo de digestão da vida é tão terrível e dolorosamente evidente. E os mercados de pulgas?! Os mercados de pulgas de Berlim são a imagem mais espantosa e mais terrível do trato digestivo aberto que vi até hoje.

73.

— *Was ist Kunst*? – pergunto a Sissel.

— Não sei. O ato artístico é uma espécie de transformação no mundo – responde.

74. Richard viaja sem mapa. Richard coleta conservas que solda em grandes superfícies de lata. Depois essas superfícies parecem mapas geográficos. Denominou uma dessas instalações de *World Soup*, simplesmente porque as conservas eram de sopa.

Dei de presente a Richard uma conserva soviética antiga de leite condensado, que recebi de presente do escritor russo minimalista Lióv.

Além de conservas, Richard coleta também lâmpadas queimadas.

— Não sei por que tenho essa fraqueza pelas lâmpadas – afirma.

Richard coloca as lâmpadas em gaiolas de tela, em saquinhos comuns de mercado, em cestas de basquete. Iluminadas pela luz diurna, as lâmpadas redondas que se movem na cesta parecem formas espaciais secretas.

— Parecem Audreys Hepburns multiplicadas. São tão frágeis e vulneráveis – digo.

75. Snežana diz:

"Nas noites de inverno era comum meu pai abrir a porta da varanda e olhar por muito tempo a lâmpada que do canto de nossa casa iluminava o quintal. Esperava a neve.

"Se algum de nós se aproximasse, ele se virava e dizia expressivo: '*Está nevisdescendo*'.

"Era assim que nós também, mamãe, meu irmão e eu, costumávamos ficar em pé na varanda e com ele esperávamos o primeiro floco de neve que cairia iluminado pela luz da lâmpada no canto de nossa casa.

"Mais tarde entendi que aquela palavra não existia e que meu pai a inventara. Mas de fato não sei como poderia chamar aquele instante em que os primeiros flocos flutuam no ar anunciando a neve iminente, hoje, enquanto da janela de minha casa olho a noite hibernal, digo sempre: 'Está nevisdescendo'."

76.

— *Was ist Kunst*? – pergunto para minha vizinha Brigitte.

— Não sei. Escrevo sempre meus poemas sobre alguma outra coisa para não precisar escrever sobre aquela primeira, como também retrato aquela outra coisa para não retratar a primeira – diz.

77. Richard diz: “A tristeza de Berlim provém do asfalto”. Richard diz: “O mundo está confuso e cheio de riscos”. Richard diz: “Eu só percebo incidentes no mundo, isso é tudo”. Richard diz: “Caso coisas, esta pequena pá com esta superfície metálica”. Richard diz: “Descubro rimas entre as coisas, busco parentes para as coisas”. Richard diz: “Fico testando as coisas, suas medidas, volumes e possiblidades”. Richard diz: “Coloco a coisa dentro da coisa e a coisa sobre a coisa”. Richard diz: “Berlim inteira está assim, terrivelmente retalhada”. Richard diz: “Penso que tenho um caso de amor com esta cidade”.

78. Richard organizou o livro *Berlin Landmarks* com 117 fotografias de Berlim. O livro abre com a fotografia de uma fechadura berlinense (as fechaduras berlinenses lembram pela forma uma maçaneta) e fecha com a fotografia do asfalto berlinense rachado.

— O asfalto de Berlim estoura como em nenhuma outra parte do mundo – diz Richard.

Richard carrega sempre uma máquina fotográfica. Richard é perseguido pela ideia de que a própria cidade de Berlim, cada pormenor dela, busca narrar desesperada a própria história.

— Só consigo me livrar desse sentimento se focalizo o pormenor, se roubo uma imagem – afirma.

As fotografias de Richard são “pensamentos de 35 milímetros emoldurados”, cuja modéstia indica que os pensamentos não têm fim.

79. “Berlim é Teufelsberg”, digo, “ruínas cobertas de relvado insensível. Berlim está impregnada pela umidade da loucura feito uma esponja”, digo. “Talvez por isso mesmo seja cinza e reservada. A loucura, no entanto, é como a umidade, difícil de esconder. Sempre vai brotar em algum lugar. Na velhinha com chapéu na cabeça e luvas de baile nas mãos que se esqueceu da data e de que horas são. No coelho que passeia no jardim da cafeteria Einstein e é um dos milhares de coelhos que por anos viveram e se multiplicaram no espaço entre os dois muros. Detrás da cúpula envidraçada do último andar da KaDeWe[47],

47 Célebre loja de departamentos de Berlim.

onde pela internet é possível encomendar uma taça de champanhe e um coquetel de camarõezinhos, é possível ver a placa com a lista dos nomes dos campos de concentração alemães, que está como um aviso na Wittenbergplatz. Por toda parte há manchas de umidade. É por isso que o asfalto aqui estoura de maneira incomum", digo para Richard.

80. Num restaurante italiano vem à minha mesa o garçom, um italiano moreno, para cobrar a conta.

— Não precisa se torturar com o alemão – ele me interrompe em croata, com forte acento bosníaco.

— Ooooh? De onde o senhor é? – pergunto alegre a meu compatriota.

— Do Irã.

— Como assim do Irã?

— Estudei em Sarajevo.

— Portanto, o senhor não é bosníaco, é iraniano?

— Sim, mas sssshhh! Aqui finjo ser italiano.

E me acompanha até a porta.

— *Ciao*! – diz, e pisca para mim.

— *Ciao*! – digo, e pisco também, confusa.

81. Os dedos invisíveis dos espíritos de Teufelsberg misturam hábeis as pessoas, os espaços e os tempos como uma pilha de baralho. Pessoas que conheci, pessoas que conheço e que ainda hei de conhecer surgem em Berlim feito cometas, passam como sombras de alguma vida passada, aparecem de repente como personagens de um sonho. É assim que se encontram e se cruzam dentro de mim: aqueles passados, estes presentes e aqueles futuros.

Em Berlim até agora apareceram: M. de Londres, D. de Amsterdã, I. de Londres, A. de Sarajevo, R. de Paris, D. de Zagreb, M. de Manaus, D. de Londres, D. de Moscou, J. de Belgrado, M. de Boston, H. de Viena.

82. "Se me perguntar a coisa mais esquisita que aconteceu comigo em Berlim, essa será sem dúvida *Frau* Hardenberg. *Frau* Hardenberg foi minha primeira professora de língua alemã. Às

vezes ela nos convidava para sua casa. Uma vez, confuso, dei uma espiada no dormitório dela. Na parede acima da cama havia um grande painel. No painel estavam coladas diversas espécies de pássaros, recortados da *National Geographic*. O incomum era que a cabeça de todos os pássaros havia sido cortada e no lugar das cabeças estavam coladas pequenas fotografias de homens, feitas com câmera Polaroid. Penso que aqueles eram seus amantes", diz o sociólogo Zlatomir.

83. Com as pernas apoiadas nas cadeiras vazias diante de nós, Richard e eu estamos sentados debaixo da enorme cúpula do planetário da Prenzlauer Allee. Do céu artificial cai sobre nós uma chuva de estrelas. E, enquanto caem estrelas sobre nós, pergunto:

— O que é arte, Richard?

— Não sei. É alguma ação certamente relacionada ao domínio da gravidade, mas não é o ato de voar – diz Richard.

84. Sobre minha escrivaninha está uma fotografia amarelada. Nela estão três banhistas desconhecidas. A respeito da fotografia não sei muito, apenas que foi tirada no começo do século no riacho de Pakra. O riacho corre próximo ao lugar em que nasci e passei a infância.

Essa fotografia sempre carrego comigo, como uma espécie de relíquia cujo sentido real não sei. A superfície amarelo-turva atrai minha atenção. Às vezes a contemplo por muito tempo e não penso em nada. Às vezes me aprofundo com cuidado nos reflexos das três banhistas na água, em seus rostos que olham direto no meu. Mergulho nelas como se desvendasse um segredo, descobrisse alguma fresta, uma passagem oculta. Comparo a posição de seus braços: as três dobraram os braços feito asas. A superfície diáfana da água revela o que os trajes de banho tentam esconder: na água boia o reflexo límpido de um seio desnudo. No canto direito quatro cabaças, flutuadores antiquados. As mulheres estão em pé com água até a cintura. Ao seu redor paira uma névoa onírica cheia de luz contida. Parece que esperam algo. Por alguma razão, estou certa de que aquilo que esperam não é o clique da máquina fotográfica.

85. Na casa de pássaros, a *Vogelhaus,* não há visitantes. Iluminada pela luz artificial da estufa, estou sentada no banco e contemplo a maior arara do mundo, a *Anodorhynchus hyacinthinus.* O pássaro suntuoso cor de jacinto e eu nos observamos em silêncio. Mastigo o pão tranquila, com os dedos dobrados em pinça vou arrancando pedacinhos bem pequenos e colocando na boca. A arara-azul me observa com atenção encantadora.

Parte Seis
Fotografia em grupo

Fico segurando e virando de um lado para outro uma lembrança sem valor, nossa única fotografia de grupo. E aqui, a começar pela esquerda (será que é da esquerda?), deveria estar em pé Nuša, de olhos escuros, depois de Doti, de rosto largo e olhar penetrante, e Ivana, com um sorriso que se espalha pelo rosto como água quente, aqui também está Alma, toda em tons de cobre, a seu lado a confiável e sempre séria Dinka, e eu, com rosto de criança, dizem, e o corpo que me deixaram de lembrança os genes sedentos de poder de minhas antepassadas de seios fartos e pele leitosa. Faltam Hana e Nina, elas não estavam conosco naquela noite.

À nossa fotografia vazia acrescento outra, aquela que sempre carrego e sobre a qual pouco sei. A fotografia amarelecida do começo do século é como uma lâmpada acesa numa janela escura, complacente gesto secreto com o qual extraio imagens da brancura indiferente. Rituais íntimos com pequenos objetos de fetiche são complexos como os rituais de invocação da lembrança e têm significado apenas para seus proprietários.

Nossa fotografia vazia foi feita há alguns anos, na noite que *desejo* lembrar. Também é completamente possível o contrário, que ela nunca tenha sido tirada. É possível que eu tenha imaginado tudo, que esteja projetando sobre a superfície branca indiferente as faces existentes, registrando algo que nunca existiu.

Porque a única coisa que tenho na mão é a fotografia superexposta descartável...

I

Aparece Alfred, rapaz fracote, terno, duas asas tremulam em seus pequenos ombros, brilham numa luz rosada, como pombas esvoaçantes no céu.

ISAAC BÁBEL, "O pecado de Jesus"

COMEÇAMOS COM UM SUFLÊ DE QUEIJO

Começamos com um suflê de queijo trazido por Alma.

— Jesus! Isto é fantástico! – disse Doti mastigando com ruído.

— A crosta está divina – disse Ivana.

— Para mim sempre fica mole – disse Nuša.

— Ora, até parece que fica mole – disse Alma.

— Estou certa de que nunca fica mole – disse, e fui pegar outro pedacinho.

E eu tinha certeza disso. Porque Nuša era uma perfeccionista. Uma vez chegou a ponto de organizar um jantar rosa para nós. Tudo tinha tons rosados, pratos, velas, guardanapos e a própria comida. Lembro até hoje: caviar vermelho como antepasto, depois lagostins laranja-pálido, e uma truta salmonada do rio Zrmanja cozida em alecrim e leite e pudim de leite de sobremesa. As bolinhas de marzipã rosado que Nuša fez com as próprias mãos foram servidas com um fino vinho *rosé* importado.

A verdade é que cada uma de nós fazia algo bem. Se Nuša era a mestra da cozinha leve, então Dinka era seu oposto. Na casa de Dinka sempre se comia de verdade. Na casa de Dinka era possível encontrar embutidos e suas "irmãzinhas" (gostávamos destas pelo apoio aos princípios femininos), torresmos e salames caseiros da Eslavônia, presunto, queijo branco picante e bolos magníficos da Eslavônia nos quais se economizava farinha, mas jamais ovos, nozes e sementes de papoula.

Ivana, quando ia a Belgrado, sempre trazia de lá guloseimas locais: queijo tenro sérvio e requeijão de nata de leite. Comíamos aquilo tudo com pão quente que a própria Ivana assava.

E Hana, quando vinha até nós de Sarajevo por pouco tempo, sempre trazia uma caixa de doces turcos. Aqueles *Turkish delights* caseiros nos davam vertigens. Na caixa de Hana chegavam *baklavas* e suas versões muito mais emocionantes, as rosadas, e depois um doce (*urmáchitsa*) que derretia na calda de mel e limão, e os *kadaifs*, esponjosos ninhos de finíssimos filamentos de massa que aninhavam uvas-passas.

Alma, que defendia as cores italianas, proclamamos rainha da *pasta*, e, no que me diz respeito, parece que as meninas apreciavam mais minhas saladas.

Apenas Nina não gostava de cozinhar. O lado culinário da vida pouco a interessava. Ela própria comia pouco e ficava escolhendo como um gato.

Havia também uma obra-prima, um doce absolutamente único que Doti trazia às vezes. Chamávamos de cestinhos de Doti. Primeiro era preciso fazer cestinhos de massa (Doti os preparava ela mesma, não usava moldes), assá-los e depois deixá-los tomando ar um ou dois dias, para "descansarem". Os cestinhos em seguida eram recheados de creme de chocolate, e no centro de cada um vinha uma cereja rubra. Aquela cereja, aquele coração azedo do docinho submerso no creme de chocolate e envolto pela massa que se dissolvia, nos fazia perder a cabeça.

A MEIA-IDADE É UMA LUTA CONTRA O COLESTEROL

Começamos o jantar com o suflê de queijo, depois nos entretivemos por um tempo com um frango assado com molho de tangerina e coberto de amêndoas, e terminamos o jantar com os cestinhos de Doti. Depois dos cestinhos passamos à sala de estar de Dinka e nos acomodamos como carpas semimortas.

— Meninas, vamos jogar uma? – indagou Alma.

Nenhuma de nós se moveu.

— Poderíamos começar a pensar sobre o fato de que estamos comendo cada vez mais – suspirou Ivana com certo tom de autoacusação.

É verdade que nossas celebrações com o tempo se transformaram cada vez mais em orgias culinárias. Mas, se comíamos cada vez mais, também fazíamos cada vez mais dietas. Ao mesmo tempo nos entusiasmavam mais as diferentes possiblidades de dieta e as discussões teóricas que a prática em si. Sabíamos tudo a respeito das células gordurosas, cujo número se deposita definitivamente em nosso corpo, tudo sobre as vantagens da dieta com arroz, com banana e leite e dietas lunares, assim como tudo sobre as deficiências das dietas com carne e sucos. Não estávamos todas, no entanto, envolvidas de modo igual nesse tema. Alma, Nina e Nuša eram umas ignorantes nessa área, talvez por não terem nenhuma célula gordurosa.

— Meninas, acho que se aproxima para todas nós a hora de lutar contra o colesterol – disse Doti.

Nos tratávamos por *meninas*, apesar de não o sermos havia muito tempo. Doti dizia a verdade, estávamos numa idade em que uma luta séria contra o colesterol nos aguardava. Com palavras mais cruas, estávamos na meia-idade.

A meia-idade vivíamos como uma luta contra a desordem geral da vida cotidiana, que estava cada vez maior apesar de nossos esforços para reduzi-la. De repente os dias ficaram mais curtos. Vivenciávamos a meia-idade metaforicamente, era como calafetar buracos num barco, mas o pensamento de que o barco afundaria um dia ainda não estava presente. Ao contrário, estávamos enlevadas pelo pensamento otimista de que, depois do esforço despendido, o barco não só pareceria novo, mas seria novo de fato. A meia-idade experimentávamos como princípio de terror da rotina sobre nós, era preciso sempre ir a algum lugar e resolver algo: a televisão quebrou, a máquina de lavar não funciona como deve, o filho tem provas, o marido, ciática, no próximo encontro esperam de nós um trabalho, o computador engoliu a metade do texto escrito, é preciso levar mamãe a uma estância termal. Na meia-idade tudo ainda está em ordem, uma ruguinha aqui, outra ali, respiração algo difícil enquanto subimos pela escada, sim, um número maior ao comprar roupas, mas ainda não atingimos o vergonhoso tamanho GG, tudo, portanto, está em ordem, tudo está sob controle. Sim, um leve tremor, uma agulhada com pressentimento desagradável, um medinho que passa pela face feito sombra de um camundongo, mas ainda assim tudo está em ordem, tudo está sob controle. Sim, aqui é preciso colar, ali costurar, ali remendar, aqui limpar, ali consertar, aqui tampar, aqui polir um pouco, ali equilibrar, mas o resto mais ou menos, graças a Deus, está em ordem.

— Sério, meninas, vamos jogar uma, senão acabarei dormindo – disse Nuša, e começou a bocejar. Nunca havíamos percebido isso. Que Nuša podia bocejar dez vezes seguidas.

ÉRAMOS MENINAS UNIVERSITÁRIAS

Éramos meninas universitárias. Dinka, Alma, Doti, Nuša e eu trabalhávamos na Universidade de Zagreb, Ivana veio a Zagreb após deixar o emprego num dos institutos literários de Belgrado e tendo concluído antes uma pós-graduação nos Estados Unidos, Hana dava aulas na Universidade de Sarajevo e Nina, numa universidade de província.

Não lembro com exatidão quando começamos aquelas nossas "comemorações", talvez uns vinte anos antes, nos estudos de pós-graduação. Nos reuníamos uma vez a cada três ou quatro meses, às vezes até com mais frequência. A intimidade, os amantes, os maridos, a vida familiar, os filhos, deixávamos tudo para trás como uma pele de cobra e aparecíamos umas diante das outras leves, sem bagagem e com todo o esplendor. Desfrutávamos daquelas comemorações como de uma sauna quente, nos aquecíamos no vapor que nós mesmas desprendíamos. Falávamos muito, ficávamos coradas como crianças numa festa de aniversário, fofocávamos, trocávamos ideias sobre isso e aquilo, discutíamos sobre filmes, livros, peças teatrais, novidades de moda. Trocávamos pequenos conselhos e como resultado compartilhávamos o mesmo cabelereiro, a mesma esteticista, o mesmo ginecologista, a mesma costureira.

Cada uma de nós tinha na outra o seu reflexo, a sua imagem ideal imaginária, mas esses pares mudavam e embaralhavam-se como uma pilha de cartas. Parece que Doti gostava mais de Nuša como seu oposto, Nina abria-se, parece, apenas para Alma, Hana tinha contatos mais frequentes com Nina, Alma e Ivana eram mais próximas de Dinka do que das demais, eu estava encantada com Ivana.

Só não nos metíamos em política. Doti tinha uma história política antiga. Alma era indiferente em relação a toda política. Nuša cultivava uma espécie de nostalgia refinada em relação às épocas imperiais. A nostalgia tinha origem na história romântica da avó e do avô de Nuša, que, tendo escapado depois da Revolução Russa, decidiram ficar em Zagreb. Dinka sustentava que a política é ocupação para idiotas. Todas, na verdade, opinávamos que uma atividade tão pouco emocionante como a política devia ser ocupação de idiotas e homens.

— Vamos, Dinka, pegue o baralho, vamos jogar – disse Alma.

— Para que preciso das cartas se tudo está claro para mim? – comentou com certo mau humor Nuša. Seu mau humor vinha mais da obesidade que da vida.

CAMINHÁVAMOS 10 CENTÍMETROS ACIMA DA TERRA

No começo. No começo caminhávamos ligeiras. Vivíamos numa cidade onde os apartamentos eram pequenos e os tetos, baixos, na cidade cujos moradores eram imóveis feito salamandras, nos mesmos apartamentos nasciam, nos mesmos apartamentos morriam. Vivíamos numa cidade onde as histórias familiares eram lembradas e cuidadas como um suvenir barato cuja poeira se limpa com frequência. Vivíamos numa cidade em que as pessoas caminhavam um pouco de lado (e olhavam um pouco de lado, feito coelhos), mantendo o rosto sempre em guarda porque nunca era possível saber de que lado viria a bofetada. Vivíamos numa cidade em que o ódio era cultivado como planta doméstica, como um fícus feio e fibroso. Vivíamos numa cidade de cantos obscuros, onde as vidas se gastavam depressa, porque eram baratas, onde os ódios eram enfáticos e os amores eram mornos. Vivíamos numa cidade em que as vidas não passavam de biografias breves e as mudanças da vida eram apenas retoques insignificantes nela.

Por isso nos empenhávamos em "caminhar dez centímetros acima da terra". Na nossa língua essa frase assinalava a distância entre as pessoas. Enquanto a maioria das pessoas se esforçava em caminhar firme sobre a terra, nós defendíamos o direito àqueles dez centímetros de diferença. A literatura nos ajudava a manter o caminhar leve. No começo, digo. Mais tarde aterrissaríamos. Ficou demonstrado que a força da gravidade era indomável.

TIRÁVAMOS CARTAS

E o "tirar cartas" provinha dessa ânsia inexata de dominar a gravidade da vida cotidiana. O tarô era a lenda sobre o destino da vida, um livro ilustrado multicolorido para adultos cujo prazer não vinha da repetição da história conhecida, mas, ao contrário, de sua imprevisibilidade. O tarô era a literatura alternativa, em que a força do texto dependia do poder do intérprete e da imaginação do leitor.

Dinka introduziu em nossas comemorações o ritual de tirar cartas (era assim que chamávamos) e nunca nos ocorreu mudar isso. Apenas Hana, quando vinha por pouco tempo a Zagreb, introduzia uma pequena mudança predizendo o futuro na borra do café. Hana tinha o dom, sabia ler o destino na palma da mão, conhecia alguma coisa sobre predizer o futuro no chá ou nos feijões.

No que diz respeito ao lado "espiritual" de nossas vidas, Doti era a única crente séria, ia regularmente à igreja. Alma ia de vez em quando ao psicanalista. Nuša num momento se entusiasmou pela meditação transcendental, aprendeu o que era *chakra* e *mantra*, e depois largou tudo. Quanto a Ivana, para ela nesse sentido até Papai Noel era interessante, o importante era alegrar as pessoas.

Os horóscopos considerávamos vulgares e aborrecidos, não nos ocupávamos com isso.

Por um tempo eu me entusiasmei com o escritor russo vanguardista Doivber Liêvin, que nos anos 1930 foi engolido pela escuridão e com ele desapareceu também o seu romance. Os contemporâneos de Liêvin confirmaram a existência desse romance em suas anotações. Naquele tempo eu havia convencido as meninas de que nos atirássemos na invocação dos espíritos, defendendo minha proposta como um possível método científico.

— Imaginem apenas tudo o que poderíamos descobrir se invocássemos os espíritos de Óssip Mandelstam, Borís Pilniák, Mikhail Bulgákov...

As meninas, no entanto, rejeitaram minha proposta com grande horror, como se eu tivesse proposto que nos dedicássemos ao aruspício, à adivinhação em fígado fresco de algum animal recém-sacrificado.

Continuamos fiéis ao tarô até mesmo quando o maremoto do *new age* umedeceu também nossas terras.

Era sempre Dinka quem embaralhava, Alma ajudava na interpretação, e as restantes de nós não nos metíamos. Dinka sempre tirava as cartas do mesmo jeito. Até as cartas que punha para cada uma de nós, nossos ícones pessoais, eram sempre as mesmas. O que mudava eram as perguntas que formulávamos ao destino. E a paixão.

A primeira, a época da paixão, quando nos interessavam perguntas de amor e morte, mais exatamente de amor, foi substituída pelas perguntas a respeito da carreira ("Jogue as cartas pelo meu doutoramento!"), em seguida o interesse se deslocou para a vida familiar, os filhos, os problemas práticos. Depois adveio o período da calmaria, um certo déficit da imaginação, talvez apenas de medo, quem sabe, uma época em que formulávamos as perguntas só para mantermos o ritual, tomando cuidado para que não fossem demasiado importantes. Só Ivana fazia sempre a mesma pergunta: se teria filhos algum dia. Também Doti por muito tempo ficou perguntando às cartas se lhe dariam um passaporte. E então as cartas ou apenas as autoridades finalmente atenderam seu desejo.

Com o tempo nos embrutecemos. Dinka não se esforçava mais. Adivinhava menos, empenhava-se mais em nos entreter. Se para uma de nós saísse a carta com duas varinhas, costumava dizer:

— A própria carta está dizendo. Em breve você vai foder.

Parece que essa coisa toda foi nessa época, naquela luta contra o colesterol. Antes, imagens, cores e símbolos incorporávamos de modo fácil à realidade. Agora, a realidade que nos rodeava tornou-se seca, o que talvez tenha sido sempre, mas nossa imaginação também perdeu a umidade. Aprendemos com o tempo que muitas vezes a vida oferecia a variante mais barata, ou simplesmente nos permitimos acreditar nisso. Estávamos mais inclinadas a crer mais no reverso do que na cara, a ler as cartas em seu significado contrário, escuro, em vez daquele claro.

TOC! TOC! QUEM É? UM ANJO DO CÉU

— Jogamos as cartas ou vamos para casa? – disse Alma decidida.

— Quem será a primeira? – Dinka fez a pergunta de rotina e apanhou as cartas.

— O que mais devo perguntar se sempre me acontece o mesmo? – acrescentou Nuša resignada.

No instante em que Dinka embaralhou as cartas, e bem na hora em que cortou a pilha em duas metades, acabou a luz.

— Ao demônio! – resmungou Dinka.

— Não digam que estão começando a cortar a luz de novo? – sussurrou Ivana.

Dinka achou as velas, acendeu-as e voltou às cartas. Embaralhou-as de novo.

— Então, quem será a primeira?

— Pronto, eu – apresentou-se Ivana.

E então, bem no instante em que cortou a pilha em duas metades e colocou a superior debaixo da inferior, entrou no quarto uma inesperada rajada de vento que arrancou a pilha de suas mãos. As cartas esvoaçaram pelo quarto.

— Que diabo é isso? – gritou Dinka.

E então o quarto foi iluminado por uma luz azulada completamente sobrenatural.

— Jesuuusss! – gritou Dinka, e espirrou.

À porta estava um jovem belíssimo.

Todas perdemos o fôlego. Olhando de soslaio, percebi que todas no mesmo segundo, como soldados, cada uma em seu lado, havíamos feito um pequeno gesto que delatava uma mobilização interior momentânea e inconsciente. Nuša moveu um pouco na diagonal seu olhar belo e escuro, Alma abriu um sorriso encantador, Doti arrumou o cabelo com a mão, Ivana endireitou os ombros, eu encolhi a barriga e Dinka, de boca entreaberta, ficou olhando estupefata o jovem.

— Quem é o senhor? – tartamudeou.

O jovem estremeceu levemente.

— Como entrou? – perguntou Dinka tomando fôlego.

— Entrei... pela porta – balbuciou o jovem em sedutora voz acanhada.

— De onde veio?

O jovem apontou o dedo para o teto.

— Da casa dos Ivići?

O jovem negou.

— Da casa dos Turkovići?

O jovem negou com a cabeça.

— Em cima não há mais ninguém – disse Dinka dirigindo-se dessa vez a nós.

— Žnidaršić... – balbuciou o jovem, e de novo apontou o dedo para o teto.

— Este caiu do céu! – disse Alma, e começou a rir.

O jovem assentiu com a cabeça e sorriu amável.

Naquele instante Doti espirrou de novo.

— Verdade – disse Nuša.

O VISITANTE TRAMA ALGUMA COISA

Soubemos que nosso visitante se chama Alfred, que é um anjo que fracassou em sua tarefa imediata de evitar que certa Božica Žnidaršić se chocasse com o carro contra um caminhão na rua Maksimirska, que fica logo na esquina. Soubemos que depois do acidente ficou desesperado, que, ao ver da rua a janela iluminada, a única na rua, quis entrar apressado, e aí está, entrou.

A história era duvidosa, mas nosso visitante, ao contrário, era um jovem belíssimo de cabelo castanho encaracolado, grandes olhos amendoados e lábios carnudos da cor da framboesa fresca. O jovem tinha um rosto másculo bonito e corpo perfeito. Usava uma camiseta azul-clara, bermudas, tênis azuis, luvas que enfiou no bolso, joelheiras e cotoveleiras e um *skateboard*, uma tábua azul que segurava de modo estúpido nas mãos. À primeira vista não era muito diferente dos jovens de sua idade, jovens solitários que saem à noite e nas praças vazias das cidades extravasam a habilidade de pilotar uma tábua. A única coisa verdadeiramente incomum eram os distintivos e emblemas que o jovem tinha na camiseta. Via-se claramente o brasão da Iugoslávia, o emblema de Tito, a bandeira iugoslava, o distintivo com a foice e o martelo. Esses não se podiam achar nem nos trajes de gala dos combatentes *partisans* nas comemorações dos aniversários das ofensivas dos guerrilheiros.

— Hmm! Anjo de onde? – disse Dinka, e atrapalhou-se. Como se não soubesse mais o que perguntar.

O jovem assentiu educado com a cabeça.

— E onde estão as suas asas? – perguntou Nuša irônica. Olhamos para ela, não nos agradou seu tom.

— Na entrada – disse simplesmente o jovem, desapareceu num instante, e então retornou com um embrulho pequeno parecido com um guarda-chuva dobrável barato. O jovem abriu as asas. Eram brancas e leves a ponto de cegar. Podiam ser comparadas às asas dos pavões-imperiais, brancos, mas a comparação seria demasiado pobre.

— E para que a tábua se você tem asas? – perguntou Nuša com o mesmo tom arrogante.

— Muitas pessoas são alérgicas a penas – disse o jovem.

— Atchiiim! – confirmou Doti.

O jovem fechou as asas e as deixou na entrada.

Era claro que Doti havia decidido intervir. Com um movimento discreto retirou a correntinha com a pequena cruz, até então escondida debaixo da blusa, e com a mesma mão ajeitou o cabelo e ofereceu ao jovem cestinhos de chocolate.

— Não o amolem! O jovem com certeza está com fome. Pegue. Sirva-se.

O jovem parecia não ter percebido o sinal de Doti com a pequena cruz, os cestinhos eram mais atraentes.

— Hmmm! Alfred está pela primeira vez na terra – resmungou satisfeito e esticou a mão por outro cestinho.

— Anjo, uma ova! Veja só o quanto devora – sussurrou Dinka para Alma. E de fato o jovem já apanhava o quinto cestinho.

— E você sempre fala de si mesmo na terceira pessoa? – intrometeu-se de novo Dinka.

— Alfred não sabe o que é terceira pessoa – disse humilde o jovem ao pegar o sétimo cestinho.

— Mas você pelo menos sabe o que são esses emblemas na camiseta? – investiu Nuša como um inspetor policial.

— Alfred preparou-se – disse sério o jovem.

— Esse está tramando algo – sussurrou Dinka para Alma.

— Talvez seja apenas um idiota – sussurrou Alma para Dinka.

O ANJO NÃO É UM FAQUIR

Parece que cada uma, enquanto isso, havia invocado algo do conhecimento geral a respeito de anjos. Nosso Alfred não tinha de fato nada em comum com os anjos de Jan van Eyck, Memling, Botticini, Doré, Perugino, Bruegel, Blake, Da Vinci, Rafael, Dürer, nem com outros... Além do par de asas, e isso também podia ser posto sob suspeita, Alfred não tinha nada que pudesse confirmar que era um anjo.

— E você consegue ficar de pé sobre a ponta de uma agulha? – voltou a atacar Nuša. Dessa vez, assentimos com a cabeça, autorizando sua pergunta.

— Alfred não é um faquir – respondeu calmo o jovem.

Então Ivana tomou as coisas em suas mãos, foi até a cozinha, voltou com um pequeno vidro com farinha e de um golpe a espalhou pelo chão.

— É assim – disse decidida. — E agora ande!

— O quê...

— Caminhe, estou dizendo, sobre a farinha!

Alfred deu um passo, dois...

— Olhem! Não há pegadas! – gritou Ivana. — Isso é a prova! Seres sobrenaturais, sejam quais forem, não deixam pegadas! – afirmou triunfante.

— Hmmm... Se ao menos mostrasse algum milagre, algum truque – sussurrou a ainda cética Alma.

ALFRED NÃO SABE PARA QUE ISSO SERVE

Então Alma, assumindo o papel de árbitra de anjos, perguntou severa:

— E você tem umbigo?

— Umbigo?

Alfred levantou a camiseta e baixou as calças. Umbigo, na verdade, não tinha, mas de alguma forma escapou e saltou para fora seu membro.

— Oooooh! – suspiramos todas ao mesmo tempo. Doti espirrou de novo. Todas nos levantamos, nos aproximamos e observamos encantadas. Se havia em Alfred algo de sobrenatural então era *aquela coisa*. Seria por isso estúpido dizer que era a *coisa* mais bonita que nós já tínhamos visto. Aquilo era *algo* que nenhuma de nós nunca tinha visto: um socador divino e grosso, envolto em tenra e aveludada penugem que vibrava no ar feito um beija-flor e irradiava uma luz azulada mágica...

— Meu Deus, filho... – disse Alma com voz abafada.

— Alfred por vezes também fica espantado – disse Alfred baixando o olhar.

— E você sabe para que serve? – perguntou Dinka.

— Alfred não sabe para que serve – disse Alfred, e levantou as calças.

Ficamos como que enfeitiçadas, esmagadas por um abatimento repentino, talvez com um sentimento de perda, embora não fôssemos capazes de dizer em que consistia a perda e quem sabe quanto tempo permaneceríamos em pé assim, se Alfred ao olhar para o chão e vendo as cartas espalhadas não tivesse dito, amável:

— Alfred joga cartas...

O ANJO JOGA CARTAS

Alfred recolheu as cartas, embaralhou-as, e então, em vez de colocá-las no chão, o que teria feito Dinka, ele as atirou para cima com um movimento manual. As cartas se organizaram sozinhas no ar.

— Ohhhh! – gritamos todas de admiração.

As cartas ficaram firmes no ar como se estivessem grudadas a um vidro invisível, colocado na vertical, ou como se estivessem dispostas sobre uma tela invisível. Vimos também como as cartas se tornavam transparentes, iluminadas de ambos os lados, feito um vitral suntuoso. Alfred estava arrumando o tarô. Dava a impressão de que movimentava as cartas com o auxílio de um mouse invisível de computador.

— Ahn... ahn... ahn... – suspirou Alfred.

— O que foi?! O que diz?! – murmurávamos umas para as outras.

Sem prestar atenção em nós, Alfred olhava as cartas penduradas no ar, resmungava algo, suspirava e estalava como os bosquímanos. Vertia as palavras ao seu redor exatamente como se com uma constrição do punho estivesse esmagando milhares de biscoitinhos chineses e lesse as milhares de mensagens escondidas neles.

Era uma barafunda hipnótica e ruidosa. Tínhamos a impressão de que estávamos ouvindo o registro sonoro do globo terrestre, das línguas das pessoas, dos desertos, dos mares e das estrelas. Tudo se misturava e era possível decifrar uma coisa ou outra. O que podíamos compreender eram citações de obras clássicas da literatura universal (das quais muitas, ao menos para mim, sempre foram semelhantes às mensagens nos biscoitinhos chineses), citações da Bíblia, e do Apocalipse de São João ("Eis que estou à porta e bato. Se alguém ouvir minha voz e abrir a porta, entrarei e cearei com ele, e ele comigo"), havia também mensagens dos tesouros de profecias conhecidas, sabedorias budistas e lugares-comuns taoístas. Citações do Talmude Alfred misturava com aquelas do Corão, e estas com mensagens *new age* a respeito das sabedorias fundamentais da vida. Citações dos livros de leitura socialistas ("Quem labuta não teme a fome") encontravam-se na mesma linha que as instruções dos monges tibetanos. E quando naquele rosário desordenado de palavras reconhecemos o verso ("No túnel no meio da escuridão cintila a estrela de cinco pontas") ficou claro para nós o que Alfred queria dizer quando disse que se "preparou".

Alfred nos encantou. Perdemos a noção do tempo, ficamos completamente aprisionadas por seu gorjeio angelical. Alfred extraía palavras como um mágico tira lenços de seda do chapéu. Pronunciava as palavras no ritmo dos mestres de rap negros, interrompendo-as com suspiros que ora se pareciam com sons de macacos, ora com o pipilar de pássaros, ora com o estrídulo dos golfinhos.

— Quem tem ouvidos que ouça, iê-iê, porque o lado errado vai virar o certo, e o certo, o errado, uu-uuu, o esquerdo será o direito, e o direito, o esquerdo, ahã!, porque no campo estão os cães, os feiticeiros e os apreciadores das putas, iii-iii, os sanguinários e os idólatras, iê-iê, o de cima em breve descerá, e o de baixo subirá, up-up, escreva, portanto, o que viu e o que há, iê-iê, porque a verdade será transformada em mentira, e a mentira, em verdade, iê-iê, o grande, em pequeno, e o pequeno, em enorme, ahã!, quem tem ouvidos que ouça, ê-ê, porque o feio se transformará em bonito, e o bonito, em feio, u-u, dos dragões dentes germinarão e aparecerão, i-i, e erguer-se-ão os ossos dos mortos, up-up, e os espíritos de vossos pais virão buscá-los, a-a, colheram as cerejas, u-u, não me chamaram, é grande a miséria, quando a gente é tão pequena...

— Meninas, mas ele está citando Jovan Iovanović Zmaj – intrometeu-se Doti no rosário de Alfred. E tinha razão, este último verso era d'*O colhedor de cerejas*. Doti estava visivelmente ofendida com o fato de que o anjo, no meio de Zagreb, não tenha encontrado nada para citar a não ser um escritor sérvio de livros infantis.

Alfred enrubesceu, confundiu-se, as cartas evaporaram no ar e se encontraram como uma pilha bem organizada no chão, aos pés de Dinka.

— Vejam como vocês são! Interromperam ele! E o tempo todo está tentando nos dizer algo – gritou Ivana quase lacrimejante.

— É, mas também fala o tempo todo – disparou aborrecida Nuša.

— Meu Deus, por que vocês são tão estúpidas? Qual é o problema de citar Zmaj? Como não veem que tenta dizer algo que diz respeito a todas nós? – zangou-se Ivana.

Nunca tínhamos visto Ivana ter uma alteração tão brusca de humor. Estava prestes a chorar.

— Ele não está aqui por acaso! Ele não caiu do céu sem motivo – gritou.

— Talvez sejamos mesmo estúpidas – disse Doti em tom conciliador, e, feito galinha que bica os grãos, depressa beijou a pequena cruz pendurada na corrente ao redor do pescoço.

ALFRED ESCOLHE IVANA

Naquele instante aconteceu algo inesperado, se é que essa palavra é a adequada levando em conta tudo o que ocorria. Alfred se aproximou de Ivana, apertou delicadamente a testa contra a dela como se estivesse colocando um carimbo angelical. Ao mesmo tempo tomou as faces de Ivana com a palma das mãos, baixou as pálpebras como se estivesse lendo os pensamentos dela e assentiu com a cabeça. Também Ivana baixou as pálpebras. Unidos num corpo a corpo delicado, balançavam-se. Observávamos a ambos sem fôlego, parecia que executavam uma dança sobrenatural. Invejamos Ivana. Doti enrubesceu e baixou os olhos. Dinka observava a cena de soslaio, Alma roía as unhas, Nuša tinha no rosto seu sorriso particular, vulnerável.

Alfred soltava seus suspiros sedutores de bosquímano.

— Mmmmmm... – murmurava Alfred.

E então devagar afastou sua testa da de Ivana e a olhou direto nos olhos. Ivana sorriu com um sorriso que lhe inundou o rosto como água quente. Além do mais, fez um pequeno movimento de agradecimento, similar a uma vênia.

— E agora Alfred precisa ir – disse Alfred sério.

— Mas mal acabou de chegar! – ofendeu-se com sinceridade Doti.

FOTOGRAFIA DE GRUPO

Também me doía a ideia de que Alfred estava indo embora. Por isso, lembrando que ao ir à casa de Dinka apanhei a máquina fotográfica no conserto, propus que nos fotografássemos como uma lembrança. Pusemos Alfred no centro. Em torno dele, como num ramalhete, se alastravam Nuša, Doti, Ivana, Alma e Dinka. Ajustei a máquina para a foto automática e no último momento saltei para lá. A máquina zumbiu, fez um clique e brilhou. Alfred assentiu e repetiu:

— E agora Alfred precisa ir...

Estávamos em pé dando sorrisos como uma equipe de hotel que precisa acompanhar um hóspede ilustre.

— Ei, não se esqueça das asas! – disse Doti, e estendeu para Alfred o embrulho de plumas.

E então Alfred, como se tivesse lembrado algo, arrancou das asas algumas plumas.

— Alfred agradece – disse amável e viril, inclinando-se de leve, e a cada uma entregou uma pena. A Nuša, a Ivana, a Alma, a Dinka, a Doti. Ao receber a pequena pena, cada uma se inclinou de leve.

A seguir Alfred ergueu o dedo como uma batuta de maestro e, veja, de repente estávamos suspensas todas no ar a uns 20 centímetros do chão. Quase batíamos a cabeça no teto.

— Jesuuuuus! – sussurrou Doti.

Como se estivesse se desculpando, Alfred deu de ombros gentilmente e disse:

— Apartamentos pequenos, tetos baixos...

— Queriam um truque, aqui o têm – resmungou Dinka.

— Que ao menos não se esqueça de nos baixar – sussurrou Doti, e agarrou a pequena cruz.

— No que me diz respeito, estou muito bem no ar – disse Alma.

— Será que isso faz emagrecer? – perguntou Nuša, o que, reconheço, foi o meu primeiro pensamento.

Ivana vagava o olhar pelo teto, dava a impressão de estar no sétimo céu.

E logo Alfred nos aterrissou devagar, sorriu, pôs as luvas, acenou sobre a cabeça e desapareceu! Tudo aconteceu tão depressa que nem tivemos tempo de nos espantar. Tudo parecia como na série televisiva *Star Trek*, em que os heróis pronunciam os enunciados *Beam me up* ou *Transmit* e desaparecem. Após o desaparecimento de Alfred no ar, durante algum tempo ainda reverberava um pó estelar. Como se até aquele instante não acreditássemos que de fato estivéssemos lidando com um anjo.

E, quando a última partícula de pó estelar se apagou, todas no mesmo instante bocejamos. Olhando-nos umas às outras boquiabertas, caímos na gargalhada. Em seguida Alma olhou o relógio e deu um grito, Ivana já estava apanhando a bolsa, Nuša já calçava os sapatos de salto alto, Doti já segurava a maçaneta da porta.

— Ei, esperem, aonde vão com tanta pressa? – murmurei.

Mas as meninas já estavam saindo, e Dinka não estava nos retendo. Afinal de contas, nos dispersamos quase com a mesma velocidade com que Alfred desaparecera. De tudo que se passou, isto era o mais estranho: o fato de não termos ficado e comentado a coisa toda.

PLUMA LEVE COMO O ESQUECIMENTO

Antes de apagar a luz e se preparar para dormir, Dinka viu na mesa uma estranha pluma branca. Sorriu, pegou a pluma na palma da mão como um vaga-lume, a levou ao dormitório e, cuidadosa, a colocou sobre a mesa de cabeceira. Na escuridão lhe pareceu que a pluma brilhava e, ocupada com esse pensamento, Dinka adormeceu.

Nuša chegou em casa e da porta foi em direção aos quartos dos filhos. Silenciosa, abriu a porta do primeiro, depois do segundo. Os meninos dormiam tranquilos e de modo profundo. O ar nos quartos tinha cheiro acre, de machos jovens saudáveis.

Nuša saiu ao terraço. Farejava o ar quente e na escuridão examinava sua propriedade. "Ninguém pode tomar isso de mim", pensou de repente, e então estremeceu devido ao pensamento inesperado.

Nuša foi buscar cigarros. Voltou ao terraço, acendeu um cigarro e no celofane do pacote percebeu uma pluma espetada. Retirou-a, estendeu na escuridão o braço delgado e comprido e examinou-a. Na noite verde-escura parecia que a pluma brilhava com uma luz sobrenatural.

— Estranho – sussurrou Nuša, espetou a pluma no celofane do pacote e foi dormir.

Ivana voltou para casa segurando a pluma na mão e encontrou o marido de roupão. Estava sentado à mesa sem perceber as mariposas que entravam no quarto pela porta escancarada do terraço.

O marido assista à televisão, lia o jornal e mordiscava um sanduíche.

— Como foi? – perguntou sem levantar os olhos do jornal.

— Alegre como sempre – disse Ivana.

Mastigando, o marido voltou o olhar para a tela.

— Quer que prepare algo quente? – ela perguntou.

— Não, obrigado – disse ele sem tirar os olhos do jornal.

Ivana foi à cozinha e encheu um copo com água mineral.

— Você quer também?

— O quê?

— Água.

— Não, obrigado – disse o marido.

Ivana voltou com o copo e sentou-se à mesa. A porta do terraço estava escancarada, pelo quarto esvoaçavam mariposas enlouquecidas. O marido lia o jornal. Ivana esticou o braço e com a pluma fez cócegas no nariz do marido.

— Ei… – exclamou o marido e moveu a mão como se espantasse uma mosca.

Ivana, olhando fixamente o marido, sem saber o que fazer, de repente levou a mão à boca e enfiou ali a pluma, enrolando-a como um caracol. Da boca de Ivana surgia uma haste fluorescente.

O marido olhou Ivana estupefato e então, tapando a boca com a palma da mão, correu ao banheiro. Ivana, enquanto isso, com elegância incomum pegou o copo e bebeu toda a água.

Quando Alma voltou para casa, o marido já estava dormindo. Alma sentou-se para folhear o jornal do dia e então espirrou ao abri-lo. Apanhou a bolsa e junto à caixa de lenços de papel caiu uma pluma estranha. Alma primeiro enxugou o nariz, depois pegou a pluma se perguntando como aquilo foi parar na bolsa.

Alma despiu-se em seguida e, levando a pluma, deitou-se na cama. Pela janela aberta o luar entrava no quarto. Ao lado de Alma o corpo quente do marido respirava. Segurando a pluma, Alma percorria a pele do marido observando satisfeita que ainda era lisa e jovem, rondou os mamilos de modo tenro estimulando as pontas, depois mais embaixo rumo ao umbigo, depois mais embaixo ainda. Ali já aguardava impaciente "a cooperante baqueta do marido".

Embora já fosse tarde quando chegou em casa, Doti não tinha vontade de dormir. Na sala de estar dormia a mãe, num quarto, o marido, no outro, a filha, e por isso Doti foi ao banheiro, único lugar da casa em que não incomodava ninguém.

Ficou sentada assim no vaso sanitário e quem sabe sobre o que pensava, e então o marido entrou no banheiro. Viu Doti sentada no vaso sanitário revirando nas mãos uma estranha pluma esbranquiçada. No brilho turvo da luz do banheiro Doti olhou o marido, homem sonolento e suado de camiseta e cuecas. O encontro foi como uma descoberta inesperada, feito golpe no peito, como se ambos, depois de tantos anos, apenas agora tivessem se encontrado. E Doti, tomando fôlego e enxugando as lágrimas, pôs-se a rir. Ficou sentada no vaso sanitário por muito tempo com a pluma na mão e afogava-se de tanto dar risada.

Voltei para casa naquela noite e sei lá por que comecei a regar as vasilhas na janela. De repente tomou conta de mim um desespero forte e incontrolável. Me deitei vestida, me cobri com o cobertor e, com os olhos postos nos contornos escuros das vasilhas da janela, feito morcegos petrificados, caí no sono. Sonhei que não desejava acordar.

DE MANHÃ CHAMEI TODAS

De manhã Alma encontrou no chão ao lado da cama uma pluma linda. Apanhou-a perguntando-se de onde teria aparecido e guardou-a numa caixa pequena de ébano.

Nuša, na manhã seguinte, encontrou a pluma no celofane do pacote de cigarros, a enrolou e colocou no medalhão que usava no pescoço.

Tomando seu café da manhã, Doti percebeu de repente, no vaso com penas de pavão que a mãe tinha havia anos sobre a geladeira, uma pluma branca de rara beleza. Sem saber o que fazer, Doti apanhou a pluma e a espetou no crucifixo de madeira da parede.

— Assim fica bem melhor – disse Doti em voz alta.

De manhã Dinka percebeu uma pluma branca incomum na mesa de cabeceira. Dinka pegou a pluma e a colocou em *A história da metáfora*, exemplar de seu livro recém-publicado, entre as páginas 104 e 105.

Ao acordar, Ivana sentiu muita sede. Ainda sonolenta, foi até a geladeira, pegou uma caixa de leite de 1 litro e tomou até a última gota. Nem notou o marido, que ia para o trabalho. E o marido de Ivana, que nesse momento estava prestes a sair, vendo a mulher sonolenta e sedenta engolir o leite, empalideceu e saiu batendo a porta.

De manhã falei com todas. Não se lembravam de nada sobre o anjo.

— Tome vitamina B6 de qualquer modo e muito suco de laranja. Isso é ótimo para desintoxicar – aconselhou-me Alma.

Depois dei um pulo na loja de artigos fotográficos mais próxima e deixei o filme para revelar. No caminho comprei o jornal. Ao voltar para casa, folheei o *Večernji list*[48] e na página policial me deparei com a pequena notícia de que certa B. Ž., de 31 anos, morrera num acidente de carro na rua Maksimirska, ao colidir com um caminhão. Nosso visitante incomum que delirara a respeito de Božica Žnidaršić não havia mentido. No que diz respeito a B. Ž., era evidente que essa não tivera sorte com o anjo da guarda. Alfred, portanto, era "do trânsito", daqueles anjos da guarda das medalhas populares baratas, penduradas no pescoço de motoristas imprudentes, dos que não sabem nadar e caem em torvelinhos de rios, suicidas e toda outra espécie de desmiolados.

48 Pronuncia-se *Vétcherni list* (Jornal Vespertino). Diário fundado em 1959.

Corri de novo ao telefone para anunciar minha descoberta a respeito de B. Ž., e desisti. Então tive a ideia de ligar para Nina e Hana e contar o que tinha acontecido na noite anterior. Mas, em vez de chamá-las, segui o conselho de Alma e tomei vitamina B6 regando-a com um copo de suco de laranja.

Agora estava mais claro por que nos dispersamos assim na noite anterior, sem comentar a aparição do visitante noturno. Não havia o que comentar, isto é, as meninas esqueceram tudo. O anjo, no momento do desaparecimento, apagou todas as evidências de sua presença. Entretanto, eu também estive lá e vi as mesmas coisas! Por isso não estava claro por que o anjo deixou de tocar também a mim com sua pluma do esquecimento.

II

> *O jovem sorriu, levantou a mão na luva amarela, acenou com ela sobre a cabeça e desapareceu de repente. O guarda farejou o ar. O ar cheirava a plumas queimadas.*
>
> DANIIL KHARMS, "O jovem que assombrou o guarda"

Minha conhecida de Belgrado, S. T., psicóloga de profissão, profundamente enojada e amargurada com tudo o que estava acontecendo, deixou Belgrado no começo da guerra e partiu com a família para o exterior. Depois de perambular pela Europa, foi para os Estados Unidos, parou no estado do Maine, numa pequena localidade cercada de bosques, e encontrou emprego no hospital psiquiátrico local. Minha conhecida levou as coisas mais necessárias, entre outras o diário no qual durante anos, por motivos profissionais somente, anotava seus sonhos.

Hoje, no Maine encoberto pela neve, onde, afirma, ficará para sempre, cercada de loucos verdadeiros que a tranquilizam, minha conhecida está lendo seu diário.

— Acontece que durante anos sonhei com os horrores da guerra, sem saber de onde vinham esses sonhos. Tudo o que sonhei aconteceu – me diz.

Será que minha conhecida sonhou com os horrores da guerra que aconteceram depois, ou os horrores da guerra já aconteceram em algum futuro, e minha conhecida apenas sonhou com eles?

Os senhores da guerra gostam da palavra "sonho" e de seus derivados. Eles não sonham sonhos próprios, eles concretizam os "sonhos milenares" de seus povos. Será que os povos sonham de verdade? "Sim", dizem as pessoas, "sonhamos com isso durante mil anos. Nosso sonho se tornou realidade". Talvez os povos elejam para seus governantes especialistas em oniromancia que interpretam o conteúdo de seus antigos sonhos. Onde estão de fato as fronteiras entre os mundos sonhados e os reais?

Talvez essas fronteiras não existam, talvez ambos os mundos sejam reais, só que a realidade sonhada é mais perigosa, simplesmente porque ainda não aconteceu. O historiador Ammianus Marcellinus, em seu livro *Res gestae*, menciona Mercúrio numa passagem. Esse Mercúrio as pessoas chamavam de "senhor dos sonhos", porque farejava ao redor, perguntando às pessoas seus sonhos, ficava à espreita quando as pessoas contavam seus sonhos umas às outras e informava tudo ao imperador. Muita gente morreu assim. A notícia sobre o "senhor dos sonhos" se espalhou. Ninguém mais quis reconhecer que havia dormido, e muito menos que havia sonhado algo. E as pessoas sábias lamentavam não ter nascido no sopé do monte Atlas, porque lá, conta a lenda, as pessoas nunca sonhavam.

Senhores da guerra, senhores dos sonhos. O atrativo da oniromancia, de qualquer espécie de adivinhação e predição do futuro, não está oculto no texto do sonho, mas em sua interpretação. Nesse sentido, qualquer texto, até a receita de um suflê de queijo, pode ser lido como uma revelação do futuro, ou, em seguida, como seu cumprimento. Isso sabem muito bem os adivinhos e os senhores, os imperadores e seus beleguins, os políticos e os psicanalistas. Daí a relação tão próxima entre eles.

Alfred não pertence a essa relação. A verdade da leitura das cartas de tarô de Alfred, como foi demonstrado mais tarde, não estava na mensagem, mas em sua execução. Logo depois da revelação de Alfred (ou de meu sonho) a realidade circundante se converteria num caos (um caos de citações, entre outros), em ruído cheio de fúria e dor.

Seja lá como for, para nossa história o importante é que a "celebração" em que apareceu nosso visitante noturno foi a última, o que então não sabíamos. Depois daquilo começou a se desenrolar perante nossos olhos a "realidade sonhada".

Não tenho aqui a intenção de embalar a realidade horrível em palavras, transformando-a numa história sobre um apocalipse local, nem de respaldar as mensagens dos *fortune cookies* de Alfred (portanto, esta história) com imagens da realidade aterradora para demonstrar a verdade. A realidade de que falo neste momento ainda é verificável. Basta ir a um país despedaçado no sul da Europa e ver por conta própria. Ou pelo menos tornar a assistir às imagens da televisão e ler os jornais de 1991 a 1995.

É uma realidade, digo, ainda verificável. Porque em breve a relva cobrirá os campos minados, no lugar das casas destruídas surgirão novas, tudo estará cicatrizado, desaparecerá e terá mudado de novo num sonho, numa história, na profecia de um adivinho. Serão estabelecidas de novo fronteiras firmes entre os mundos existentes e os sonhados. Ficarão, no entanto, pessoas, testemunhas, que não reconhecerão essas fronteiras, apelando para sua experiência de pesadelo como prova daquilo que houve, mas poucos os escutarão. Com o tempo, eles também serão cobertos pela relva.

Antes do início da guerra tive um sonho do qual ainda hoje me lembro. Ouvi a campainha da porta de meu apartamento de Zagreb. Abri e no meu apartamento começaram a afluir rios de pessoas, homens, mulheres, crianças, anciãos. Entravam silentes, instalavam-se, deitavam-se em minha cama, sentavam-se à minha escrivaninha, entravam em minha cozinha, abriam minha geladeira, tomavam banho em meu banheiro, tudo sem palavras. "Deus, quantos são, e como cabem todos neste espaço tão pequeno", pensava. "Este é meu apartamento", eu gritava, “como se atrevem”, eu protestava, “chamarei a polícia”, enfurecia-me. As pessoas não me notavam. Era invisível, simplesmente não ouviam minha voz.

Depois de algum tempo, vi rios de pessoas que passavam na tela dos televisores, mais tarde encontrava aquelas mesmas pessoas ou parecidas viajando pelo mundo. Eu, a bem da verdade, já não vivo em meu apartamento de Zagreb. E meu apartamento não é mais meu. Meu único pertence hoje é a mala de viagem.

Não emprego a mala de viagem como substituto metafórico habitual para a palavra “exílio”. A mala de viagem, de fato, é minha única realidade. Nem mesmo os carimbos, que se multiplicaram nas páginas de meu passaporte, me convencem de fato da realidade de minhas trilhas. Sim, a mala de viagem é meu único ponto firme. Todo o resto eu sonho ou todo o resto me sonha, o que dá no mesmo. Na mala há algumas coisinhas totalmente sem sentido. Entre elas, uma fotografia antiga amarelecida e outra vazia, descartável.

Nossa única fotografia de grupo. A brancura boceja na fotografia. E aqui, a começar pela esquerda (será que é da esquerda?), deveria estar em pé Nuša, de olhos escuros, depois Doti, de rosto largo e olhar penetrante, e Ivana com um sorriso que se espalha pelo rosto como água quente, aqui também está Alma, toda em tons de cobre, a seu lado a confiável e sempre séria Dinka, e eu, com rosto de criança, dizem, e o corpo que me deixaram de herança os genes sedentos de poder de minhas antepassadas de seios fartos e pele leitosa. Faltam Nina e Hana, elas não estavam conosco naquela noite.

À nossa fotografia vazia acrescento outra. Uma fotografia amarelecida do começo do século que é como uma lâmpada acesa numa janela escura, complacente gesto secreto com o qual invoco as imagens da brancura indiferente.

E penso como, depois de tantos anos que nos conhecemos, sei tão pouco sobre elas. Com esforço, trago as fotografias para a superfície e, vejam, ali onde deveria estar o rosto de Nuša aparece apenas uma mancha indefinida, onde deveria estar outra há apenas um gesto, da terceira, só o contorno da face, da quarta, o sorriso, da quinta, a figura inteira, porém completamente diferente, nova, de modo algum aquela de quem me lembro.

III

No ar havia um cheiro de plumas queimadas...

NUŠA. *THE QUEEN OF WANDS*[49]

Nuša em 1990, quando tudo começou a ferver, mas poucos acreditavam que se chegaria à guerra, pronunciou uma frase que soava completamente irreal.

— Penso que cada família deveria oferecer um de seus membros em defesa da pátria.

No outono de 1991 seu filho de 18 anos estava entre os primeiros mobilizados.

A primeira vez que estivemos na casa de Nuša foi quando seu filho nasceu.

A amável Nuša. Nuša era a mais bonita e mais feminina entre nós, nenhuma de nós podia comparar-se a Nuša. Era alta, de ossos finos, bastante delgada, possuía uma tranquilidade no porte e uma leveza especial no andar. Tinha pele branca, olhos escuros, o rosto, como numa maquiagem perfeita, tinha uma sombra de melancolia delicada. Ao redor dos lábios vibrava uma disposição de um sorriso sempre ambíguo. Como se não soubesse se estava rindo de alguém ou um pouco ofendida por causa de um riso invisível de alguém.

Durante muito tempo Nuša cheirou a bebê e sabonete infantil. Depois do primeiro teria mais um filho.

49 "A Rainha das Varinhas." Em inglês no original.

Estivemos na casa de Nuša quando se mudou para a nova. A casa ficava numa colina, do terraço era possível ver uma encosta verde. Toda a encosta era de Nuša. No sopé vimos também a primeira arvorezinha recém-plantada. A arvorezinha nos sensibilizou, como se estivesse lá para defender Nuša bravamente de qualquer mal. Como se garantisse a Nuša uma vida longa e harmoniosa e, portanto, um final feliz para seu doutoramento em simbolismo russo. Naquele dia não jogamos cartas, não era necessário.

Nuša conseguiu, através de contatos, tirar o filho do exército e matriculá-lo na faculdade. O rapaz, no entanto, logo retornou à linha de combate. Dizem que se tornou viciado em guerra. Há diversos vícios. Dizem que os pais dela morreram um depois do outro. O marido de Nuša ficava cada vez menos em casa. A Nuša de pele branca fez-se escura no rosto.

Aquela encosta verde transformou-se, dizem, em um verdadeiro bosque. Nuša no começo plantava árvores aconselhando-se com um agrônomo-paisagista. Foi por Nuša que soubemos que existia uma profissão assim. Agora, dizem, Nuša traz as mudas sozinha e planta árvores com obsessão. Aprendeu quais crescem mais depressa e planta apenas essas, as que crescem depressa. Dizem que as árvores chegaram até a borda do terraço.

A propósito, eu me informei. As que crescem mais depressa são as bétulas.

ALMA. *THE QUEEN OF PENTACLES*[50]

Para Alma sempre saíam as melhores cartas. Talvez porque Alma vivia a vida como um jogo em que o mais importante, como em todo jogo, é vencer e conservar o lugar de vencedor pelo maior tempo possível.

Seu falecido pai, um general *partisan*, ela proclamou como "assassino". Como se tivesse pressentido que em breve o lado certo seria transformado em culpado, e o culpado em certo.

— E o que mais foi além de um assassino! – disse.

50 "A Rainha dos Pentagramas." Em inglês no original.

Ao comprar um jornal croata em Berlim, me deparei com seu nome. Tratava-se de certa petição de uns inquilinos que solicitavam o direito de comprar apartamentos sociais. Sabia que não entregariam tão facilmente um apartamento de general em pleno centro da cidade. E por que entregariam? Alma sabia que as revoluções nunca são promovidas pelas ideias justas, mas por casas, cargos, terra, território, depende de cada caso, afinal. Assim como seu pai havia sido premiado com um apartamento grande e uma vivenda na praia devido à "aptidão ideológica", do mesmo modo, já no momento seguinte, um novo "assassino" reivindicará instalar-se no mesmo apartamento em nome de alguma nova "aptidão".

— Os homens não têm compaixão – disse ela uma vez.

Sabia que, na verdade, ninguém tem compaixão e se preparou. Pediu e conseguiu dois passaportes. Comprou um apartamento num pequeno país europeu vizinho, um pouco mais ocidental e mais seguro. Mandou o filho para o exterior europeu, onde não havia perigo de que fosse convocado. Resolveu tudo, não deixou nada ao acaso. Como se fosse a única de nós que soubesse onde e com quem viver.

A verdade é que certas coisas a abalaram. Não conseguiu se tranquilizar durante muito tempo quando o apartamento de seus primeiros vizinhos, enquanto eles estavam na praia, foi invadido pela família de um soldado croata que havia retornado da linha de frente. E os vizinhos ficaram na rua. E aqueles que se instalaram, os novos revolucionários, não lhes permitiram pegar sequer uma roupa, imagine outras coisas. Vitalismo animal, essa é a essência da natureza humana, tudo o mais é excesso. Aquelas poucas ideias, estas ou aquelas, servem apenas como embalagem para que a merda humana não feda até o céu. Por isso todos os que têm um pouco de cérebro na cabeça em tempos escuros, como são os atuais, trocam de pele, tornam-se paquidermes, novos exemplares humanos, mutantes com superfície reduzida de coração e dentes caninos desenvolvidos.

A verdade é que muitas coisas a abalaram, mas não lhe passava pela cabeça interpretar a justa heroína. Ademais, ela sabia como os heróis terminavam. Convidaram-na havia alguns anos para a inauguração do busto do pai na aldeia natal dele.

Aguentou a cerimônia infeliz assim como se aguenta um evento tedioso de aldeia. Nem precisava ter ido. Hoje, apenas poucos anos depois, certamente derrubaram o busto e trocaram o nome da escola.

Alma tinha uma beleza incomum. Cabelos curtos brilhantes da cor de cobre, grandes olhos de corça, maçãs do rosto salientes, lábios carnudos e grandes e um sorriso amplo, lembrava um andrógino. Agradava a todos, a mulheres e homens. Sempre parecia perfeita. A cor de cobre escureceria com o tempo e seria transformada numa cor castanha ainda mais excitante. Sempre tinha dois homens a seu lado. Pensava que o *ménage à trois* era o tipo de relacionamento mais natural para uma mulher. A descoberta precoce de que os homens não têm compaixão e o filme *Jules e Jim* contribuíram para isso. Trocaria de amantes mais ou menos a cada sete anos, o marido seria constante. Todos os amantes de Alma permaneceriam eternos solteiros.

Não se renderia. Os genes de seus ancestrais, piratas do Adriático, verdadeiros ou inventados, não lhe permitiriam que se rendesse. Viveria feito um soldado, faria ginástica regularmente, iria regularmente ao esteticista, regularmente ao dentista e à cabeleireira, todos os invernos iria esquiar, todos os verões iria à praia, a cada temporada daria um pulo na Itália para renovar o guarda-roupa. Armani, Moschino, Mila Schön, Ferragamo. A elegante Alma sempre usaria apenas joias verdadeiras.

Alma sabia que só com o controle rígido do próprio coração poderia tornar realidade seu desejo por coisas exclusivas. E considerava a dedicação à literatura uma dessas coisas exclusivas. Escreveria estudos cada vez mais brilhantes de teoria literária. Poucos se dariam conta disso. Ela não protestaria. Ficaria resignada com o fato de que as eminências acadêmicas, literárias e culturais, tanto na paz quanto na guerra, pertencem aos homens.

Durante a estada de um ano no Japão, estabeleceria contato com o Instituto de Eslavística da ilha de Hokkaido. Graças a Alma, croatas e japoneses, difíceis de juntar, estariam unidos num dos projetos científicos literários de Alma.

Minha imaginação acrescenta a esse projeto um japonês apaixonado, o dr. Oshima, um homem pequeno e grande especialista em prosa ornamental russa. Uma mulher branca alta com genes de piratas partiria seu coração de porcelana. O dr. Oshima amaria Alma apaixonadamente, como apenas os especialistas japoneses sabem, em 1994, 1995, 1996, 1997, 1998, 1999, 2000 e talvez por mais tempo.

NINA. *THE PAGE OF PENTACLES*[51]

Nina lecionava literatura russa numa cidade pequena da costa adriática. Em cima, nas montanhas, viviam principalmente os sérvios, na costa, principalmente os croatas. Alguns de seus estudantes fugiriam para as montanhas em 1991, para junto dos "seus". É bem possível que mais tarde lançassem granadas em sua cidade. E em Nina. Ela prefere se calar sobre isso.

De algum modo penso que Nina se mudou para a literatura por completo. Navega pelas páginas de Biêli, Bulgákov e Platónov como no mar e não deseja parar na costa. Chamou-me por telefone várias vezes.

— Você está ouvindo? – interrompia a conversa.

Pelo telefone eu podia ouvir claramente o ruído de disparos.

— Estão disparando de novo. Parece que hoje não completaram ainda a cota – dizia com voz tranquila, como se estivesse falando de precipitações atmosféricas.

— São seus estudantes que estão disparando – eu tentava brincar.

Nina ria em voz baixa e sibilante como uma anciã.

— São idiotas que estão disparando, e não meus alunos.

— Por que você não vai embora?

— E por que iria? – respondia ela, e com o tom marcava o fim da questão.

Nina poderia ter saído e voltado para Zagreb. Os pais e seus amigos estavam em Zagreb. Não consigo entender por que ficou numa cidade de província e compartilhou o destino bélico com os concidadãos recentes. Viveu sem luz, sem água e sem

51 "O Valete de Ouros." Em inglês no original.

aquecimento durante meses. Em vez de simplesmente ir embora, pequena, esbelta e flexível de maneira incomum, olhos verde-acinzentados e uma bela cabeça felina, cabelos esticados num pequeno coque e sempre vestida de preto como uma viúva, Nina arrumou um gato.

— Behemot aquece mais que calefação central – disse.

Naqueles meses Nina se comunicava com o mundo a partir do banheiro. Puxava o telefone até o banheiro, único lugar seguro no apartamento, e deitava na banheira, submersa num saco de dormir e com o gato Behemot. Ao lado da banheira colocava a mesa de cabeceira, com cinzeiro, cigarros e bebida, e então passava a chamar todas pela ordem, Alma, Doti, Nuša...

Nunca saberei por que ela decidiu ficar na cidade que não era dela, ao alcance de seus alunos, dos quais alguns se tornaram soldados, alguns *nossos* e outros *deles*, a maioria dos quais não estudou porque houve uma guerra. Eu só posso imaginar que Nina decidiu que deveria ficar lá aonde a vida a levara, já que a levara de forma tão estranha. E então o gato também se acostumou com ela, e a primeira vizinha precisava da ajuda dela, e algumas pessoas estavam ali...

Com o tempo, grudou-se à sua banheira feito fantasma, ao cotidiano de guerra sobre o qual até então havia lido apenas em romances, e, afinal, à sua liberdade. Não precisava prestar contas a ninguém a respeito da bebida. E bebia, dizem, cada vez mais. Dizem que, quando já era mais fácil viajar, apareceu em Zagreb num encontro de russística. Tinham ido também alguns visitantes estrangeiros e todos se sentiram incomodados. Alma, Nuša, Doti, Dinka, todas ficaram do seu lado, não se pode afirmar que não, mas de certo modo a suprimiram internamente, não era mais parte do grupo, além do quê estava "difícil", pronto, era isso.

Às vezes tenho vontade de ligar para ela. E então desisto. Embora pudesse saber algo dela através de Hana. Nina ligava para Hana em Sarajevo regularmente, até quando foi possível. Não sei por quê, mas estou certa de que tem notícias dela até hoje.

HANA. *THE QUEEN OF CUPS*[52]

Quando a guerra começou na Bósnia, Doti ligou para Hana preocupada, soube que estava viva, mas a "cegueira política" de Hana a inquietou, ao menos foi assim que Doti formulou.

— Como você está? – perguntou Doti.

— Estão atirando...

— Quem está atirando?

— Atiram de todos os lados – balbuciou Hana sobressaltada.

— Se ainda não sabe que os sérvios estão atirando, então de verdade não vejo por que devo continuar a telefonar para ela – encerrou Doti o seu comunicado a respeito de Hana.

E Hana por um tempo foi esquecida. E então a situação piorou em Sarajevo, as linhas telefônicas foram interrompidas, não se podia mais nem entrar nem sair. Alguém, falando sobre Sarajevo, lembrou-se de Hana e disse que na juventude Hana havia sido uma ativista, "uma comunista". E então outro alguém não concordou com isso, dizendo que Hana sempre havia sido uma "fundamentalista islâmica" oculta. E então um terceiro disse que o marido de Hana, um sérvio, surpreendentemente está lutando do lado da proteção territorial de Sarajevo, e não do lado dos "seus", os das montanhas.

E Hana ressuscitou de novo; além do mais, era como se tivesse se tornado mais próxima, agora que estava mais longe. Era como se estivéssemos soldando com Hana as relações fissuradas entre nós, como se o nome de Hana tivesse escancarado de repente uma passagem no tempo que não existia mais, o tempo de nossa calorosa união. Como está Hana? Você tem notícias de Hana? Deveríamos fazer algo por Hana.

Fizemos, embora parecesse que a preocupação conjunta com Hana fosse mais importante que a própria Hana. Enviávamos cartas com carimbos oficiais, convites para encontros científicos locais e internacionais, pedíamos ajuda a colegas estrangeiros. A irmã de Hana um dia apareceu brevemente em Zagreb, ela que já vivia em Praga com o marido e os filhos como refugiada. Debatemos muito como retirar Hana e a filha de Sarajevo.

52 "A Rainha de Copas." Em inglês no original.

Em fevereiro de 1993 chegou uma carta de Hana. Não respondi. Foi na época em que eu estava saindo de Zagreb, quando estava trocando com amargura suicida meu endereço permanente por um futuro, provisório.

Espero que você me perdoe se eu não estiver em condições de verbalizar tudo aquilo que a gente deseja escrever a um amigo que está fora. Às vezes penso que não estou mais em condição de falar. Ainda assim, é inacreditável como um gesto amigo traz você de volta à vida, assim como minha irmã descreveu o encontro com você em Zagreb.

Agradeça a todos pela preocupação com os papéis. Nós, habitantes de Sarajevo, estamos procurando uma saída daqui feito ratos e sabemos ao mesmo tempo que, ainda que possamos sair, não conseguiremos nada além de salvar as vidas nuas. Quando o habitante de Sarajevo deixa esta cidade, depois de tudo o que nos aconteceu, em vez de alívio sente vergonha. Não sei como explicar para você toda essa pasta de sentimentos, essa mistura de luta animal diária para sobreviver e de patriotismo, sim, aquele dos livros, aquele que pensávamos existir apenas nos livros. Estou tentando pronunciar algo a respeito do que seria melhor calar-se. Mas talvez tenha a necessidade de sentir o próprio pulso, quando estou em condições de refletir sobre a partida. Seus convites abriram alguma esperança de saída legal e agora não posso não refletir a esse respeito. Não posso também por causa de Ines, que já há onze meses não põe o nariz para fora, dorme na despensa, porque não há cômodo que não tenha sido danificado e para o qual a qualquer hora não possa voar uma granada. Ela é a única menina em nossa vizinhança, passa o tempo com cinco meninos, vão juntos ao quarto, terceiro ou quinto andar, algumas horas por dia, e voltam enregelados para o jantar, um pacote americano para seis pessoas, quando há.

Como vou descrever para você a vida de refugiado em sua própria cidade? Em abril e maio do ano passado ainda estávamos em nossa própria casa, e depois precisamos fugir. Minha casa encontra-se agora na primeira linha de frente. Minha mãe ainda está lá. Tenho notícias dela a cada dois meses. Como descrever a situação em que a gente se encontra, com todos os perigos, só é possível arrastar-se 50 metros de sua casa, mas não pode ir além, não pode saber como estão os seus mais próximos, não pode atravessar a ponte que até então já havia atravessado mil vezes. Não pode fazer nada além de ficar observando as janelas com cuidado e procurar nelas sinais de vida.

O que posso dizer para você? Atrás de mim estão os terríveis dias passados no abrigo da rua Zagrebačka, as cenas sinistras das ruas ensanguentadas de Sarajevo, estão atrás de mim os dias em que fiquei de luto por muitos amigos. Continuamos a viver com medo e não sabemos quando esse círculo de mortes terminará.

Enquanto isso nos tornamos pessoas completamente diferentes. Acostumamo-nos a viver o dia de hoje. O mais importante é encontrar comida, lenha e água. Voltamos ao tempo em que não se compra mercadoria, troca-se. Não sabemos mais o que é batata ou cebola, mas sabemos como fazer queijo do leite em pó. Fazemos filés de arroz, as famosas massas folhadas bosníacas também de arroz. Enriquecemos a cozinha bosníaca com receitas cujo segredo é fazer algo de nada. Nós mesmos construímos os fornos, aprendemos a rachar lenha e acender fogueira. Cortamos fileiras de árvores e parques, e não estamos lamentando. Não temos eletricidade, as reservas de velas acabaram faz tempo. Fazemos lamparinas a óleo e lâmpadas improvisadas que funcionam com os mais diversos geradores. Não podemos queixar-nos de que o tempo passa devagar. Antes nos orgulhávamos do fato de que Sarajevo era a confluência de diversas culturas, hoje podemos dizer que se vive aqui na fronteira entre a absoluta ausência de civilização e de suas conquistas mais elevadas.

Como você pode ver, minhas preocupações não têm relação com aquilo que eu fazia antes. Estou duas vezes por semana na faculdade, se consigo chegar lá. Todos os meus livros ficaram em território ocupado, desconfio que não encontrarei nada daquilo, se um dia eu voltar. Antes da guerra saiu meu livro, mas toda a tiragem com certeza foi perdida. Um dia arrisquei-me, fui até a faculdade de filosofia, que agora é a primeira linha de frente e a parte mais armada de Sarajevo, e consegui retirar um exemplar do gabinete despedaçado. A propósito, em vez de teoria, agora estou escrevendo poesia.

Está aí, escrevi uma carta relativamente longa, embora não acreditasse que conseguiria. Espero que não seja cansativa e confusa demais. Gostaria que você também me escrevesse. As cartas significam muito aqui. Vamos buscá-las nos lugares mais impossíveis na cidade. Pessoas corajosas, da ajuda humanitária, da comunidade judaica, adventistas, romperam o bloqueio postal. E também usamos os jornalistas estrangeiros como carteiros, quem pode, é claro...

Tenho esperança de que nos vejamos em Zagreb. Gostaria de ir, por pouco tempo e apenas se estiver segura de que posso voltar. Alguma esperança de que isso tudo chegue a um fim existe, mas a vida aqui será malditamente difícil... Até por isso uma pequena pausa seria bem-vinda. Saúde a Nuša, Doti, Alma e Dinka. Sua Hana.

No outono de 1993, quando eu já estava no exterior, ouvi que Hana havia conseguido sair de Sarajevo e ir a Zagreb. E de algum modo em Zagreb aconteceu que o apartamento de Doti era pequeno demais, e no de Alma, justo naqueles dias, apareceram umas visitas, no de Dinka não era possível ficar, e Nuša naquele momento não estava em Zagreb. Além disso, Nuša naqueles dias tinha também muitos problemas e, na verdade, todas tinham os seus. Agitaram-se todas, passaram a telefonar uma à outra, e todas estavam dispostas a ajudar, pelo amor de Deus, como não estariam dispostas a ajudar, e todas estavam de certo modo muito calorosas, e todas se cansaram logo do próprio entusiasmo, embora, já que estamos falando disso, nunca ninguém tenha lhes perguntado nada, como se elas estivessem bem, e vejam, o pai de Dinka tinha falecido havia pouco e a mãe estava doente, e o filho de Nuša estava de novo na linha de frente. E então aconteceu algo com o tempo, ou simplesmente com o sentido do tempo, de alguma maneira não puderam reunir-se, de alguma maneira resultou que não tinham um minuto livre, e não se encontraram, embora, graças a Deus, Hana tenha conseguido se arranjar sozinha, além disso insistiu em ficar por pouco tempo, mas tudo correu bem, instalou-se na casa de uma colega, daquela a quem todas conheciam mas nunca haviam chamado, e quem vai saber agora por que mantinham essa colega afastada.

Compreendo essa história com Hana. Naqueles meses em toda parte praticava-se uma traição terrível de tudo, de todos e de todas as coisas. E era fácil e indolor ocultar-se atrás da traição generalizada e justificar com ela a sua individual e tão irrelevante. Porque uns derrubavam a casa, outros massacravam os habitantes, os terceiros levavam os móveis, os quartos, as demais coisas, os quintos observavam com interesse, os sextos, com nojo, os sétimos fechavam os olhos, oitavos não havia para ver isso. Era assim a ordem das coisas.

No exterior eu encontrava muitos jornalistas que se deslocavam até Sarajevo e muitos habitantes de Sarajevo que saíam de lá e retornavam. Teria sido fácil enviar uma carta para ela, eu poderia ter enviado para ela um creme para o rosto, um xale quente e luvas, um pouco de dinheiro, mas, veja, não o fiz. E não sei por que não fiz isso por ela, quando fiz para pessoas que significavam menos para mim.

Meus livros, minhas fotografias, minhas coisas não estão mais comigo. Atravesso fronteiras com facilidade, não sou daquelas que pagam excesso de bagagem nos aeroportos. Ainda assim, duas ou três miudezas grudaram em mim e viajam comigo para toda parte. Uma delas é a fotografia amarelecida cuja origem desconheço, a outra é a carta de Hana.

DINKA. *THE QUEEN OF SWORDS*[53]

Quem sabe se Dinka, que lia nosso destino nas cartas, viu algo disso tudo? Sempre tive a impressão de que ela sabia mais a nosso respeito que nós a respeito dela. E agora, quando posso trazer à memória com facilidade o rosto vivaz de Alma, o tranquilo de Nuša ou o felino de Nina, ao lado da carta de Dinka, em vez de sua figura aparecem significados. Seriedade, confiabilidade, humildade...

— Isso é porque me pareço com uma batata, e minha natureza também é assim! – brincava.

Os homens gostavam dela. Penso que o que mais gostavam em Dinka era a ideia de uma mulher independente com apartamento próprio. Dinka era um refúgio, ombro para chorar, cama limpa que não obriga a nada, estabilidade. Não se parecia

53 "A Rainha de Espadas." Em inglês no original.

de modo algum com uma batata, mas com alguém que recusa toda e qualquer ideia a respeito de uma relação estável.

Penso que Dinka tinha um medo pavoroso de relações sérias. Seu primeiro marido morreu antes dos 40 anos, e aquele, o amante que nós desconhecíamos, morreu, dizem, num acidente de trânsito. Dinka nunca fala sobre isso. Talvez a secura, a ausência de brilho exterior de Dinka, e tudo o mais, viessem do esforço de manter seus sentimentos sob controle.

Vivia uma longa relação com um homem casado com rosto de traços finos, que todos os dias trazia um ramalhete de rosas frescas para Dinka. Por isso lembramos dele, por causa daquelas rosas. Dinka significava muito para ele. Para nós também. Estava sempre disposta a dar conselhos, ela mesma nunca pedia. Por isso preferíamos nos reunir na casa de Dinka. Creio que Alma e Nuša continuam reunindo-se, não há razão para não se reunirem.

Dinka sabe que são tempos difíceis e se esforça para manter as coisas sob controle. A faculdade é uma instituição confortadora, a literatura é uma profissão confortadora. Creio que ela percebe as coisas, mas se cala. Alguém retira todos os dias a plaqueta com sobrenome sérvio na porta do colega do gabinete ao lado do seu. O colega entra em seu gabinete e, tresloucado, conta a mesma história, "venha", afirma, "veja, certifique-se você mesma, toda vez alguém tira". Dinka vê, mas se cala. Pensa, são tempos assim, difíceis, o colega sobreviverá, sua desgraça é daquelas inofensivas. É guerra, dezenas de soldados croatas morrem todos os dias com as granadas sérvias. E então se pergunta o que seria se todos os dias alguém tirasse regularmente a plaqueta com seu nome e sobrenome. E então tenta pensar em outra coisa.

DOTI. *THE KNIGHT OF SWORDS*[54]

Penso que Doti era a única a viver sua vida como uma história que o Destino, aquele com D maiúsculo, teceu para ela. A verdade, pelo menos no que se refere à nossa própria vida, é

54 "O Cavaleiro de Espadas." Em inglês no original.

evidente que não está nos fatos, mas na imagem que temos a respeito de nós mesmos, na força da convicção. E nesse terreno Doti era invencível.

Doti nasceu num assentamento suburbano da Eslavônia. Corria a história de que o pai, logo depois da Segunda Guerra Mundial, foi morto pelos moradores locais enfurecidos a golpes de gadanho. O pai lutou no lado "culpado", dizem, mas talvez houvesse algum motivo a mais. Nem todos os que lutaram no lado "culpado" acabaram de uma maneira tão terrível. Doti dava a impressão de ter apagado o pai de sua biografia.

Ainda garota, Doti enamorou-se de um rapaz bonito, de olhos escuros, que se tornaria e permaneceria seu único amor. E suas histórias familiares, dizem, eram simétricas. O pai do garoto foi tragado pela escuridão depois da guerra. Em algum lugar da Alemanha, dizem.

Doti, nos anos 1970, veio com o marido a Zagreb para estudar filosofia e literatura. Mas, logo que chegou, o belo Adonis da Doti assinou algo que não deveria, ou disse em voz alta algo que não deveria, e abandonou o país. Doti se rebelou depois dele e se tornou ela própria uma exilada. Estudaria fora, lavaria garrafas numa fábrica por um pagamento diário irrisório, escreveria poemas patrióticos agridoces e desfrutaria às escondidas do desenlace da fábula que o Destino havia determinado para ela. E, enquanto os conhecidos de Doti viviam em Zagreb suas vidas "comunistas" cinzentas, ela amava o marido apaixonadamente e, acima de tudo, o seu destino triste.

Doti gostava de se identificar com as estrelas midiáticas obscuras daquela época, anarquistas, terroristas, com os destruidores modernos dos sistemas sociais. Preferia ver-se como uma Ulrike Meinhof. Uma vez que o gosto artístico de Doti variava de modo agressivo, num determinado momento substituiu Ulrike por *Bonnie e Clyde*, naquela época uma história cinematográfica popular sobre um casal de amantes americanos assaltantes de bancos. Só que, no filme de Doti, Doti e seu Clyde não assaltavam bancos, mas destruíam a República Socialista Federativa da Iugoslávia, e no fim, crivados de projéteis dos policiais iugoslavos, morriam com o nome do Estado Independente da Croácia nos lábios.

Além da inocência tocante da imaginação de Doti, na biografia dela há de fato um momento inexplicavelmente inocente. Doti, portanto, depois de ter passado três anos no exílio voluntário, mordeu a isca e voltou a Zagreb para receber um prêmio para seu livro de poesia concedido por um júri literário local. Recebeu o prêmio, mas os policiais iugoslavos retiveram seus passaportes logo depois que o casal cruzou a fronteira.

E mais ou menos aqui se inicia o segundo capítulo do romance da vida de Doti, o de mártir.

Doti tinha de fato certa aura de mártir político, mas essa imagem, então atrativa, era prejudicada por sua vitalidade. E a própria vida, animada, desvalorizava gradualmente o lado trágico da condição de Doti. Afinal, Doti se empregou na faculdade, comprou um apartamento, deu à luz uma menina saudável e bonita, e até o marido, o Clyde, se empregou como professor numa escola do ensino médio. Este último fato, segundo Doti, era a evidência mais forte da repressão comunista. Doti considerava o trabalho no ensino médio uma degradação da grande capacidade intelectual do marido. Sim, é verdade, prendiam o marido de vez em quando, em geral quando Tito visitava Zagreb, mas, assim que ia embora, a polícia não encontrava nenhum outro motivo para manter na prisão o contestador. Doti, ainda que não reconhecesse, estava um pouco decepcionada porque a polícia traiçoeira retirava-lhe o direito ao heroísmo trágico. Simpatizávamos com Doti, até mesmo tínhamos um pouco de inveja dela. De fato, tínhamos passaportes, mas não tínhamos Destino.

A aparência física de Doti lembrava o fruto de uma relação casual entre uma tia provinciana e Átila, o Flagelo de Deus. Quando a víamos, não sabíamos ao certo se Doti pegaria as agulhas para tricotar, tranquila, uma malha ou saltaria sobre o cavalo e conquistaria metade de um continente. Para essa impressão contribuía menos seu rosto asiático que seu cabelo. Era como se tivesse esquecido de cortar o cabelo desde os anos 1960. Era um cabelo comprido e negro que ela agitava feito um chicote e soprava as mechas como uma menina.

O rosto de Doti era excitante, de algum jeito. Como se ajustasse a face numa expressão permanente de desculpa amável, como as recepcionistas de hotel, ou algo parecido. Doti adotava, é bem isso, adotava a mesma expressão e apenas algumas vezes escapava-lhe alguma não desejada. Nesses momentos Doti enrubescia sem razão, como se tivesse sido apanhada numa mentira, e ajustava depressa a expressão anterior, como um uniforme.

Percebemos que Doti possuía certa atratividade num encontro em Opatija. Vimos como um grupo de homens chineses ou coreanos, turistas de negócios, a seguia totalmente encantado. Depois ela nos contou que esses chineses ou coreanos ficaram a noite toda espreitando diante da porta de seu quarto de hotel.

Não conhecíamos Doti no primeiro capítulo do romance de sua vida, conhecíamos nesse segundo, acadêmico e de mártir. Vivenciava a literatura como um repertório de ideias, interessavam-na a combinatória linguística e as utopias literárias. A escassez de livros lidos ela compensava com sua capacidade de especulação.

É possível que Doti descarregasse sua natureza verdadeira na mania tresloucada de escrever cartas. Com frequência nos deixava cartas e mensagens escritas, apesar de todas termos telefone, e apesar de nos termos visto e conversado naquele mesmo dia, e apesar de que nos veríamos e conversaríamos no dia seguinte. Em suas pequenas cartas explicava-se sobre tudo, por que teria dito alguma coisa e não pensava daquele modo. As cartas eram confusas, muitas vezes não sabíamos do que Doti estava falando e a que suas notas de rodapé se referiam. Em sua mania Doti tinha também momentos mais felizes. Costumava enviar cartas para as fábricas, comprava alguma coisa com a qual não ficava satisfeita e de imediato redigia uma carta. Desacostumadas com cartas dos compradores, as fábricas socialistas enviavam, amáveis, outras coisas novas a Doti. Graças à sua paixão epistolar, Doti reduzia as contas de eletricidade, gás e telefone. Creio que os funcionários, irritados, simplesmente se rendiam e cediam. Doti, claro, também se correspondia com as autoridades solicitando passaporte para si própria e para o marido. Apenas a elas, às autoridades, o exibicionismo epistolar de Doti era indiferente.

Agrada-me a ideia de que o terceiro capítulo do romance da vida de Doti tenha se iniciado com a aparição de nosso visitante noturno. Sua aparição coincide no tempo com a história de Doti a respeito do dedo-duro. Era seu vizinho ao lado, um encanador de profissão, uma história bem irrelevante.

— Porco dedo-duro! – disse Doti, e em seus olhos apareceu um brilho desconhecido que anunciava esse novo capítulo. Confundia-nos um pouco por que Doti se incomodava tanto com o dedo-duro, por sinal ex-dedo-duro, com tantas coisas sérias acontecendo naqueles meses ao seu redor, mas atribuíamos isso a seu trauma policial de muitos anos.

E Doti poderia descobrir o nome de seu dedo-duro, porque o partido que tomou o poder naqueles meses após ter derrubado o anterior, o comunista, herdou, por falar nisso, os arquivos policiais e os distribuiu generosamente a todos os seus membros. E o marido de Doti naquele momento era membro do partido que estava no poder, de fato um crente, propagandista e funcionário. E Doti também apoiava o partido com todo o coração. Como dia após dia a mídia local assegurava, o partido concretizou *o* "sonho milenar de todos os croatas". A única coisa que confundia era que, em vez de um apaziguamento final devido à concretização do sonho, instalou-se em Doti uma violência desconhecida.

Ah! Doti... Daí em diante tudo aconteceu com uma velocidade terrível, e hoje é difícil juntar todos os fios. Depois do episódio do dedo-duro Doti procuraria um livro em sua biblioteca doméstica e encontraria, bem atrás dos livros de Spengler e Kant, duas granadas e um revólver. Descobriríamos, porque Doti nos contaria tudo, que o partido no poder, generoso, distribuiu aos membros não apenas os nomes dos alcaguetes, mas armas também. Os espíritos dos pais vieram buscar os seus, exatamente como anunciou Alfred, nosso visitante noturno fora do comum. Então, na verdade, eu ainda estava mais propensa a relacionar as mensagens de Alfred, das quais eu própria mal me recordava, com os empréstimos a fundo perdido que os membros do partido governante recebiam. "Imagine, 30 mil marcos alemães", dizia Doti, "agora com esse dinheiro finalmente poderei comprar um túmulo familiar decente".

Sim, Doti mudaria. Voltaria à vida, hospedaria uma espécie de fogo justiceiro, não perdoaria com facilidade nem mesmo o direito a uma pequena dúvida. Falariam nesses meses a respeito dela, que redigia diligentemente informes secretos sobre os funcionários da faculdade, colocando diante dos nomes pequenas marcas de mais ou de menos. Por isso, imagino, já que não tenho como saber dessas coisas, que o sinal de mais significava "croata e legal", o de menos, "não croata e não legal", e dois menos, "sérvio e de quinta-coluna". Fazia isso em defesa do sonho milenar dos croatas, em defesa de uma Croácia independente, em nome da ideia para a qual havia se preparado secretamente e havia sofrido a vida inteira. Em algum lugar por trás de seus ombros apareceria o espírito do pai, aquele que cinquenta anos antes havia se perdido no lado culpado. Sim, Doti os faria pagar pelo atroz assassinato do pai, pela infância passada sem ele, pela fraude com o passaporte, pelos países nos quais não esteve, os faria pagar pelo marido e por si própria, sem abandonar a fé no Destino grande e justo, aqui com D maiúsculo.

Ah! Doti... Começaria a empregar insistente o pronome *nós*. O ódio forte pela Iugoslávia e por Tito ela substituiria pelo amor à réplica deste, o general e imitador de Tito, presidente do novo Estado croata. O esquecimento piedoso não lhe permitiria relacionar essas coisas. Um pouco depois, com um sorriso e com dois dedos erguidos no símbolo da vitória, iria se despedir dos soldados croatas na linha de frente e odiaria, com maior fúria que os demais, aquele outro lado "bárbaro", "agressor", "sanguinário", "ortodoxo", "servo-bolchevique". Continuaria a escrever suas cartas, feito idiota, dessa vez destinadas a muitos políticos estrangeiros e personagens públicos, pediria audiências, e às vezes as conseguiria.

Ah! Doti... Penso que esse terceiro capítulo era a defesa definitiva de sua própria biografia. Chegaria a vê-la na televisão durante uma viagem breve a Zagreb. "Alegro-me, porque a nossa vitória foi limpa", diria na câmera ao comentar uma da série de "grandes vitórias croatas". Eu perceberia que havia encurtado o cabelo, vestia um conjuntinho, no pescoço reluzia com brilho justiceiro uma cruz de ouro, um pouco maciça demais. Num instante, a má imagem da televisão, ou talvez apenas minha imaginação, produziria um efeito de holograma, e Doti, súbito, iria me surpreender com sua falta de harmonia, com sua ambiguidade, ou fosse lá o que fosse. Nesse momento eu não poderia decidir se Doti me lembrava uma travesti ou um anjo vingador.

Nessa breve visita a Zagreb eu descobriria mais uma vez coisas que já sabia: a expulsão violenta de centenas de pessoas de seus apartamentos, o terror autoritário e mafioso-policialesco que o novo governo promovia, aquele que por fim tornou realidade o sonho milenar de seus cidadãos, as demissões em massa, a rapina, a cobiça, os crimes e os que lucravam com a guerra, saberia sobre a queima de casas e aldeias, sobre a expulsão forçada de pessoas. Descobriria também alguns detalhes que não sabia. Descobriria, por exemplo, que naquele ano alguns milhares cometeram suicídio, a maioria deles soldados croatas, aqueles que asseguraram a "vitória limpa", e os demais aposentados, que talvez gostariam de viver, mas não tinham de quê.

Iria me inteirar, é claro, também das honrarias recém-obtidas por Doti. Doti ficou do lado "certo", porque do "culpado" simplesmente nem poderia ficar, e da maneira mais natural tornou-se a referência ruidosa da vida político-cultural (esses dois itens não se podiam separar), membro disso e daquilo, editora disso e daquilo. A honorável Doti apanharia também a bandeira de seu marido, que num momento havia tropeçado e a deixara cair. O novo governo enviou o marido de Doti numa representação diplomática àquele mesmo país em que, uns cinquenta anos antes, a escuridão engolira seu pai. O espírito do pai iria instalar-se nele também, assim como havia acontecido com Doti. Começaria a beber, a farejar feito um cão policial bem adestrado, no final, dizem, todos estariam fartos dele, seria destituído, seria enviado de volta à pátria, pois temiam que um dia ele pudesse aniquilá-los também. Sim, Doti defendia a biografia comum de ambos.

Às vezes tenho a impressão de que a natureza verdadeira de Doti se expressava naquelas pequenas cartas que redigia ao longo da vida, desculpando-se por isso ou aquilo, pedindo isso ou aquilo.

Uma história do museu dos regimes totalitários reza que um russo miserável nos duros tempos soviéticos tinha sempre o mesmo pesadelo: Stálin havia agendado uma reunião às sete horas da manhã, mas ele acordava só às oito. O restante do dia o russo tresloucado ponderava como poderia justificar seu atraso, mas na noite seguinte tinha o mesmo sonho. No final, o sonhador infeliz enlouqueceu.

Agora me parece que aquela expressão eterna de desculpa no rosto de Doti, a mania amalucada de Doti de escrever cartas para todos e para cada um, e até mesmo a dedicação de Doti à literatura, que tudo era uma espécie de desculpa indireta pelo atraso de uma hora. De quem e de quê tinha medo nunca saberei.

Descobri, entretanto, que nas listas secretas da faculdade relativas à lealdade ao novo Estado croata eu receberia um sinal de menos, talvez até dois. Os menos de Doti. Doti, parece, era a que mais gostava de mim.

Pensaria em Doti um dia em Berlim. Notícias a respeito dela chegariam através de cartas de meus amigos, das cartas escaparia uma entrevista jornalística com uma fotografia grande de Doti. Doti falava na entrevista sobre seu novo livro, algo sobre a literatura como destino ou talvez o contrário, depois acusava o pós-modernismo ocidental de amoralismo, exigia, rígida, o retorno dos princípios morais na vida da pátria e na cultura, empregaria o pronome “nós” com firmeza. “Nós estamos criando o pós-modernismo novo e moral. É nisso que consistem a vantagem e a responsabilidade de nossos intelectuais”, diria, e depois faria menção a mim, mais que isso, meu nome estaria impresso em letras grandes no próprio título da entrevista. Doti me acusava de amoralidade, aquela pós-moderna, e terminaria a entrevista com uma declaração ambígua. “O Muro de Berlim foi derrubado, mas um novo foi erigido, em nossas almas”, diria. Conhecendo Doti, suponho que o recado sobre o Muro de Berlim era, na verdade, dirigido a mim. Tendo feito o sinal da cruz previamente com o seu santo “nós”, Doti dessa vez faria também minha execução pública.

Eu ficaria surpresa com seu rosto na fotografia do jornal. Estava de certo modo liso e tranquilo. Na fotografia era possível ver que havia engordado, estavam ali o conjuntinho, a pequena cruz e a blusa de seda, mas era como se, afinal, tudo tivesse se assentado em seu lugar. A expressão e o rosto finalmente coincidiam, Doti por fim estava encaixada em si mesma.

Observando a fotografia, eu quase a invejei. Era o rosto de alguém que não tinha mais pesadelos. Em vez daquele russo que sempre sonhava que chegava atrasado ao encontro com Stálin, Doti se parecia agora bem mais com um Stálin que sonha com o atrasado.

IVANA. *THE EMPRESS*[55]

Ivana, que naquela noite engoliu a pluma, talvez não soubesse que, segundo muitas crenças antigas, mulheres que engolissem uma mosca ou uma borboleta ficariam grávidas. Nos Bálcãs há uma mosca conhecida como "feiticeira". Existe a crença de que a mulher que tocar uma "feiticeira" acaba engravidando. Como é com a pluma não sei, mas Ivana, exatos nove meses depois daquela noite, aos 39 anos, daria à luz um menino.

Dez anos antes desse acontecimento, Ivana, uma belgradense, conheceu um zagrebino, apaixonou-se por ele, deixou o emprego num instituto literário, o doutoramento semiconcluído, pais e amigos, e mudou-se para Zagreb.

Ivana tinha um coração grande. Com Ivana a vida cotidiana, cada ida ao cinema, às compras, uma rápida ida à cafeteria, representava uma solenidade. Possuía aquele talento raro. Era uma leitora voraz, jogava xadrez de maneira impressionante, tinha facilidade para as línguas, francês, italiano, inglês, era eloquente, aprendeu num segundo a lidar com o computador, até aprendeu a dirigir um automóvel em poucos dias, embora sempre lhe tivesse dado um pouco de medo...

Num determinado momento desejou ter filhos. A primeira vez ficou acamada quatro meses e abortou, a segunda vez aguentou até os cinco meses e abortou. A época de suas gestações foi como um acampamento de meninas. Ivana ficava deitada esparramada no sofá da sala de estar, ao seu redor havia pilhas de livros jogados, eu ia até a cozinha e levava algo para comer atendendo a seu comando, migalhas caíam por toda parte, ríamos, amiúde sem razão alguma, tagarelávamos durante horas sobre isso e aquilo. Em cada gravidez de Ivana eu mesma

55 "A Imperatriz." Em inglês no original.

ganhava alguns quilos. Naqueles meses o ar à sua volta era leve, inebriante e cortante como champanhe. E Ivana borbulhava e transbordava feito champanhe.

Ivana daria à luz um menino incrivelmente bonito. A vida parecia inebriante e luminosa, mesmo quando, ao sair de casa, encontrou seu automóvel coberto de cusparadas justiceiras e recebeu mensagens anônimas em sua caixa de correio: "Puta sérvia. Simpatizante *četnik*"[56].

Ivana trocaria a placa do carro de Belgrado por uma de Zagreb. A vida parecia luminosa, mesmo quando numa ida a Belgrado encontrou seu carro coberto de cusparadas justiceiras e recebeu mensagem anônimas em sua caixa de correio: "Puta croata. Filha da puta *ústacha*"[57].

Ivana deixou Zagreb e foi para Belgrado com o filho no começo de setembro de 1991, quando os habitantes de Zagreb, com medo de um possível bombardeio, se mudaram para porões e abrigos. Logo todos os contatos entre Zagreb e Belgrado, distantes 400 quilômetros, foram interrompidos. Ivana ligava para o marido através de Sarajevo. As pessoas naqueles dias conseguiam ser mais sábias que o sistema, aprendiam a discar os números certos e ainda ligavam umas para as outras. E então não se podia ligar nem através de Sarajevo, nem para Sarajevo. O marido de Ivana cada vez mais desaparecia por alguns dias sem dizer a ninguém aonde ia. Viajava durante horas em

56 *Četnik* (leia-se tchétnik) significa "integrante de uma companhia". Origina-se da palavra *četa* (companhia militar). *Četa* foi utilizada desde 1904 nos Bálcãs para denominar qualquer companhia de resistência contra ocupação estrangeira. Quando o reino da ex-Iugoslávia foi invadido e despedaçado em diversas zonas de ocupação pelos países do Eixo, em 1941, o general Draža Mihajlović (1893-1946) liderou um movimento monárquico sérvio de resistência. Na guerra civil da ex-Iugoslávia, o termo *četnik* foi usado como pejorativo para designar os sérvios.

57 Os *Ustaši* (plural da palavra *ustaša*) representaram uma organização nazifascista croata fundada em 1929, que objetivava estabelecer um Estado independente da ex-Iugoslávia. Em abril de 1941, foi fundado o Estado Independente da Croácia, liderado por Ante Pavelić (1889-1959), que organizou campos de concentração próprios e ali assassinou centenas de milhares de sérvios, judeus, ciganos e dissidentes croatas. Na guerra civil da ex-Iugoslávia, o termo *ustaša* foi usado como pejorativo para designar os croatas.

ônibus sufocantes através da Hungria até Belgrado. Ivana, com o filho, viajava naqueles mesmos ônibus tristes e semissecretos de Belgrado a Zagreb. Nos ônibus, onde os motoristas decidiam o horário e o preço, viajavam pessoas infelizes arrastando seus humildes bens, viajavam feito moscas sem cabeça, sem saber direito para onde iam. Nos postos fronteiriços sérvios e croatas os funcionários de feições inclementes humilhavam os passageiros, nos húngaros carimbavam os passaportes com compaixão.

Nos últimos tempos Ivana não tinha medo de nada. Temia apenas, de modo estranho, que o filho no ônibus tivesse um ataque de pânico diante de outras pessoas, tinha medo por não saber se teria forças para controlar o pequeno corpo apavorado. O menino, como se adivinhasse seus medos, fechava os olhos tranquilo, excluindo o mundo externo como se fosse uma luz forte demais, ou tapava os ouvidos com a palma das mãos se o ruído desse mundo fosse agudo demais.

Ivana não tinha medo. Sujeitava-se a humilhações, atravessava fronteiras, ia e vinha, reconciliava mundos, cidades e pessoas em conflito, colocava compressas em injúrias alheias. Passava pelo ódio com facilidade, como se fosse água. Dizia-se que algo não estava em ordem com o menino. Tendo vindo ao mundo no instante em que as pessoas apagavam tudo diante de si – cidades, pessoas, bibliotecas, recordações –, o menino se lembrava de tudo, ainda que a seu modo. Era como se o mundo para o menino fosse um catálogo de números, letras, sinais e palavras, extenso, desconexo e sem sentido, aquilo que, afinal, talvez fosse de fato. Tendo vindo ao mundo no instante em que sua língua materna, aquela que ainda precisava dominar, foi dividida com violência em três, o menino aprendeu com velocidade indiferente as três variantes, ainda que a seu modo. Mais frequentemente pronunciava as palavras na língua que não era a sua, se é que alguma fosse sua, em inglês, língua que Ivana lhe ensinava pelos jogos. Numa época em que a palavra "identidade" ressoava em todos os lugares como a palavra de Deus, e pela qual pessoas matavam umas às outras com facilidade divina, o menino, obstinado, resistiu em aprender o pronome "eu". Sentia a si mesmo, se é que se tratava mesmo disso, na terceira pessoa, pronunciando o próprio nome com indiferença apenas quando tivesse vontade.

Não é certo dizer que algo não estivesse em ordem com o menino. Era com o mundo que algo não estava em ordem, e por isso, desde que nasceu, o menino tinha o desejo persistente de descer dele. Ivana sabia que não é possível descer do globo terrestre e por isso consertava as coisas o quanto podia, aplainava as bordas afiadas, enfeitava-o como um ninho angelical, convencia o filho a nascer de novo. Talvez por isso há algum tempo ele sorri com um sorriso desconhecido, espantando os maus espíritos, quem sabe. É verdade que de vez em quando desmorona e então corre ao banheiro e abre todas as torneiras. A água abafa seus gemidos.

Ivana não se lembra daquilo que a mim foi permitido recordar, de outro modo, creio, relacionaria as coisas. Às vezes o filho se aproxima dela, aperta a testa contra a sua como se estivesse, suave, batendo um carimbo, coloca a palma das mãos rechonchudas em suas faces, balança a cabeça à esquerda e à direita. Ivana segue o ritmo totalmente encantada. Testas unidas, olhos fechados, eles se balançam. De fora parece que estão executando alguma dança sobrenatural. O menino, primeiro com uma voz gutural, quase de pássaro, depois com uma profunda voz não natural, fica murmurando:

— Mma-ma, ma-ma...

E depois solta a face da palma de suas mãos, afasta a testa e vai para seu canto, entretido com outra coisa. Então Ivana corre para o banheiro e abre todas as torneiras.

EU. *THE FOOL*[58]

E eu? Parece que um detalhe determina toda a história. O anjo, de fato, esqueceu-se de mim e deixou de me presentear com uma pluma, de propósito ou por acaso, quem vai saber. Seja como for, a elas, às meninas, o anjo deu de presente a pluma e o esquecimento, para mim, a memória. Como se não soubesse que deveria ter feito o contrário, deveria ter deixado para elas a memória, e para mim a pluma e o esquecimento. Esquecimento a partir do qual algum dia, esforçando-me ao máximo

58 "A Louca." Em inglês no original.

para recordar, eu poderia começar a inventar a realidade. Porque inventar a realidade é a tarefa da verdadeira literatura.

Sim, com seu brilho angelical, Alfred não velou apenas meu filme, mas a memória delas também. As meninas não se lembrarão de nada, de nada mesmo. Apenas com Nina pude conversar numa noite a respeito disso.

— Hmmm... Não sei o que dizer para você, sobre anjos não sei nada, sou especialista em força impura – diria Nina ao telefone, deitada um pouco embriagada em sua banheira, aquecida pelo saco de dormir e pelo gato Behemot.

Talvez seja assim, talvez não, quem vai saber. Talvez os anjos incorpóreos almejem ter seu rastro ou reflexo, ou alguém que os descreva. Se é assim, Alfredinho de verdade não podia contar em aparecer para um Gabriel García Márquez. Apareceu para mim. E mais uma coisa, sobre os lugares muito distantes diz-se que foram "esquecidos por Deus" ou que estão "onde Judas perdeu as botas". Portanto, o primeiro pressuposto é que a lugares "esquecidos por Deus" Deus não envia anjos, ou em todo caso não anjos com habilidades especiais.

Talvez seja assim, talvez não, quem vai saber. Os anjos foram imaginados por pessoas adultas, como artimanha para tornar a vida mais suportável. Por isso arrumei um anjo para as meninas. Um pequeno truque para tornar a vida mais suportável. Sei que ficou miserável, mas tal escritor, tal anjo. Para cada uma, em todo caso, deixei uma pluma, para que os anjos verdadeiros pudessem encontrá-las nessa horrível escuridão divina.

Sim, o mundo escureceu, como se elas próprias tivessem se escurecido. Pouco a pouco seus quartos as engolem, e elas curvam a cabeça feito caramujos domésticos, são silenciosas, mais ausentes, mais melancólicas, menos resistentes, absorvem a fumaça dos tempos como cortinas de quarto, aderem à casa, aos móveis, com as memórias familiares; cada vez mais frequentes são os sobressaltos noturnos com pressentimentos desagradáveis, ficaram relaxadas, a força da gravidade torna-se mais forte com os anos, por isso procuram deslizar sem maior resistência, a vida deve continuar, o mundo é horrível, mas se esforçam em esquecer isso, e cada vez mais amiúde conseguem; sim, são silenciosas, acalmaram-se, chegam novas pessoas, mais ruidosas, estão saindo de uns depósitos de objetos imprestáveis do século XIX, jovens comissários no final do século XX; às vezes se perguntam se não estariam numa máquina do tempo que navega para trás, só que não percebem mais; além disso, o que é mais para trás e o que é mais para a frente, quem pode dizê-lo, esta época também passará, como tudo passará e talvez tudo se reencontre num tempo novo, que reconhecerão como uma época foi e agora é e que não será mais; sim, os mundos se dividiram, apenas uma coisa é verdade, que ninguém mais é o mesmo.

Ninguém mais é o mesmo e até eu mudei. Estou mais quieta, melancólica, ausente, não resistente. Minha vida mudou: estou vivendo em outras cidades, e em outros países, rodeada de outras pessoas, até as minhas preferências climáticas mudaram. Desde o instante em que Alfred caiu do céu e retornou com velocidade idêntica, eu, filha renegada do mar Adriático, enlouqueço pela neve.

Quando neva, saio e fico olhando encantada para o céu. Tenho a impressão de que atraio os flocos como um ímã, absorvo a umidade da neve como um esquecimento piedoso. Sinto como meu corpo, aquele que me deixaram de herança os genes sedentos de poder de minhas antepassadas de seios fartos e pele leitosa, está se tornando mais leve. E de repente, vejam, aceno com força e vejo como o arco vítreo fica embaçado acima de mim. Plumas caem sobre mim, me envolve uma tempestade de plumagem branca, me envolve cada vez mais...

Parte Sete
Wo bin ich?[59]

86. "Berlim é difícil de descrever", anotou Viktor Chklóvski.

— É porque em Berlim há mais daquilo que não há do que daquilo que há – diz Boiana.

— Isso é porque Berlim é um *none-place*[60] – diz Richard.

87. Berlim é uma cidade-museu. Nos ônibus de Berlim é possível ver as anciãs mais velhas do mundo. Elas não morrem porque já morreram uma vez.

— Aqui somos todos peças de museu – diz Zoran.

88. Berlim é um sítio arqueológico. As camadas de tempo estão sedimentadas umas sobre as outras, as cicatrizes saram devagar, as suturas são malfeitas. Como se um arqueólogo invisível, confuso, deixasse sinais errados por toda parte: muitas vezes é difícil dizer o que aconteceu antes e o que aconteceu depois.

— Isso é porque Berlim é um *before-after place*[61] – diz Richard.

89. Berlim é uma cidade de museus incomuns, como são o Museu do Açúcar, o Museu dos Penteados, o Museu dos Ursinhos de Pelúcia e o Museu da Rendição Incondicional. Mais exatamente, *Музей безоговорочной капитуляции фашистской*

59 "Onde estou?" Em alemão no original.

60 "Não lugar." Em inglês no original.

61 "Lugar antes-depois" Em inglês no original.

Германии в Великой отечественной войне 1941-1945 *годов.*[62] Esse museu com o nome mais longo do mundo está em Karlshorst, na antiga Berlim Oriental. O museu está situado no edifício em que no ano de 1945 (na noite entre 8 e 9 de maio) foi assinada a capitulação alemã.

Encontram-se naquela parte de Berlim os antigos quartéis soviéticos e os antigos assentamentos residenciais dos antigos soldados soviéticos. Tudo é passado, mas as pessoas ainda estão vivas. Uns 30 mil, dizem. Ali, através das janelas quebradas, podem ser vistos os apartamentos abandonados e as paredes com papéis que estão descascando como líquens. Diante dos edifícios há grandes contêineres enferrujados. Naqueles contêineres, dizem, estão os bens dos antigos soldados soviéticos. Mobília, televisores, geladeiras... À noite ladrões pés de chinelo arrombam os contêineres.

Na entrada, ao lado da guarita do guarda, está em pé um soldado, ainda uma criança, mal deve ter 18 anos. Na cabeça um gorro de pele demasiado grande, está fumando, sorriso largo, mostra dentes amarelados. É da Moldávia, dizem. Está aqui faz apenas oito meses. Em agosto vai para casa. Uma peça de museu. Um antigo soldado vigia um quartel antigo.

Os ladrões, aqueles pés de chinelo, toda noite arrombam os contêineres. Aqueles mais hábeis apoderam-se das partes da cidade ainda não conquistadas. Afirma-se que a Kantstrasse está nas mãos da máfia russa.

90. No Museu da Rendição Incondicional há silêncio, não há visitantes. Através da porta entreaberta do escritório é possível ver uma anciã corpulenta. Está sentada na cadeira, abraçou o ventre com as mãos como se fosse um travesseiro e está cochilando.

No vestíbulo do museu há uma estátua enorme de Lênin. Nas dependências de cheiro rançoso estão empilhadas peças, uns 3 mil documentos; mapas, fotografias, bandeiras, quadros, desenhos, cartazes e o relevo poeirento de Berlim com o nome das ruas escrito em russo. Das paredes, axiomas em cirílico ameaçam...

62 Museu da Rendição Incondicional da Alemanha Nazista na Grande Guerra Patriótica de 1941-1945. Em russo no original.

Родина зовёт Вас! Военком – отец и душа своей компании! Презрение к смерти должно распространиться среди масс и тем самым обеспечить победу![63]

A anciã acordou. Está parada no canto, alisa o cabelo com a mão, me acompanha com o olhar. O museu, dizem, é propriedade da ex-União Soviética. "O que farão com o museu?", penso. Colocarão num contêiner e levarão para casa.

91. As pessoas, uma raça de museu, vendem nos mercados de pulgas de Berlim objetos que não usam mais. Turcos, poloneses, russos, ciganos, ex-iugoslavos oferecem peles de coelho roídas pelas traças, condecorações velhas, ferros de passar a carvão, balanças de ferro com pesos, aparelhos de rádio de museu, discos fonográficos.

O homem com capacete azul na cabeça, meu compatriota, está vendendo fitas cassete. Na banqueta de madeira a seu lado, um toca-fitas. As músicas populares rangem, os sons giram em círculos feito moscas desaparecidas ao redor do vendedor e morrem.

92. Em alguns lugares o Muro, delgado e seco como a matzá judaica, ainda resiste. Em alguns lugares, como no vestíbulo do edifício Europa-Center, um pedaço despedaçado do Muro foi posto sob um vidro de museu. Os visitantes do local detêm-se com interesse diante do enorme suvenir como se o vissem pela primeira vez.

93. Com as pernas apoiadas nas cadeiras vazias diante de nós, Richard e eu estamos sentados debaixo da enorme cúpula do Planetário da Prenzlauer Allee. Do céu artificial cai sobre nós uma chuva de estrelas. E, enquanto caem estrelas sobre nós, digo:

— Tudo está meio confuso, Richard. Estou escrevendo sobre um outro para não escrever a respeito daquele primeiro, assim como me lembro de algo que não aconteceu para que não

63 "A pátria-mãe chama-vos! O comissário militar é o pai e a alma da sua companhia! O desdém pela morte deve ser espalhado entre as massas e garantir assim a vitória!" Em russo no original.

me lembre daquilo que aconteceu. Tudo está de certo modo na direção errada.

— Apenas continue. Isso é Berlim, a direção errada aqui é a direção certa – consola-me Richard.

94. Ao lado do Portão de Brandemburgo podem ser comprados suvenires de época: pequenos pedaços do Muro em caixinhas de plástico, foices e martelos, estrelas vermelhas, velhas condecorações soviéticas. Com esse comércio miúdo não são mais os emigrantes russos que lidam, mas, sabe-se lá por quê, os paquistaneses. Os paquistaneses que vendem os suvenires onde até há pouco tempo estava o Muro são o coração metafórico do fim de uma época.

Resta apenas um russo que oferece pequenos bustos de gesso de Lênin:

— Vamos, compre um Papai! – persuade-me piscando.

95.

— Nós somos filhos de Bouvard e Pécuchet. É por isso que estamos tão abarrotados de fatos e somos tão absurdos – diz-me um colega pensativo.

96. O céu sobre Berlim não pode ser descrito. Às vezes, envolta num espesso céu azul-escuro que a donzela alada dourada sustenta, a cidade parece imitar a estética dos globos de vidro. Então tenho a impressão de estar andando de cabeça para baixo. Entre as nuvens cresce Berlim. Pressinto isso pelos reflexos que reluzem no vidro da janela, na superfície da água, no olho de alguém. Atraídos pela deusa dourada feito moscas pela luz, constroem Berlim uns anjos confusos, de cima para baixo.

97. No porão do Museu da Rendição Incondicional há um café. No café há um balcão improvisado, algumas cadeiras e mesas. No balcão há um televisor, atrás do balcão uma garçonete loira robusta, uma russa. Numa mesinha ao lado do balcão, suvenires russos: bonecas *matrióchki*, um samovar, colheres de madeira, um xale branco de lã de cabra.

— Comprem. É mais barato que em Moscou – diz em russo a garçonete simpática.

Visitam o café meus compatriotas, refugiados iugoslavos os quais muitos vivem nos apartamentos abandonados dos soldados soviéticos. No café pode-se tomar um café preparado em cafeteiras da Geórgia, muito parecidas com as "nossas", as turcas. Na televisão aparecem anúncios russos. Na tela aparece a envelhecida poeta Bella Akhmadúlina, que anuncia um jogo completo de cassetes para estudar a língua inglesa. Bella tem sobre a face o carimbo inequívoco da rendição.

Faces nubladas, emaciadas, escuras e encovadas, meus compatriotas jogam xadrez e cartas.

— Vêm aqui todos os dias e passam horas – suspira complacente a garçonete.

98. O artista alemão Jochen Gertz construiu com um grupo de estudantes às escondidas um monumento incomum. Tendo descoberto que na Alemanha foram destruídos 2.146 cemitérios judaicos, à noite Gertz furtava com os estudantes blocos de pedra do piso da praça em Saarbrücken. Gertz e os estudantes inscreviam na face inferior da pedra o nome e o número do cemitério desaparecido, e então recolocavam os blocos no mesmo lugar. Depois de alguns anos a praça principal de Saarbrücken recebeu um nome novo: Praça do Monumento Invisível.

99. O Museu da Rendição Incondicional foi fechado no verão de 1994, quando algumas dezenas de milhares de soldados soviéticos que haviam restado deixaram Berlim. Um pouco depois foi aberta a exposição *Os russos em Berlim*. Num pequeno recinto do porão de um edifício na Prenzlauer Allee eram projetados slides de casas de Berlim "antes" e "depois" da vinda dos russos. Na entrada do recinto estavam dependuradas compridas fitas de papel acusadoras: nas fitas sucediam-se os nomes das ruas berlinenses que foram destruídas pelos russos. Do Museu da Rendição Incondicional memorizei o cheiro pesado, rançoso e adocicado. Aqui o cheiro era idêntico.

100. Katarina Kolin nasceu em 1922 em Srpski Míletić, numa família pobre de *Volksdeutscher*[64]. Em 1939, Katarina, com 17 anos, decide partir para a Alemanha. Ela para na cidadezinha de Duderstadt, onde encontra trabalho numa fábrica de munição. Lá conhece Fikret Murić. Katarina e Fikret apaixonam-se, mas, como o seu relacionamento é "racialmente" inaceitável, as autoridades locais expulsam Katarina e prendem Fikret. Katarina retorna para Srpski Míletić, descobre que está grávida e então volta em segredo para Fikret. Logo dá à luz uma menina, Ajša.

No final da guerra Fikret e Katarina tentam voltar à Bósnia. Mas como Katarina é uma alemã, e Fikret "serviu ao ocupante", em vez da Bósnia, acabam no campo de prisioneiros alemães em Zemun. Por um capricho do acaso sobrevivem e no final de 1945 chegam à cidade de Fikret, Brčko. Katarina dá à luz mais duas crianças. Os habitantes do local a chamam de "Katica, a Alemã". Temendo em certo momento que, quando chegasse a hora, seria enterrada separada de Fikret, Katarina converte-se ao Islã. Katarina Kolin ou Katica, a Alemã, passa a ser Fatima Murić.

Agora Katarina está na Alemanha pela terceira vez. Vive com Fikret no *Heim*[65] de refugiados em Berlim Oriental. A filha Ajša vive em Belgrado, o filho é um refugiado no Canadá, e o outro, em Munique. Katarina tem um só desejo, voltar à *sua* Brčko.

A história de Katarina Kolin ou Katica, a Alemã, que passa a ser Fatima Murić, narrada com estas mesmas palavras, ouvi de Kašmir R.

101. Kašmir R. é um jovem advogado de Brčko, refugiado. Os *četnici* mataram o pai de Kašmir. A namorada de Kašmir, Nermina, refugiada também, enforcou-se na ala psiquiátrica de um hospital alemão um dia anterior àquele em que receberia alta. Kašmir vive num *Heim* de refugiados com a mãe.

Kašmir passa o tempo nas ruas de Berlim, com maior frequência em Kreuzberg. Ali tem a impressão de estar mais

64 Neologismo que significa "alemães étnicos que nasceram fora da Alemanha".
65 Lar, abrigo. Em alemão no original.

próximo de Brčko. Aos sábados e domingos, Kašmir visita os mercados de pulgas. Ali se encontra com "nossa gente".

A mãe de Kašmir também gosta dos mercados de pulgas. Ela borda com fios decorativos pequenos tapetes, leva a banqueta e vai para a Fehrberlliner Platz. Ali apenas finge estar vendendo, quando na verdade fica à espreita para ver se aparece algum dos "nossos". Com frequência leva "nossa" gente para seu quartinho de refugiada, assa tortas bosníacas e fica perguntando de onde são e como estão se ajeitando.

A polícia alemã deteve a mãe de Kašmir porque estava vendendo seus tapetinhos sem autorização. Kašmir pagou a multa. Não conseguiu explicar de modo algum aos policiais alemães que a mãe não ia ao mercado de pulgas vender coisa alguma, mas encontrar os "seus", conversar um pouco e aliviar a alma.

— Não adianta! Está bordando de novo... – diz Kašmir fazendo um gesto com a mão.

102. Em Berlim todos se sentem sozinhos e ninguém tem tempo.

Sissel me liga.

— Você tem tempo? – pergunta.

— Não tenho – digo.

— O que está fazendo? – pergunta.

— Estou escrevendo biografias alheias em papeizinhos, e então prendo-as numas pedrinhas.

— Com o que você prende? – pergunta a artista.

— Com um elástico pequeno.

— Hmmm... projeto interessante – diz.

— Não é um projeto.

— O que é então?!

— Não sei.

103. Na exposição *The Art of Memory* está exposto o projeto *Denk-Stein-Sammlung*[66], do artista Horst Hoheisel, realizado pelas crianças de Kassel. Cada criança recebeu a tarefa de pesquisar a biografia de um judeu morto num campo de

66 Coleção de pedras de memória. Em alemão no original.

concentração. As crianças escreviam breves biografias em pedacinhos de papel e a seguir fixavam os papeizinhos em pedrinhas com elástico. *Memory stones*, os papeizinhos da memória, as crianças colocavam em vagõezinhos, réplicas dos vagões em que os judeus foram levados aos campos de concentração.

104. Na esquina de minha casa estão o Dresdener Bank, um ponto de ônibus e um prédio residencial. Ao esperar o ônibus me divirto lendo os nomes dos inquilinos na porta de entrada. Nenhum é alemão, todos são "nossos". Bećirević, Hadžiselimović, Demirović, Karabeg... Muitas vezes fico lendo os nomes, decoro-os, sem razão alguma.

Enquanto espero o ônibus, na esquina, encostado na parede do Dresdener Bank está acocorado um velho bosníaco de chinelos que fuma. Sopra pequenos anéis de fumaça no ar berlinense.

105. Em Wedding, ao lado de um enorme canteiro de obras, num lugar difícil de encontrar, está o escritório de Berlim para asilados, exilados, emigrantes, refugiados, os mais diversos peticionários de visto de residência alemão. Os que aguardam se reúnem logo pela manhã e entram na fila. O escritório abre às sete horas, mas eles estão aqui muito antes. Quando se abre a porta de entrada, os que aguardam pegam um após o outro um número na recepção. Com esses números, dispersam-se rápido pelo corredor longo em busca das salas de espera indicadas.

O chão das salas de espera está coberto de linóleo cinza, as paredes estão pintadas com tinta a óleo amarelenta. Nas paredes nuas estão pendurados avisos vermelho-vivos: *Rauchen verboten!*[67]. As cadeiras de plástico estão voltadas para a porta acima da qual há um monitor. Nesse monitor sucedem-se os números. Os que aguardam comparam seus números com aqueles exibidos no monitor e entram quando chega a sua vez. Ao entrarem, dirigem-se ao funcionário sentado atrás do guichê envidraçado. O funcionário apanha o passaporte deles. A seguir levanta-se e desaparece entre as estantes com pastas. Quando encontra a pasta, o funcionário entrega em silêncio um

67 "É proibido fumar!" Em alemão no original.

número novo ao que aguarda. O que aguarda retorna à sala de espera e aguarda de novo seu número no monitor.

A mudança de números no monitor é acompanhada pelo som da batida de um gongo. Os gongos são ouvidos de todas as salas de espera, de tal modo que o que espera tem a impressão de estar em algum aeroporto abandonado de província. Se a sala de espera está deserta, aquele que aguarda notará acima da última fileira de cadeiras, daquelas apoiadas na parede, as marcas de cabeças na parede rodeadas de um anel gorduroso de sujeira cinzenta. Sob a luz de neon, com o céu berlinense escuro nas janelas, com o linóleo cinza frio no chão, com os gongos que tocam, aquele que aguarda notará que a sala de espera vazia com as marcas de cabeças na parede, com aquelas auréolas cinzentas, funciona de modo assustador, mas ao mesmo tempo tranquilizador.

106. Um refugiado de Zenica que hoje vive em Berlim abandonou rapidamente o apartamento depois de apanhar apenas algumas das coisas mais necessárias. Encontrando-se na rua, lembrou-se de que deveria ter levado as fotografias de família. Retornou, mas a porta estava trancada, e no apartamento já havia outras pessoas.

— Eu queria apenas minhas fotografias...

— Agora nós estamos vivendo aqui – disseram as pessoas de dentro sem abrir a porta.

107. "Os refugiados dividem-se em duas categorias: aqueles com fotografias e aqueles sem fotografias", disse um bosníaco refugiado.

108. "O despertar matutino em Perković, no trem parado, com o rosto para o mar que apenas se pressente; os paralelepípedos polidos na ponte de Dušan em Skopje, na qual com 5 anos pela primeira vez percebi que tinha sombra; esquiar com meu pai no Jahorina; uma noite de maio em Silba, em meio à abundância das plantas mediterrâneas; o menino que mata o peixe com uma pedra em Prespa; o amor adolescente fulminante de três dias em Vrsar; o serviço militar em Rijeka, no Trsat; a pequena

estação ferroviária na linha Zagreb-Belgrado, cujo nome esqueci, com uma sala de espera parecida com aquela do filme de Menzel, *Trens estritamente vigiados*, onde a solidão era espessa como óleo; a excursão ginasial nas cachoeiras de Krka; o regato lamacento no subúrbio de Zenica ao lado do qual vou à escola Irmãs Dietrich, com os cadarços desamarrados porque ainda não sei amarrá-los; um monte de baratas no quarto de hotel de Osijek e dormir com a luz acesa; o gol de Džajić contra os ingleses no Campeonato Europeu de Futebol na Itália em 1968; viagem pela ferrovia de bitola estreita Sarajevo-Nikšić, mais tarde fechada; a recepção de Djurdja Bjedov à beira-mar em Split depois de ter ganhado a medalha de ouro no México; os concertos antecipados do *Bijelo Dugme* no Palácio dos Esportes de Novi Beograd; a fonte termal do rio Una; a entoação do hino iugoslavo antes das competições internacionais (coro de 100 mil pessoas); a sinagoga abandonada em Subotica; cada movimento de Krešimir Ćosić com a bola; afogamento no rio Vardar (tenho 4 anos, o primeiro pensamento sobre a morte); uma alameda de árvores escura feito um túnel em Pula e uma pancada de chuva de verão sob essa alameda de árvores; a pegada de Grgur Ninski; o silêncio e o vazio umbroso da rua de Ohrid na canícula de um dia de agosto; uma descarga elétrica que recebo enquanto, ainda menino, urino na calha de alguma casa abandonada na bifurcação do rio Nikšić; a recepção dos pioneiros ao presidente Tito, que regressa de uma viagem pelos Países Não Alinhados da Ásia e da África; a primeira guitarra-baixo elétrica, tcheca, da marca Jolana; sonho numa tenda no meio do terreno rochoso da Herzegovina e a viagem lenta pelo vale do rio Neretva de Mostar em direção de Dubrovnik; o terremoto em Skopje; a camisa axadrezada que recebi como ajuda do México (ou foi da Venezuela?); um vagabundo no lago Matka ao som de um instrumento oriental que tilinta a canção: 'O que vamos jantar? Pão, queijo e batatas'...

"Essas todas são imagens frias, sem melancolia, objetivas (de modo bem preciso: fotografias verbais) de uma vida passada num antigo país que nunca conseguirão juntar-se", escreve-me na carta Mihajlo P.

109.
— Cada vez estou mais convencido de que todos nós somos peças vivas de museu – diz Zoran.

110. Os mercados de pulgas berlinenses se parecem com o ventre aberto da morsa Roland, que engoliu demasiadas coisas indigeríveis. Os mercados de pulgas berlinenses parecem Teufelsberg, a colina artificial da qual irrompeu um conteúdo escondido. Nos mercados de pulgas berlinenses reconciliam-se épocas e ideologias, cruzes gamadas e estrelas vermelhas, pode-se comprar tudo por alguns marcos. Nos mercados de pulgas berlinenses, em pilhas conjuntas estão uniformes sobreviventes de diferentes insígnias, seus proprietários estão mortos há muito tempo. Os uniformes esfregam-se uns nos outros, seus inimigos são apenas as traças.

Nos mercados de pulgas berlinenses mercadejam o Oriente e o Ocidente, o Norte e o Sul. Paquistaneses, turcos, poloneses, ciganos, antigos iugoslavos, alemães, russos, vietnamitas, curdos, ucranianos, todos eles no mercado de pulgas, nesse lixeiro do tempo, vendem suvenires de uma cotidianidade desaparecida. Aqui podem ser compradas coisas de que ninguém precisa, álbuns familiares alheios, relógios que não funcionam e vasos de flores quebrados. Apenas a moderna invenção comercial, o Kinder Ovo, o ovo de chocolate dentro do qual há outro, menor, de plástico, e dentro dele peças miúdas de brinquedos de plástico que precisam ser montados; essas coleções de brinquedos plásticos em miniatura, portanto, alcançam espantosos preços altos.

111. Nos mercados de pulgas berlinenses pode-se comprar por 1 ou 2 marcos um álbum de fotografias. Os álbuns estão empilhados. Deles escorrem fotografias. Algumas estão danificadas, outras vazias, outras até completamente novas. Estou folheando o álbum cuja proprietária é uma mulher idosa, solitária, que gostava de ir a viagens humildes e ser fotografada como recordação. Observo a mulher corpulenta na fotografia, atrás dela a Torre Eiffel, e embaixo está em letras manuscritas disciplinadas: “Estou diante da admirável edificação, da Torre Eiffel, desse símbolo da linda Paris. Em 21 de abril de 1993”.

É a última fotografia do álbum.

112. Christian Marclay forrou uma sala de exposições inteira com fotografias de mesmo tamanho. As fotografias, com a face voltada para a parede, estavam espetadas nela com alfinetes. No verso salpicado de pintas cor de ferrugem via-se que eram fotografias antigas, em algumas era possível reconhecer o carimbo do estúdio fotográfico, em outras, a dedicatória. Parecia que, espetadas com alfinetes, um pouco infladas pela antiguidade, as fotografias estavam respirando quase de modo perceptível, que as paredes foram povoadas por uma flora incomum.

113. Um turco está sentado no reboque do caminhão e examina seu território: a pilha espalhada de livros velhos, discos, álbuns, fotografias. O vendedor de almas mortas está calado e fuma, e quando lhe perguntam o preço mostra os dedos: 1, 2, 3 marcos.

As coisas duram mais que as pessoas. Os álbuns sobrevivem aos proprietários. A vida estendida esconde-se no paletó velho, numa coisinha insignificante que tinha valor para alguém e que ainda o terá para outro alguém. É assim que as almas viajam.

Aqui se reúnem os refugiados da Bósnia. Pedem informações a respeito das almas, quem é de onde, quem sabe algo sobre este ou aquele, quem está onde agora. Trocam informações. Reúnem-se de acordo com as cidades e as aldeias. De passagem até compram algo, alguma coisinha que ajudará o quartinho de refugiado a parecer um lar.

O país que não existe mais, a Bósnia, está aqui na Gustav-Meyer-Allee, todos os sábados traça de novo seu mapa no ar. O mapa reluz brevemente e desaparece como uma bolinha de sabão.

114. Num mercado de pulgas berlinense folheio um álbum de família alheio. O proprietário do álbum, suponho, é um bávaro, soldado alemão, família e graduação é difícil determinar. Na fotografia estão o proprietário do álbum e a esposa de aparência modesta. No álbum prevalecem as fotografias de paisagens. Há também algumas fotografias tranquilas de Praga, depois uma abundância de fotografias igualmente tranquilas de paisagens bávaras.

No álbum dominam duas estações do ano: o verão e o inverno. A perspectiva do fotógrafo é "artística". De preferência fotografa paisagens através de "enquadramentos" naturais, através de uma janela, uma porta aberta, um túnel. Aprecia de modo singular as alturas, picos de montanha nevados iluminados pelo sol e a visão de vales. Nas fotografias não há crianças, pais, outras pessoas. A época em que as fotografias foram batidas é a Segunda Guerra Mundial. Do álbum disseminam-se o vazio e a ausência agressiva de vida. O dono do álbum desejou ver a própria biografia como uma montagem estetizada de picos nevados iluminados pelo sol.

115. Jane, americana negra que gosta de Berlim e sabe tudo a respeito dos europeus, comprou num mercado de pulgas berlinense algumas fotografias antigas, emoldurou-as de modo ordenado, pendurou-as na parede e agora está explicando animada.

— Estes são meus bisavós, este é meu avô, e esta, minha avó, estes, meus pais, e estas, minhas tias... Pelo lado materno.

— Não há nenhum negro – observo.

— Você é bem maliciosa – sorri Jane, e sacode a cabeça. Todo em pequenas tranças, seu cabelo lembra espaguete.

116. Na Berlim esquizofrênica duas cidades estão em briga permanente: uma que se esforça para esquecer e a outra que se esforça para recordar. Na Grosse Hamburger Strasse o artista francês Christian Boltanski dispôs uma instalação que é a logomarca da Berlim que recorda. A instalação leva o nome de *La maison manquante*, *The Missing House*[68].

Na Grosse Hamburger Strasse falta uma casa destruída na época da Segunda Guerra Mundial. Nas paredes laterais das casas vizinhas, nos lugares em que outrora havia apartamentos, Boltanski colocou placas com os nomes e profissões dos antigos inquilinos. Entre os inquilinos antigos, a maioria era de judeus.

Christian Boltanski é um dos maiores arquivistas, biógrafos e reconstrutores de vidas humanas do final deste século XX. Suas instalações – filas de caixas de papelão amarradas de modo rude com barbante, nas quais estão armazenadas fotografias de

68 Em francês e inglês, respectivamente, no original com significado idêntico: *A casa desaparecida*.

pessoas anônimas, aqueles arquivos intermináveis de mortais comuns semelhantes a caixões infantis – na verdade nada mais são que a imagem dos mercados de pulgas de Berlim. Assim o lixo humano reciclado em peça de arte tem direito a uma vida prolongada, a uma irônica eternidade.

117.

— *Bitte schöööön! Jackeeee, Hoseee!*[69] Ceroulas compriiiidas, ceroulas cuuurtas! *Bitte schöööön!* – apregoa uma cigana na Gustav-Meyer-Allee.

Paro ao lado da pilha de roupas espalhadas. Ela me observa atenta.

— Você é uma das "nossas"? – pergunta cautelosa.

— Sim, sou uma das nossas – digo.

— De onde você é?

— De Zagreb.

A cigana estende a face num sorriso.

— Ei, gente, esta é uma croata! – grita.

Aproxima-se um cigano.

— De onde? – pergunta.

— De Zagreb.

– Oh! De Zagreb? Íamos para lá durante alguns anos. Ravnice, você sabe onde isso fica?

— Sei.

— E onde você vivia?

— No centro.

— Nós somos de Bjeljina. Agora estamos aqui, veja... Em que *Heim* você está? – pergunta o cigano.

— Ei, esta é das "nossas"! – grita a cigana para um sujeito. Este detém-se.

— De onde?

— De Zagreb.

— Eu sou de Zenica – diz.

Forma-se um grupo maior. De todos nós apodera-se um calor repentino, como se estivéssemos num aniversário de criança. Conversamos, indagamos, repetimos os nomes de

69 "Aqui, com sua licença! Jaquetas, calças!" Em alemão no original.

cidades e aldeias. Todos são bosníacos. Apenas eu sou de Zagreb. Não digo nada sobre não ser mais refugiada. Cai sobre nós uma chuva miúda e espessa. Rimos sem motivo, olhamos uns a face dos outros, cheiramos, abanamos o rabo alegres. E então súbito desaba uma melancolia, pisoteamos no lugar, encolhemos os ombros, assentimos com a cabeça como num funeral.

A cigana sacode a cabeça e suspira:

— Ora, que povo de idiotas! Que povo de idiotas...

118. No Museu Histórico Alemão há um canto reservado para as coisas mais diversas. Assim, sob o vidro está a comida de bebês Babysan; sacolas de compras coloridas de náilon (*Einkaufsbeutel*); um cesto branco de plástico para alimentos; um traje masculino de material *rundstrick*, da marca Präsent 20, fabricado em 1969; lâmpadas elétricas Narva; uma batedeira Komet; placas metálicas com números dourados (*Goldene Hausnummer*) que na antiga República Democrática Alemã as casas mais bem-cuidadas recebiam como prêmio; um suvenir vietnamita produzido de destroços de um avião americano; lenços e gorros azuis de pioneiros; placas com o letreiro *Heute Keine Ware*; um brinquedo infantil, Sandmannchen im Helikopter, fabricado em 1972, réplica do herói de uma série infantil de televisão; uma maquete fiel de um apartamento típico de três quartos de um edifício residencial típico na República Democrática Alemã (na parede do quarto das crianças há um pôster em miniatura de uma revista infantil)...

— Eu dava Babysan para o Saša quando ele era bebê – diz Mira comovida.

— Nós também tínhamos essa revista – diz Zoran.

No outro canto da exposição estão coisas da Alemanha Ocidental dos anos 1950: uma cozinha "moderna", pôsteres da Coca-Cola e *bubble gum*, uma *jukebox* da marca Würlitzer, um *cocktail bar* doméstico, um automóvel Volkswagen, um televisor da marca Philips, o brinquedo infantil popular Mecki-Puppen, um vestido com os nomes de aeroportos e companhias aéreas, desenho produzido em 1951.

— Nós também tivemos uma cozinha assim – diz Mira.

— Nós nunca teremos um museu igual – diz Zoran.

— Como poderíamos ter se o país desapareceu? – diz Mira.

— É por isso que todos nós somos peças de museu ambulantes – diz Zoran.

— Mas, se o país desapareceu, desaparecerá também a memória coletiva. Se desapareceram os objetos que nos cercavam, desaparecerá também a memória do cotidiano que vivíamos. A recordação do antigo país está proibida. E um dia, quando a proibição cessar, todos já terão esquecido. Não haverá mais do que se lembrar – digo.

— Todos então se lembrarão de algo que não existiu – diz Mira.

— Eu me lembro de tudo – diz Zoran.

— De quê? – pergunto.

— Do patê de carne Gavrilović – diz.

— Eu também lembro – diz Mira.

— De quê?

— Do primeiro sabão em pó iugoslavo. Plavi radion...

— Eu também lembro – digo.

— De quê?

— Da primeira emissão da televisão iugoslava *Studio Uno*, com Mike Buongiorno e as irmãs Kessler.

— Vejam, é disso que estou falando o tempo inteiro. Todos nós somos peças de museu ambulantes – diz Zoran.

119. Zoran diz:

"Eu cresci numa vila militar para oficiais. O apartamento tinha 42 metros quadrados. Como explicarei para você agora o que é um *andar intermediário*? Você está entre os apartamentos 13 e 14, então sobe uns lances de escada e já está no andar onde estão os apartamentos 15 e 16. Simo Solomun e Adam Starčević. Os apartamentos 13 e 14 estão voltados para o quintal, e os 15 e 16, para o nosso lado. Nos apartamentos voltados para o quintal vivem pessoas muito, mas muito diferentes das que vivem nos apartamentos do nosso lado...

"E o que dizer do 17 e do 18! Eles estão do lado do quintal e ainda estão acima de nós. Quer dizer, meio acima. Está entendendo? Os apartamentos tocam-se pela metade. De nosso banheiro ouve-se com perfeição quando no apartamento 18 estão praticando piano. Os pés do piano terminam mais ou menos na altura dos toalheiros plásticos do banheiro.

"Uma vez minha mãe emprestou para a mulher do apartamento meu casaco de veludo para o seu filho caçula, quando precisava para um concerto, e depois eles não quiseram nos emprestar a enciclopédia militar quando meu irmão precisava.

"Até hoje não consigo entender como o piano chegou num andar tão alto. É impossível que o tenham levado pelo corredor, pela escadaria estreita.

"Nesse mesmo corredor suicidou-se o pai de meu melhor amigo. Atirou-se no vão entre as escadas, quando ia visitar uns familiares que se chamavam Ratković.

"Acho que alguém disse certa vez que o piano foi içado por fora.

"Ratković, o filho, ia comigo à escola, não na mesma classe, porque ele estudava inglês e eu, russo. Ele morava bem acima do vizinho com o piano, quer dizer, no andar mais alto. Costumava ficar sentado na mureta do seu terraço enquanto os pais estavam trabalhando, com as pernas penduradas e balançando no vazio. Chamava-nos para olhá-lo enquanto no quintal fazíamos exercícios na barra de metal usada para sacudir tapetes.

"Conheci o amor muito antes. Gostava de um menino cujo nome não lhe direi. Ele se sentava comigo no banco da escola. Tinha olhos negros enormes, cílios longos, pernas compridas e coxas particularmente torneadas. Eu apertava minhas pernas com força contra a cadeira de madeira para que minhas coxas ficassem mais amplas e com veias avermelhadas finas. Nele ainda era atraente que o pai tivesse morrido."

120. Na saída do U-Bahn na Adenauer Platz está parada uma bosníaca de calças largas típicas e é evidente que não sabe aonde ir.

— Onde estou? – pergunta desamparada.

121. No restaurante berlinense I Due Emigranti, na Belziger Strasse, o visitante pode ver na parede um tríptico a óleo. O tríptico aparentemente é uma breve biografia do dono do restaurante. No lado esquerdo do tríptico está pintada uma pequena aldeia marítima (vista do mar). Na parte central há dois homens num navio (ambos com boné na cabeça) que contemplam melancólicos o alto-mar. A terceira parte, à direita, tem como conteúdo um espaço urbano surreal, vazio, à maneira de De Chirico.

Se o visitante olhar com mais cuidado, verá o ano de 1989. Só depois de uma observação mais demorada o visitante reconhecerá o pináculo partido da *Kaiser-Wilhelm-Gedächtniskirche*, o U-Bahn da Kurfürstendamm e um pedaço derretido do Muro de Berlim. Num lado da parede, entre grafites totalmente ilegíveis, apenas um pode ser lido com facilidade: "Napoli".

Se o visitante também for um exilado, ficará atordoado com a impressão de que a terceira parte da pintura, por mais amadora que seja, indica algo que ele reconhece, mas que não é capaz de articular. Em vez do final esperado, que pela lógica deveria mostrar os dois de boné como proprietários de um restaurante italiano de sucesso, esse óbvio tríptico-biografia termina numa alucinação melancólica.

122. O exilado tem a impressão de que o exílio tem a estrutura de um sonho. De repente, como em sonho, aparecem alguns rostos que havia esquecido, que talvez nunca tenha encontrado, alguns espaços que com certeza está vendo pela primeira vez, mas parece que os conhece de algum lugar. O sonho é um campo magnético que atrai imagens do passado, do presente e do futuro. Ao exilado aparecem de repente faces, acontecimentos e imagens atraídos pelo campo magnético do sonho; de repente tem a impressão de que sua biografia foi escrita há muito tempo, antes mesmo que se cumpra, que o exílio, portanto, não é resultado de circunstâncias externas nem escolha sua, mas coordenadas confusas que o destino lhe traçou há muito tempo. Apanhado nesse pensamento doce e apaixonante, o exilado começa a decifrar os sinais confusos, as cruzinhas e nozinhos, e de repente tem a impressão de estar lendo em tudo uma harmonia secreta, a lógica circular dos símbolos.

123. Com os pés erguidos no assento vazio diante de mim, estou sentada sob a enorme cúpula do Planetário na Prenzlauer Allee. Da cúpula cai sobre mim uma chuva de estrelas.

— *Wo bin ich*? – pergunto.

124. Berlim é uma cidade mutante. Berlim tem suas faces ocidental e oriental: às vezes a ocidental aparece na oriental e a

oriental, na ocidental. Na face de Berlim brilham feito hologramas reflexos de algumas outras cidades. Se rumar para Kreuzberg, chegarei nalgum canto de Istambul, se o S-Bahn me levar aos limites de Berlim, chegarei aos arredores de Moscou. Centenas de travestis que todos os anos num dia de junho inundam as ruas de Berlim são de fato a face metafórica de sua mutabilidade.

Ao anoitecer se espalham pela cidade os vendedores de rosas, os tâmiles escuros com rosto redondo de criança e olhar úmido. Nas ruas semi-iluminadas e nos cafés de Scheunenviertel os jovens representam um espetáculo pós-apocalíptico. Jamaicanos brancos com os cabelos trançados passam feito anjos pelas ruas densas de sombras de vidas desaparecidas. Na taverna enfumaçada da Oranienstrasse os turcos ouvem música turca e jogam cartas. No Kottbusser Tor o vento cruel lambe os cartazes com as imagens unidas de Marx, Lênin e Mao Tsé-tung. Diante da reluzente iluminação da concessionária BMW na Kudamm, jovens alemães bem-dispostos tiram fotos para recordação. Na Kurfürstenstrasse, próximo ao café Einstein, perambula uma prostituta polonesa nervosa. Um judeu americano, escritor e homossexual, procura prostitutos e escolhe um jovem croata de Zagreb que chegou a Berlim fugindo da mobilização. Alaga, um cigano desdentado do bairro de Dubrava de Zagreb, toca desajeitado um sintetizador infantil diante do Europa-Center. Na estação do Zoológico de Berlim um jovem com rosto encovado está sentado no asfalto, descobrindo o toco da perna e pedindo esmolas. As moedas dos transeuntes caem surdas sobre o cartão sujo em que está escrito *Ich bin aus Bosnien*.

125. Na Tuentzienstrasse 13, no quarto andar, está o ginásio de musculação feminino Joop. As janelas, junto às quais estão colocados em fila os aparelhos de exercícios, estão voltadas para a rua e para o Europa-Center e a Kaiser-Wilhelm-Gedächtniskirche, que os berlinenses chamam de "silo de almas". Sobre o Europa-Center gira devagar a estrela metálica de três pontas da Mercedes-Benz.

Nesta cidade o ginásio de musculação é meu templo de cura, percebo que venho cada vez com mais frequência para cá, o preço da tranquilidade é baixo. Subo no degrau móvel, o único aparelho de ginástica que utilizo, e dirijo o olhar à estrela de três pontas da Mercedes. Um-dois, um-dois. Parada no lugar, venço a escada que não leva a lugar algum.

Aqui vêm mulheres samurais, fortes, esbeltas, mulheres jovens de músculos perfeitos, mandíbulas retesadas e olhares obtusos, tão diferentes de mim. Um-dois, um-dois. Marchamos em fila, nós, bonecas móveis, cada uma determina seu ritmo. A estrela de três pontas da Mercedes gira devagar, seu giro me lança numa sonolência hipnótica. A divindade metálica alisa feito laser as cicatrizes rudes da cidade, reconcilia os tempos e os lados do mundo, o passado e o presente, Oriente e Ocidente.

Escuto meu coração bater no escuro. Tum-tum, tum-tum, tum-tum... Sinto uma comoção instantânea, como se por dentro um rato assustado e perdido estivesse golpeando as paredes. Em algum lugar acima de mim é cada vez mais pálida a paisagem de meu país enlouquecido; aqui, diante mim, a escada que não leva a lugar algum.

Se erguer o olhar, verei a estrela metálica de três pontas, se baixá-lo verei Alaga, o cigano desdentado do bairro Dubrava de Zagreb, sentado numa cadeirinha diante do Europa-Center e tocando desajeitado o sintetizador infantil.

Um-dois, um-dois. Inclino-me perante meu anjo do apaziguamento, a estrela de três pontas no céu vazio, rendo honra corporal ao indiferente sr. Joop. Às vezes penso que deveria sair, mas de imediato desisto, resignada. Não sei para onde iria deste globo de vidro, e também os pés estão cansados, como se estivessem grudados à escada. Por isso, com dentes cerrados e olhar obtuso, disciplinada continuo subindo a escada sem sair do lugar.

Através do vidro vejo a torre partida da igreja Kaiser-Wilhelm. E não há ninguém que possa me ver. Além das grandes pegas russas que por um momento pousaram na torre. Os berlinenses dizem que elas aparecem todo inverno. Migram para cá, para zonas mais quentes.

1991-1996

Nota do tradutor

Exceção feita à Eslovênia, à Macedônia do Norte e aos albaneses em Kóssovo, nas demais ex-repúblicas da ex-Iugoslávia fala-se a mesma língua pluricêntrica, com variações dialetais e duas variantes literárias. Apesar disso, qualquer que seja a variante literária e/ou dialetal, os falantes da Bósnia, Montenegro, Croácia e Sérvia falam a mesma língua (hoje identificada como bosníaco/montenegrino/croata/sérvio). A escritora Dubravka Ugrešić escreveu numa língua que se denominava ainda servo-croata (ou croata-sérvio) e era a principal língua do país. Apenas depois da dissolução da ex-Iugoslávia, por motivos político-ideológicos, a denominação dessa língua comum (nome acordado ainda em 1824!) foi quadripartida, e os falantes da mesma língua agora são capazes de entender, falar, ler e escrever as quatro línguas *diferentes* (sic!) ao mesmo tempo. Sob o ponto de vista linguístico, a quadripartição não tem sustentação científica alguma. Croatas e eslavos muçulmanos da Bósnia utilizam exclusivamente o alfabeto latino com diacríticos; montenegrinos, sérvios da Sérvia, da Bósnia e a exígua minoria sérvia restante na Croácia e em Kóssovo utilizam de modo indistinto os alfabetos cirílico e latino com diacríticos. É sempre fundamental sublinhar e ter em mente que a região foi submetida a séculos de dominação estrangeira, com consequências duradouras até hoje, e acabou dividida culturalmente por três religiões: a ortodoxia, o catolicismo e o islamismo.

A fim de facilitar a leitura dos nomes, sobrenomes e topônimos escritos em alfabeto latino com diacríticos, lembramos que j sempre deve ser lido como a semivogal i na interjeição oi em português; č e ć como tch; š como ch em chá; ž como j em já; dž como dj em Django; h é sempre aspirado, como na palavra *hot* em inglês; há um r chamado de silábico (em posição interconsonantal) que deve ser lido quase como er, como em Brčko, ou seja, "Bertchko". Outros pormenores fonético-fonológicos, prosódicos e gráficos serão omitidos por uma questão de praticidade. O sobrenome da autora, portanto, deve ser pronunciado como "Úgrechitch".

Posfácio
Dubravka Ugrešić: Apagando fronteiras
MERCEDES MONMANY

O Museu da Rendição Incondicional, livro de 1998 da escritora Dubravka Ugrešić (nascida em Kutina, atual Croácia, em 1949), pertencente ao vasto espaço progressivamente mítico e cada vez mais distante no tempo que é a ex-Iugoslávia, é um livro de beleza perturbadora, impactante, nada convencional, que comove sobretudo pelo enorme, devastador e infinito catálogo de rastros de vida, de fronteiras apagadas, de exílios, que uma multidão planetária composta por personagens – nada mais que fantasmas de romances um dia começados – arrasta consigo pelos caminhos do mundo. Múltiplas formas de exílio atual, que centenas, milhares de pessoas – escritoras ou não, espalhadas por novas paisagens, e especialmente em cidades que lhes deram asilo, em encruzilhadas ou buracos inesperados na história de nossa época, como é Berlim – foram forçadas a ocupar à maneira de uma miragem provisória ou duradoura, simbolizando um simulacro de vida autêntica. De vez em quando, esses exilados reconhecem na rua "um dos seus" (bosníaco, sérvio, croata, macedônio), um compatriota de algo já desaparecido, em uma situação semelhante à deles.

De gênero híbrido, inclassificável, o livro de Dubravka Ugrešić é uma reflexão que aborda tudo ao mesmo tempo: a memória, o ensaio poético e existencial sobre o exílio, as metáforas e a sedimentação que a memória adquire ao longo do tempo, ou as fronteiras tanto artísticas como físicas continuamente atravessadas por esses novos apátridas de fins do século XX e início do XXI. Ugrešić contabiliza essas oscilações do desespero, da derrota e da sensação de não pertencimento; a todos os altos e baixos psicológicos e sensíveis, a todas as rachaduras e fendas fermentadas e geradas diariamente no mundo dos desterrados. Desterrados que, juntos, formam um grande orbe multinacional em movimento perpétuo. Embora seu livro não apenas atravesse países e fronteiras, mas também torne sua a frase de Viktor Chklóvski – o vanguardista e formalista russo autor de *Zoo ou cartas não de amor* (1923) – contra a classificação forçada de gêneros: "Não quero construir uma história. Vou escrever sobre coisas e pensamentos. Como uma recompilação de citações". Citações, feridas compartilhadas, decorrentes de vastas e amplas coletividades castigadas, como é o caso do "trauma comum do Leste Europeu", reunido neste livro através de múltiplas histórias e dramas particulares, e também por meio de comentários que impulsionam a ação, assinados por grandes autores desse mesmo espectro centro-europeu e oriental, como é o caso de Kundera, Gógol, Brodsky, György Konrád, Handke, Nabokov, Pasternak, Bábel, Kiš ou Krleža.

Em geral, poucos dados aparecem nas quartas capas dos inusitados livros sem gênero desta autora. Acima de tudo, os dados que se referem ao que o leitor mais procura: sua "especificidade" iugoslava. Sabe-se que Ugrešić, que nasceu e cresceu na ex-Iugoslávia, teve de abandoná-la em 1993 "por motivos políticos". Escritora croata, Dubravka Ugrešić se autoexilou durante o regime do ultranacionalista Tudjman. Desde então, dividiu sua vida entre a Alemanha e a Holanda, colaborando com regularidade para diversos meios de comunicação nesses países. Recebeu inúmeros prêmios literários e várias bolsas de estudo das universidades de Zagreb, Amsterdã, Berlim, Harvard e Moscou. Narrado em primeira pessoa por uma exilada em Berlim, *O Museu da Rendição Incondicional* mescla as próprias memórias da personagem – de seu passado e de sua infância na Iugoslávia socialista – com traços biográficos de muitos outros: com a vida de sua mãe nascida no mar Negro, com a de seu pai ex-*partisan*, com as de dezenas de amigos, artistas e conhecidos, ou pessoas que ela simplesmente entrevista ao longo do caminho. Guardando na memória essas cenas, breves relatos, por vezes apenas instantâneos fugazes ou fotografias de desconhecidos que leva com ela, a autora vai fundindo tudo em um único filme que representa o mapa político vertiginoso e mutante não só europeu, mas que também é portador de feridas e conflitos de natureza global. Conflitos que mesclam lugares, pertences, destinos, fronteiras, pessoas.

No "álbum de fotos" mental que a narradora construiu ao longo do tempo, e que em última instância representa seu passado eternizado em muitos outros passados detidos e congelados, esse passado expulsa incessantemente rostos, figuras, histórias, pequenas biografias potenciais que têm a intensidade do que é abruptamente interrompido, do recorte da fotografia cujo fim ou contorno é ignorado, mas que sustenta uma arquitetura *formal*, de caráter instável e mutável. Uma arquitetura que simboliza o próprio edifício deste livro sem um centro definido. Como na obra do polonês Andrzej Stasiuk, ou como nas caminhadas sem rumo de um autor como Sebald, há nos livros de Ugrešić um rastro contínuo de sedimentos arqueológico-existenciais, uma devoção depositada no amor aos detalhes ("o grande deus do amor, o grande deus dos detalhes", como Pasternak o chamava), às listas de objetos e coisas, às classificações, àquela teimosia do ínfimo que se recusa a desaparecer, a esse "lixo inútil" do banalmente cotidiano, do aparentemente leve, fugitivo, de tudo que parece supérfluo, como uma espécie de excedente ou resíduo de um mundo que se recusa a ser completamente apagado, em um ato final de resistência. Um ato de rebeldia para que não acabem terrivelmente encerrados em qualquer vitrine vitoriosa do Museu da Rendição Incondicional, como aquele famoso Museu da Rendição Incondicional que foi fechado em 1994, quando os russos abandonaram Berlim.

UMA EUROPA DEMOLIDA

Como dizia o escritor croata Predrag Matvejević na obra *O mundo "ex"*, o pós-Guerra Fria levou determinada parte do mundo a viver uma existência que era de alguma forma "póstuma": um ex-império, numerosos ex-Estados e ex-pactos de alianças entre Estados, ex-ideologias, ex-dissidentes. Cidadãos, muitos deles, de uma ex-União Soviética desagregada ou de uma ex-Iugoslávia destruída.

Em algum lugar da obra *Ministarstvo boli* [Ministério da Dor, 2004, sem tradução no Brasil], a escritora Dubravka Ugrešić, que pertence, como Matvejević, à dilacerante diáspora croata que surgiu como resultado da guerra nos Bálcãs, dirá: "De tudo que nos aconteceu, saímos de três maneiras: como uma pessoa melhor, como uma pessoa pior ou com uma bala na têmpora; ninguém sai da guerra ileso". Se seu romance caleidoscópico, *O Museu da Rendição Incondicional* – que revelou em muitos países europeus seu universo característico e muito pessoal de apátridas forçados –, tinha como encruzilhada a cidade de Berlim, nessa obra de demolições e de vidas atadas a pesados fardos e miseráveis sacos quadriculados de emigrantes, a ficção, ou melhor, aquela ficção de ficções coletivas, instala-se em outro lugar recorrente do exílio europeu: a Holanda. Um país de asilo milagrosamente alcançado por muitos refugiados, como é o caso da própria Ugrešić em sua vida real, depois de longas, humilhantes e árduas peregrinações.

A protagonista desse romance, Tanja, chega a Amsterdã por um desses tortuosos acasos de sobrevivência no limite para atuar como professora substituta de um grupo de refugiados de sua zona multifragmentada dos Bálcãs. Muitos deles trabalham, como dizem ironicamente, para "o Ministério": fabricando produtos diversos para a indústria pornográfica holandesa. Um clube pornô sadomasoquista em Haia é chamado de Ministério da Dor, daí o nome. No último dos absurdos que regem diariamente sua vida improvisada, Tanja tem de dar aulas de uma matéria que oficialmente não existe mais: a filologia iugoslava, que desapareceu como carreira junto com a extinta Iugoslávia. Uma filologia que anteriormente abrangia de forma "natural" a literatura eslovena, croata, bosníaca, sérvia, montenegrina e macedônia. Com todos os seus alunos, Tanja inicia um experimento vital perigoso, que beira o suportável e digerível em seus já precários e desmantelados restos que foram salvos do cataclismo. Em vez de aulas convencionais, Tanja empreende uma espécie de terapia literária em grupo, dando rédea solta à "máquina da memória, difícil de parar". Em seu "laboratório inventado", como dirá a narradora, "reanimávamos juntos uma vida extinta, massageávamos seu coração e lhe fornecíamos respiração artificial".

No cotidiano do exilado, Tanja e todos eles sofrem frequentes ataques de angústia mesclados com uma espécie de vaga "iugonostalgia", em busca de espaços desaparecidos (seu café, sua praça, seu mercado) que já não existem. "Os nossos", como dirá Tanja, para definir aquele vago exército de fantasmas que vagam por ruas emprestadas, "se grudavam como ímãs nos russos, ucranianos, poloneses, búlgaros, em todo tipo humano que sentiam como *seu*". A melancolia épica ou elegíaca de um mundo perdido de Tanja vai muito além de seu caso concreto e terá a ver em grande parte com a queda simbólica de um mundo inteiro: o Leste Europeu. Um mundo que deixou um rastro dramático, depauperado, órfão, deslocado, com o "coração partido" e de difícil regeneração cirúrgica. Milhares de cidadãos sem passado surgiram da noite pós-comunista, do sentimento de fracasso e perda generalizados. Das paisagens da demolição, como o escritor ucraniano Yuri Andrujovich explicou muito bem em seu esplêndido livro *Moja Europa* [Minha Europa]. Unidos em uma desgraça comum, como dirá a narradora, esses cidadãos, para sempre, sentirão irremediavelmente "pena das fachadas em ruínas de Zagreb, Sarajevo, Belgrado, Budapeste, Sófia, Bucareste, Skopje". Ficarão emocionados quando evocarem um tom, um verso, um slogan, um cheiro, uma cena qualquer vista em um filme. Mas há esperança para sua "tribo maldita", para sua "identidade clandestina obscura", nos dirá Tanja, que se recusa a se deter apenas em um "lamento de carpideira balcânica". Há esperança, dirá no fim de sua narração, para essa "Outra Europa", como a chamava o grande Miłosz, ou para a "zona incerta de pequenas nações entre a Rússia e a Alemanha", como a denomina Kundera. "Das províncias cinzentas mongóis, romenas, eslovacas, húngaras, croatas, sérvias, albanesas, búlgaras, bielorrussas, moldavas, letãs, lituanas", acrescentará Tanja, "emergirá um exército jovem e poderoso, diaspórico e multicultural, orgulhoso de sua bastardia desenfreada, rápido em se autodefinir e se autoposicionar, de futuros *managers*, de especialistas em *nets* e *webs*, de paladinos da democracia em condições de transição, resilientes como gatos com sete vidas".

Onde começa e onde termina a Europa? Como diz Dubravka Ugrešić, as respostas a essa pergunta aparentemente inocente e consensual muitas vezes desencadeiam o ponto de partida de um grande número de fantasmas, preconceitos populares, clichês e compartimentos estanques: ricos-pobres, modernizados-atrasados e, acima de todas as épocas e batalhas, ocidentais-orientais.

As respostas à espinhosa e célebre questão de onde fica o oeste e onde fica o leste da Europa, como dirá Ugrešić no livro de ensaios sobre "como ser europeus" (parafraseando o holandês Cees Nooteboom) *Nikog nema doma* [Não há ninguém em casa], são sempre "muito mais flexíveis e imprecisas" do que as respostas sobre onde estão o norte e o sul. O problema com essa discutida localização europeia – acrescentará – vem dos fantasmas de seus habitantes sobre si mesmos e sobre os outros. Ou seja, o "Outro" útil e genérico que tantas vezes se hasteou na História, sob a forma de hordas, perigos, ataques ou invasões mais ou menos difusas, mas que, curiosa e invariavelmente, sempre vinha do Leste; de um lado oriental ameaçador, ao qual ninguém, hoje, ao que parece, quer pertencer. Em Kaliningrado, os bolinhos tradicionais locais, ou *muffins*, serão orgulhosamente chamados de "bolos ocidentais". Por sua vez, Vilnius, outro ponto que teimosamente reivindicou o tão almejado e mítico status de "encruzilhada", chamará a si mesma em seus guias turísticos de "centro geográfico da Europa". Também o desejo de São Petersburgo de se inscrever no mapa da Europa como uma cidade ocidental – diz-nos Ugrešić – fará com que, hoje, seja a cidade em que mais cafés e restaurantes se chamam "Europa".

Um mapa devorado por um mercado de piscadelas e estereótipos, em que todos os paradoxos e contradições parecem ter se unido: enquanto se vangloria, aqui e ali, da pretensão urgente e em voga de "ser europeu", obriga-se a transportar à força consigo, como uma escova de dentes na mala, uma espécie de "*identity kit*", aonde quer que se vá. Isso aconteceu com exilados de longa e incerta duração, resistentes a ser classificados por meio de absorções ferozes e forçadas pelas pós-ideologias autoritárias e ultranacionalistas, como é o caso de Dubravka Ugrešić. De Berlim a Amsterdã, onde viveu por anos, ou em cidades como Nova York, Bruxelas, Madri, Varsóvia ou Moscou, como relatou em seus esplêndidos romances *O Museu da Rendição Incondicional* e *Ministério da Dor*, ou em ensaios lúcidos como *Favor não ler*, Dubravka Ugrešić por sua vez se converterá em um novo fantasma daquela "ralé cosmopolita" que foge do reconhecimento e do fanatismo dos rótulos: "Com um passaporte croata, deixei minha pátria recém-criada e a antiga desmantelada... Tornei-me representante literária de um entorno que não me queria. Eu também não queria o entorno que me rejeitou, não acredito em amor sem reciprocidade".

Talvez, no início do século XXI, já não seja mera coincidência que os observadores mais notáveis e perspicazes da questão europeia sejam hoje, em sua maioria, intelectuais das últimas gerações da Europa Central e do Leste Europeu, como é o caso do polonês Andrzej Stasiuk, do ucraniano Yuri Andrujovich, ou das croatas Slavenka Drakulić e a própria Ugrešić. Defensora da única identidade fornecida por um *melting pot* europeu, do qual gostaria de "apagar as fronteiras estatais", afiada e irônica, melancolicamente cética, mas ao mesmo tempo uma observadora atenta de traços minúsculos e emocionais do humano que finalmente nos transformam em irmãos pertencentes a uma cultura e história europeias mais comuns do que parece, Dubravka Ugrešić fala em seus ensaios de *Nikog nema doma* sobre o atual momento pós-utópico. Ou seja, de turistas que se tornaram pouco mais que usuários disciplinados e diligentes de companhias aéreas, de surfistas modernos do ciberespaço, de ativistas da circulação global do capital, do kitsch eurovisivo como uma festa familiar e anual ou como lição apressada de geografia, da maldição dos lugares-comuns dos Bálcãs, do mito do exílio e da necessidade de heróis "retocados" contra algo, dos medos e paranoias dos europeus ricos, do *hometown* norte-americano e, como sempre em seu caso, de centenas de exilados, asilados, emigrantes, refugiados, nômades, imigrantes, buscadores de documentos legais e irritantes "recém-chegados" em geral.

(Tradução do posfácio: Silvia Massimini Felix)

Sobre as autoras

DUBRAVKA UGREŠIC (1949-2023) nasceu em Kutina, na ex-Iugoslávia, atual Croácia. Formada em Literatura Russa e Comparada, trabalhou durante vários anos no Instituto de Teoria Literária da Universidade de Zagreb, com uma carreira paralela como ensaísta e escritora. Em 1991, com a deflagração da guerra nos Bálcãs, suas declarações públicas contra o conflito, criticando firmemente o nacionalismo croata e sérvio, tornaram-na alvo de ataques difamatórios por parte de jornalistas, políticos e outros escritores. Em 1993, ela deixou definitivamente a Croácia e, identificando-se como uma escritora "transnacional" ou "pós-nacional", viveu em vários países da Europa e nos Estados Unidos. Lecionou em universidades como Harvard, UCLA, Columbia e Universidade Livre de Berlim e fixou residência em Amsterdã, na Holanda, onde faleceu, em 2023.

É autora de vários romances e volumes de ensaios traduzidos em mais de trinta idiomas. Dentre eles destacam-se *O Museu da Rendição Incondicional*, *Ministério da Dor*, *Favor não ler* e *Idade da pele*. Conquistou diversas distinções literárias importantes, como o Prêmio Literário Internacional Neustadt de 2016 (considerado o Nobel de Literatura dos Estados Unidos), o Prêmio Estadual Austríaco de Literatura Europeia de 1998, o Prêmio de Ensaio Jean Améry em 2012, concedido por sua obra ensaística como um todo, e, em 2009, foi selecionada para o Man Booker International Prize pelo conjunto de sua obra.

MERCEDES MONMANY (Barcelona, 1957) é crítica literária, escritora, tradutora e ensaísta. Dentre os livros de sua autoria, destacam-se *Por las fronteras de Europa: un viaje por la narrativa de los siglos XX y XXI* e *Sin tiempo para el adiós – Exiliados y emigrados en la literatura del siglo XX*. Traduziu autores como Leonardo Sciascia, Attilio Bertolucci, Francis Ponge, Valerio Magrelli e Philippe Jaccottet. Como crítica literária, publica nos principais jornais e revistas da Espanha. Foi condecorada como Chevalier des Arts et des Lettres da França, Cavaliere dell'Ordine della Stella da Itália e recebeu a Medalha de Ouro da Sérvia.

EDIÇÃO DE TEXTO Julia Bussius
PREPARAÇÃO Débora Donadel
REVISÃO Tamara Sender, Ricardo Jensen de Oliveira e Ana Clara Werneck
PROJETO GRÁFICO DE CAPA Oga Mendonça
PROJETO GRÁFICO DE MIOLO E COMPOSIÇÃO Bloco Gráfico
ASSISTENTE DE DESIGN Stephanie Y. Shu

DIREÇÃO EXECUTIVA Fabiano Curi
DIREÇÃO EDITORIAL Graziella Beting
PRODUÇÃO GRÁFICA Lilia Góes
COMUNICAÇÃO Mariana Amâncio
DESIGN Arthur Moura Campos
COMERCIAL Fábio Igaki
ADMINISTRATIVO Lilian Périgo
ATENDIMENTO AO CLIENTE Roberta Malagodi
DIVULGAÇÃO/LIVRARIAS E ESCOLAS Rosália Meirelles

CAR
AMB
AIA

EDITORA CARAMBAIA
Av. São Luís, 86, cj. 182
01046-000 São Paulo SP
contato@carambaia.com.br
www.carambaia.com.br

Título original: *Muzej bezuvjetne predaje* [Amsterdã, 1997]

Republic of Croatia Ministry of Culture and Media
Republika Hrvatska Ministarstvo kulture i medija

This book was published with the financial support of the Ministry of Culture and Media of the Republic of Croatia.

CIP-BRASIL. CATALOGAÇÃO NA PUBLICAÇÃO
SINDICATO NACIONAL DOS EDITORES DE LIVROS, RJ

U29m
Ugrešić, Dubravka, 1949-2023
O museu da rendição incondicional /
Dubravka Ugrešic, Mercedes Monmany;
tradução: Aleksandar Jovanović.
1. ed. – São Paulo: Carambaia, 2025.
304 pp.; 23 cm.

Tradução de: *Muzej bezuvjetne predaje*.
ISBN 978-65-5461-088-9

1. Ficção croata. I. Monmany, Mercedes. II. Jovanović, Aleksandar. III. Título.

25-97446.0 CDD: 891.833 CDU: 82-3(497.5)
Meri Gleice Rodrigues de Souza – Bibliotecária – CRB-7/6439

ilimitada

FONTE
Antwerp

PAPEL
Pólen Bold 70 g/m²

IMPRESSÃO
Ipsis